Em busca de Júpiter

KELIS ROWE

Em busca de Júpiter

Tradução
Karine Ribeiro

Copyright © 2022 by Raquel Enes Dennie
Copyright da tradução © 2022 by Editora Globo S.A.

Publicado nos Estados Unidos pela Crown Books for Young Readers, selo da Random House Children's Books, uma divisão da Penguin Random House, LLC, Nova York.

Publicado mediante acordo com a Rights People, Londres.

Todos os direitos reservados. Nenhuma parte desta edição pode ser utilizada ou reproduzida — em qualquer meio ou forma, seja mecânico ou eletrônico, fotocópia, gravação etc. — nem apropriada ou estocada em sistema de banco de dados sem a expressa autorização da editora.

Título original: *Finding Jupiter*

Editora responsável **Paula Drummond**
Assistente editorial **Agatha Machado**
Preparação de texto **Luiza Miranda**
Diagramação **Ilustrarte Design**
Projeto gráfico original **Laboratório Secreto**
Revisão **Luiza Miceli**
Capa **Ligia Barreto | Ilustrarte Design**
Ilustração de capa **Flávia Borges**

Texto fixado conforme as regras do Acordo Ortográfico da Língua Portuguesa (Decreto Legislativo nº 54, de 1995)

CIP-BRASIL. CATALOGAÇÃO NA PUBLICAÇÃO
SINDICATO NACIONAL DOS EDITORES DE LIVROS, RJ

R786b

  Rowe, Kelis.
     Em busca de Júpiter / Kelis Rowe ; tradução Karine Ribeiro. - 1. ed. - Rio de Janeiro : Alt, 2022.
     336 p.

     Tradução de: Finding Jupiter.
     ISBN 978-65-88131-62-6

22-79075   CDD: 813
                                   CDU: 82-3(73)

  1. Ficção americana. I. Ribeiro, Karine. II. Título.

Gabriela Faray Ferreira Lopes - Bibliotecária - CRB-7/6643

1ª edição, 2022

Direitos de edição em língua portuguesa para o Brasil
adquiridos por Editora Globo S.A.
R. Marquês de Pombal, 25
20.230-240 – Rio de Janeiro – RJ – Brasil
www.globolivros.com.br

*Para minha mãe e meu filho, Zack.
Mamãe, você sempre me fez acreditar
que eu poderia ser qualquer coisa.
Acreditei porque você acreditava.
E isso me fez querer ser algo incrível.
Zack, obrigada por gentilmente perguntar
como minha escrita estava indo nos dias,
semanas e às vezes meses que me viu
sem escrever. Espero deixar você orgulhoso.*

— [...] Suponho que seja necessário transformar sua casa em um chiqueiro para ter alguns amigos no mundo moderno.

Por mais irritado que estivesse, como todos estávamos, eu estava tentado a rir toda vez que ele abria a boca. A transição de libertino para puritano estava pronta.

— Tenho uma coisa para te contar, velho amigo... — começou Gatsby. Mas Daisy adivinhou a intenção dele.

— Por favor, não! — interrompeu ela, em descontrole. — Por favor, vamos todos para casa. Por que não vamos todos para casa?

— Boa ideia. — Eu me levantei. — Vamos, Tom. Ninguém quer uma bebida.

— Eu quero saber o que o sr. Gatsby tem a me dizer.

— Sua esposa não o ama — disse Gatsby. — Ela nunca o amou. Ela me ama.

— Você deve ter enlouquecido! — exclamou Tom automaticamente.

De um salto, Gatsby se pôs de pé, com vívida agitação.

— Ela nunca o amou, está ouvindo? — gritou ele. — Ela só casou-se com você porque eu era pobre e ela estava cansada de esperar por mim. Foi um erro terrível, mas, no fundo, ela nunca teve um amado além de mim!

A essa altura, com Jordan tentei sair, mas Tom e Gatsby insistiram com firmeza competitiva que ficássemos — como se nenhum deles tivesse algo a esconder e fosse um privilégio participar vicariamente das emoções deles.

— Sente-se, Daisy. — Sem sucesso, a voz de Tom buscou desviar para um tom amável. — O que está acontecendo? Eu quero saber tudo a respeito.

— Já lhe disse o que está acontecendo — respondeu Gatsby. — Acontecendo há cinco anos, e você não sabia.

Tom virou-se para Daisy, determinado.

— Você está saindo com este sujeito há cinco anos?

— Saindo, não — disse Gatsby. — Nós não podíamos nos encontrar.

Eu estava pronta
para saber do seu amor, automaticamente.
Está ouvindo?
Eu estava cansada de esperar por um amado.
Tentei esconder emoções,
sem sucesso,
para o amável.
Eu não sabia que não podíamos nos encontrar.

Um

RAY

22 DIAS

Neste verão, estou descobrindo poesia nas páginas de *O grande Gatsby*. Meu exemplar do ensino fundamental estava caindo aos pedaços, então arranquei minhas páginas favoritas e juntei com alguns dos poemas finalizados no meu diário. A vida de Gatsby foi totalmente injusta, e chegou ao fim por circunstâncias que estavam fora do controle dele. Eu me identifico. Separo uma poesia que escrevi quando estava obcecada pelas partes do romance em que algo ruim está prestes a acontecer e ninguém pode fazer nada a respeito. Gatsby está ferrado. Ele nunca vai conseguir o que mais quer.

O que eu quero? Ao menos uma vez, gostaria que hoje fosse marcado apenas pelo fato de ser meu aniversário, e não por ter que dividir essa data com o dia em que meu pai morreu.

Sentada na casa na árvore que ele construiu para mim, espanto os pensamentos sobre meu pai morrendo no mesmo dia em que cheguei ao mundo. Desenrolo meus fones de ouvido cor turquesa, coloco a lista de reprodução *Essenciais de James Taylor* e tento me concentrar.

Uma calma toma conta de mim enquanto estudo a página que está colada em um pedaço maior de papel branco. Nela, Tom Buchanan está prestes a descobrir a mentira de Gatsby, questionando-o a respeito de seus dias em Oxford enquanto Daisy interrompe para falar sobre *mint julep*, um drink de bourbon com gelo e hortelã. A merda está prestes a ser jogada no ventilador.

Sr. Ninguém.

Escrevo a lápis na lateral da página. Volto ao topo e observo, esperando encontrar palavras sobre o sr. Ninguém. Eu as listo conforme leio.

sorriso, agitado, educadamente, contente, desesperadamente, lugar nenhum, sozinho...

Leio a lista de novo e de novo, até que algumas das palavras percam o destaque e outras pareçam flutuar sobre a página. A cada olhada, mais palavras se juntam, me chamando até que o poema se revele. Então, enfim, a poesia me encontra.

Com um leve sorriso,
Aguardarei desesperadamente para agradar o sr.
   Ninguém.
Eu, com ele,
Sozinha.

Desenho círculos desleixados ao redor das palavras que me chamam, na ordem em que aparecem na página. A imagem de uma garota de pé sozinha me vem à mente quando começo a rabiscar. Em seguida, usarei canetas de tinta preta, lápis a óleo e uma caneta Sharpie para finalizar, mas isso vai ter que ficar para depois. Está quase na hora de eu ir buscar minha colega de quarto, Bri, no aeroporto. Depois de três anos convivendo juntas no internato, esta será a primeira vez dela por aqui. Estou animada para vê-la, mas nervosa também. Minha vizinhança está a mundos de distância da casa chique dela em Maryland.

Estou quase terminando de arrumar minhas coisas quando escuto a voz da minha mãe.

Finjo não ouvir. Sei que ela está aos pés da escada da casa na árvore, mas vou esperar ser chamada duas vezes antes de me mover para a entrada e olhar para baixo. Sigo de fones de ouvido de propósito.

Ela sorri ao me ver, o que provoca o efeito irritante de me fazer devolver o sorriso. Ela aponta para a orelha. Compreendo o gesto, mas faço um show para pausar minha lista de reprodução, puxar os fios e tirar um dos fones.

— Feliz aniversário, querida. — Ela ergue meu copo favorito, roxo com estrelas cor-de-rosa, cheio de limonada fresca.

— Obrigada, mãe. Me dá um segundo.

Coloco o estojo de lápis na mochila e desço a escada. Ela beija minha bochecha enquanto pego o copo.

— Mal posso esperar para ver no que você está trabalhando. Sempre fico impressionada com a forma com que você transforma palavras em arte — diz ela.

Tomo um golinho da limonada e evito fazer contato visual com ela.

— Está animada com a visita da Bri hoje?

— Sim — murmuro enquanto tiro o fone do outro ouvido e enrolo o fio ao redor do meu celular.

— Que horas você vai ao aeroporto?

Dou de ombros e olho a hora no celular antes de enfiá-lo no bolso de trás do meu short jeans.

— Você está tentando me ignorar ou tem algo a mais nessas respostas curtas? — Há leveza na voz dela.

— Talvez. — Dou outro golinho indignado na limonada.

Minha mãe dá uma risadinha e aperta minhas bochechas com a parte de trás dos dedos.

— Ray, você é uma figura, um raio de sol na manhã — provoca ela. — Vamos. — Ela encosta o braço no meu. — Venha ajudar sua velha mãe a colher um pouco de lavanda. Você ainda tem um tempinho antes de ir?

Eu a sigo pela entrada do jardim. O ar está tomado pelo cheiro do alecrim, da lavanda e das flores de limão. Rapidinho, cortamos os galhos da lavanda e os colocamos na cesta. Minha mãe junta a ponta de três galhos amarrando com um pedaço de fita prateada, para a lápide do meu pai.

— Posso ir agora? — pergunto, um pouco irritada.

— Ray, eu não te peço para visitar o túmulo do seu pai desde que você tinha doze anos.

Sei que ela está prestes a engatar em um dos seus longos monólogos, mas me recuso a me sentir culpada por não ficar de luto por alguém que nunca conheci.

— Este é seu último verão no ensino médio. Talvez você nem esteja aqui no próximo ano. Queria que você fosse ao cemitério antes de voltar a Rhode Island. Essas visitas costumavam significar tanto para você.

— Nos primeiros anos em que você me levou lá, pensei que eu fosse encontrá-lo, talvez conhecê-lo.

Eu não fazia ideia de nada. Ele era enfermeiro. Gostava de Bob Marley e comida caribenha. É tudo o que sei sobre ele. Minha mãe contou que ele virou estrelinha na noite em que nasci, então olhávamos para as estrelas e fingíamos conversar com ele. No meu aniversário, preparávamos um grande piquenique para visitar meu pai. Quando eu era pequenininha, pensava que ele fosse sair do túmulo uma vez por ano, como o Papai Noel vindo do Polo Norte. Me senti ridícula quando percebi a verdade.

— Mãe, você o conhecia. Eu não. Não sei por que eu deveria ir.

Minha mãe fixa o olhar em suas mãos, e me sinto uma merda.

— Se você se apressar, talvez Bri não fique esperando por muito tempo no desembarque — me dispensa ela.

— Tem certeza de que não quer uma carona? — Ofereço uma trégua.

— Não, querida, estou bem. Vou pegar o ônibus para o trabalho. Ficarei bem. Vá e busque a Bri. Divirtam-se andando de patins hoje à noite.

Quero explicar que não a acho estranha por visitar o túmulo dele todo ano. Eu entendo; a vida dela mudou mais que a das outras pessoas naquela noite. Em um instante, ela se tornou viúva e mãe. Quero dizer a ela como é uma droga meu aniversário nunca ser apenas sobre mim. Me afasto e olho para trás enquanto ela distraidamente enrola a fita prateada ao redor de mais galhos de lavanda. Já falei o suficiente. Em vez de dizer que ela já montou um daqueles, entro em casa.

— Melhor aniversário de todos — digo *depois* que fecho a porta do pátio.

* * *

Briana, com seu gloss e seu esmalte, contrasta com o fundo sombrio do Aeroporto Internacional de Memphis, feito uma imagem colorida recortada de uma revista de moda, colada em jornal e depois envernizada. Faz apenas dois meses desde que nos vimos na escola, mas parece mais. Ela me nota acenando e logo parece tridimensional outra vez, agitando a mão animadamente e pegando seu carrinho. Sequer consigo abrir o porta-malas antes que os braços dela estejam ao meu redor.

— Ei, garota! — Ela pressiona o cabelo cacheado e volumoso em mim. Geralmente Briana cheira a algo doce ou comestível ou as duas coisas. Hoje, o aroma é de flores silvestres.

— O cheiro tem ligação com as memórias — disse ela no dia da mudança do primeiro ano, enquanto descarregava seu arsenal de perfumes sobre a penteadeira. — E quero ser inesquecível.

Bri é mais alta que a maioria das garotas, mas não tão alta quanto eu. O cabelo dela é uma massa gloriosa de cachos descendo pelas costas, e nunca vi um sorriso mais radiante sem ser em um príncipe de desenho animado da Disney. Quando ela ri, é como uma hiena charmosa. Ela se tornou inesquecível desde o momento em que a conheci. Não sei por que acha que precisa da ajuda de fragrâncias.

Bri me aperta e eu retribuo antes de colocar sua bagagem no porta-malas. Ela já está dentro do carro quando me ajeito atrás do volante.

— Que carro incrível! Um Jeep Cherokee vermelho, é tão retrô! Estou animada para esse tempo aqui e para ver o que essas ruas de Memphis têm a dizer! Feliz aniversário! Rainha! — Ela faz uma dancinha.

Eu sorrio e me balanço.

— Tudo bem, então me conte sobre seu acampamento chique de verão. As garotas, os cavalos, os *garotos*?

Bri *coleciona* histórias sobre garotos. A distração seria bem-vinda. Qualquer coisa para me fazer esquecer da imagem da minha mãe antes de eu sair de casa. Qualquer coisa para tirar da minha mente aquele cemitério estúpido.

Bri só sabe que meu pai morreu quando eu era pequena. Isso é suficiente. É fácil manter as coisas leves. Eu não quero que ela saiba *tudo* sobre mim. Minha história triste a traria para mais perto.

E eu não *trago* outras pessoas para perto.

Estou totalmente tranquila com ser apenas Ray Jr., a menina alta de Memphis que usa tranças lindas.

— O acampamento foi normal. Conheci uma garota superincrível que veio lá da Irlanda, e esqueça os garotos do meu acampamento, Ray. Onde estão os garotos de Memphis? Quais são os planos para o aniversário?

— Vamos andar de patins. Tenho certeza de que você vai encontrar os garotos, seja lá onde eles estiverem. — Sorrio e ela empurra meu ombro de brincadeira. — Quando chegarmos em casa, só vai dar tempo de você trocar de roupa. Eles fecham às onze, e eu preciso passar o máximo de tempo fora esta noite.

Bri pega um folheto e se abana.

— Foi mal pelo ar-condicionado do carro da minha mãe não estar funcionando. Queria ter te avisado sobre os verões em Memphis. É sempre um inferno de quente.

— Tudo bem. Que bom que não alisei o cabelo. A umidade daqui não está pra brincadeira. — Ela desce mais a janela. — Mas, hã, garotos. Quem é seu crush de verão?

— Não estou ficando com ninguém.

— Sem amor de verão este ano? Essa é nova, me conte.

— *Casinho* de verão — corrijo ela. — Amor é para os românticos. Mantenha esse drama longe de mim. É bem mais honesto ir direto ao ponto.

— Por que toda essa pose, Ray? Você assiste *Diário de uma paixão* o tempo todo. Você ama romance, admita.

— Correção: sou *entretida* por romance.

— Deixa pra lá. Romance é tudo.

— Romance é perda de tempo.

De esguelha, vejo Bri virar a cabeça na minha direção.

— Garota, você está viajando.

— Sou só uma mulher com desejos satisfeitos e em paz por não me importar se ele vai ou não ligar no dia seguinte.

Bri balança a cabeça. Dou de ombros.

— Enfim. Eu moro em Whitehaven, perto de Graceland. Vamos passar perto de onde Elvis Presley viveu. É meio que uma obrigação para os turistas.

Saio da rodovia e viro à esquerda. Um pequeno centro de compras, casas que foram convertidas em lojas e velhos prédios de apartamento ladeiam a rua. Dou uma olhada rápida em Bri para ler a primeira impressão no rosto dela.

— *Whitehaven?* — Ela diz o nome do meu bairro como se deixasse um gosto ruim na boca.

— Sim, Whitehaven, "paraíso branco"... e significou exatamente o que você pensou quando o bairro foi fundado. Bem-vinda ao Dirty South — digo, gesticulando para os comércios e prédios residenciais que margeiam a estrada. O cheiro de frango frito preenche o ar enquanto nos aproximamos do KFC. — Ironicamente, Whitehaven é um bairro muito negro agora. A evasão branca foi real. Chamamos de Blackhaven, "paraíso negro", de maneira não oficial.

Bri ainda está com as sobrancelhas erguidas, em choque.

— A casa dele vai aparecer à sua esquerda. Todas as lojas de souvenir, o avião particular de Elvis e seu famoso Cadillac vão estar à direita.

Bri para de se abanar, se endireita no assento e estica o pescoço.

— Beleza, essas são as primeiras pessoas brancas que vejo desde o aeroporto.

— São turistas.

Meus olhos caem sobre o altar de flores sempre presente perto dos portões da casa, e minha mente volta para a lavanda que minha mãe deixará no túmulo do meu pai hoje. Por que ela sugeriria que eu voltasse lá depois de todos esses anos? Para quê?

— Bem, isso foi meio sem graça — diz Bri, me distraindo dos meus pensamentos.

Assinto.

Meu estômago revira. O que ela vai pensar da minha casa minúscula? A família de Bri tem grana. Da primeira vez que fui na casa dela, fiquei chocada com o tamanho das janelas e com a quantidade de comida que eles têm guardada. Eles são apenas três, e a despensa deles é um cômodo de verdade com armários e pia. É como uma loja dentro da cozinha. Às vezes me pergunto se seríamos melhores amigas se não fôssemos as únicas garotas negras na turma do primeiro ano.

Há algo sobre estarmos presas em um internato no meio do nada em Rhode Island que força um vínculo entre duas garotas para se sentirem em casa. Eu estaria mentindo se dissesse que não estava extremamente nervosa sobre ela ficar na minha casinha com suas janelinhas e quantidade normal de comida. Passamos pela abóbada e paramos na entrada da garagem.

— Lar doce lar — cantarola ela.

Mordisco meu lábio e observo Bri escanear a área. Costumava haver um projeto de condomínio a alguns metros daqui. Era chamado de Vale das P., porque era um ponto da profissão mais antiga do mundo. Mas faz anos que fechou, então sinto que meu bairro está melhorando.

Ainda torço as mãos e lembro que uma amiga de verdade não se importaria com onde eu moro.

— Bem-vinda à minha humilde morada — digo na minha melhor imitação de mordomo inglês. — O que falta em tamanho e juventude é compensado com lanches, água quente e um excesso de perfumados sabonetes artesanais e óleos essenciais, cortesia da dona da casa.

Curvo minha cabeça e ela joga a dela para trás, rindo. Por sorte, ela não parece reprimida com a minha casa. Bri começa a dizer algo, mas então se vira no meio da frase. Me viro para ver Cash, meu vizinho de sempre. Cash e eu ficamos amigos quando comecei a voltar para casa da escola a pé, na época que minha mãe começou a trabalhar no hospital. Tínhamos nove anos. Um dia, ele empurrou um sapo no meu rosto. Eu ri e perguntei se podia segurá-lo. Ele pareceu impressionado por eu não ter gritado nem fugido e disse que gostava da minha camisa de Star Wars. Desde então, somos como primos.

Dando seu sorriso mais aberto, Bri acena enquanto atravessa a entrada da minha garagem.

— Você não falou que o seu vizinho é *bonito* com B maiúsculo, querida.

— Com certeza não falei — concordo, conduzindo-a para dentro de casa. — Você tem noção de quanto tempo demora para ficar pronta?

Cash inclina o queixo em um *e aí*.

— Oi, Cash. Tchau, Cash. A gente se vê hoje à noite no Crystal Palace.

Bri vai ficar decepcionada quando eu revelar que Cash é praticamente casado. Por sorte, hoje, de todas as noites, eu pretendo estar totalmente focada na música para não me importar.

Foi bom espantar Cash na porta. Quebrando um recorde de velocidade, Bri levou três trocas de roupa para se decidir pela primeira. Fomos para o drive-thru da lanchonete Wendy e comemos dentro do carro no estacionamento do Crystal Palace, que já estava lotado quando chegamos.

Assim que passamos pela porta, o cheiro de pipoca amanteigada nos recepciona. Estive longe daqui por tempo demais. Olhando para cima, para a gigante bola de discoteca brilhante pendurada no meio do teto e ouvindo a música estrondosa, instantaneamente me arrependo do tempo perdido. Luzes estroboscópicas néon criam padrões coloridos no chão de madeira lustroso da pista, praticamente me chamando.

Espero na fila enquanto Bri pega seus patins alugados. Não reconheço o rap que está tocando, mas tem um grave pesado e não consigo evitar me mexer ao som da batida.

— Tô te vendo, Ray, vamos lá! — diz Bri, dançando comigo.

Observo a garotinha cuja mãe está agachada para amarrar o cadarço dos patins. O sorriso dela aumenta, e eu retribuo. Elas me lembram minha mãe e eu. Passamos muitas noites aqui. Ela me ensinou a patinar, mas quando cheguei ao final do ensino fundamental, eu vinha aqui com Cash e a namorada dele, Mel.

— Acho superlegal que você tem seus próprios patins — diz Bri, com os patins alugados na mão. — Você deve ser muito boa.

Ela está falando comigo enquanto observa o local. Usando jeans *skinny* verde-menta e uma camiseta justa azul-clara com um arco-íris no peito, Bri pode não ter patinado há um tempo, mas parece parte daqui.

— Sou muito boa — digo, erguendo meus patins desgastados cor turquesa brilhante com cadarços magenta e rodinhas combinando. — Reparou como aqui é pertinho da minha casa? A gente costumava vir andando. Não fazia sentido ficar alugando patins sempre.

Bri assente, os olhos ainda investigando.

Toda vez que vamos a algum lugar juntas, ela escaneia o lugar para identificar caras gatinhos e solteiros com quem possa falar e garotas gatinhas e solteiras que possam ser sua concorrência. É um jogo para ela. Raramente Bri namora algum dos garotos. Ela só os coleciona, seu pequeno exército de admiradores.

Ela tentou me fazer gostar disso, mas, muito para sua decepção, meu tempo livre é dedicado ao vôlei, às aulas e à arte. Cory, vizinho de Bri, é o único garoto na minha vida, mas só ficamos juntos quando vou para a casa dela nas férias. Ele não é grudento ou agressivo, e nunca tenta entrar na minha cabeça. Tudo o que sei a respeito dele é que seus pais trabalham viajando, ele joga basquete e sabe lidar muito bem com o corpo de uma garota. Posso ser reclusa, mas também sou uma garota com necessidades. Cory sempre me atende e, mais importante que isso, depois me deixa em paz.

    Bri e eu encontramos um espaço para calçar nossos patins. Quando terminamos, vejo Cash e Mel, de mãos dadas, se afastando dos armários. Esses dois são o único motivo de eu ter fé que o amor possa de fato valer a pena. Eles estão juntos e livres de drama desde o ensino fundamental. Cash também nos vê. O brilho das luzes faz a pele negra deles parecer pérolas de um marrom profundo enquanto se aproximam de nós. Ele é maior que a maioria das pessoas aqui, incluindo eu, que tenho um metro e oitenta.

    — Oi, Mel — cumprimento, me inclinando para abraçá-la e depois ficando nas pontas dos pés para abraçar Cash.

    — Feliz aniversário, Ray. Amei essas tranças ombré, garota — diz Mel.

    — Minhas tranças de aniversário? — Jogo meu cabelo ombré por cima do ombro e dramaticamente acaricio seu comprimento, na altura da cintura. As tranças são pretas na raiz e clareiam para rosa-claro, turquesa-claro e azul-prateado nas pontas. — Obrigada. Vou tirar antes de voltar para a escola. Esta é a minha colega de quarto, Bri. Bri, este é o meu vizinho Cash, e a namorada dele, Mel.

    — É. Feliz aniversário. Faz um tempo desde que nós todos viemos aqui — Cash diz para mim. — Este era *o* lugar.

    — Lembra que de vez em quando eles davam ingressos na escola na sexta-feira? — recorda Mel, e assentimos.

— Nós fizemos o ensino fundamental juntos — explico para Bri.

— Espera. Então *todos* vocês têm patins? — Bri encara os patins rosa ofuscantes com cadarços néon. — Que inveja. Faz tempo que não patino. Espero que ainda saiba. — Ela ri, e então seu olhar se fixa em algum lugar do outro lado do ambiente.

É um cara esguio de ombros largos. Ela encontrou seu garoto de hoje. Boa sorte para eles. Cash e Mel são um casal e Bri está tentando ser. Eu estou aqui só para andar de patins.

— Ray, você se importa de colocar meus sapatos no armário com os seus? Vou praticar um pouco antes de tentar acompanhar vocês, profissionais. Obrigada. — Sem nos olhar, ela se afasta.

Mel e Cash trocam olhares de zoação. Eu dou de ombros.

— Amor, vamos dizer ao DJ que tem uma aniversariante aqui — diz Mel, arrastando Cash.

Fico aliviada de estar sozinha por um momento. Deslizo nos patins pelo piso acarpetado, em direção aos armários. Bri está tendo dificuldades para patinar, mas parece estar se divertindo. Seu longo cabelo cacheado balança pelo ar enquanto ela se move. Ela faz cabeças virarem sem se esforçar.

Fico nas laterais, observando toda a ação da pista. As equipes de patins estão aqui em peso, facilmente identificadas por suas camisas combinando ou uniformes da cabeça aos pés. Na ilha central, crianças pequenas e famílias relaxam. Muitos patinadores solo, jovens e velhos, estão perdidos em seus próprios mundos, deslizando pelo rinque. Estou prestes a sair e entrar no meu próprio mundo também quando vejo Cash e Mel se aproximando de mim, sorrindo como se tivessem um segredinho.

— Que caras são essas?
— Escuta — diz Mel.
— O que foi? Eu...
Ela faz "shhh" pra mim.
— Oitavo ano, primeira semana do verão. Você, eu, Cash.
Reconheço a introdução de "Crank That", do Soulja Boy. O lugar está balançado com a batida. Eles querem relembrar nossos velhos tempos de patinação.
— Faz tanto tempo. Vocês ainda lembram a coreografia?
— Já estou sendo puxada por Mel, então aí está minha resposta. Cash está patinando à nossa frente. Quando estamos finalmente indo na mesma direção, entro no ritmo de Mel, que está logo atrás de Cash, que é uma montanha sobre os patins. A música me transporta para o passado.

Começo a dar passos para o lado, ao som da batida, enquanto Soulja Boy enfim começa a parte do rap. Em fila, damos a volta no rinque duas vezes, fazendo as curvas com passos sincronizados, nos aquecendo para a dança. Posso sentir a música nos meus ossos, meu corpo deslizando com o ritmo. Cash sorri para Mel e eu enquanto fazemos a curva, e, então, a batida começa. Está prestes a acontecer.

Dois

ORION

— **No Crystal Palace** esta noite, certo? — pergunta Mo, de olhos fechados, o braço pendurado na janela do carona do meu carro.

Andar de patins poderia ser uma distração bem-vinda hoje, mas depois da natação logo cedinho seguida por cinco horas limpando mesas e passando por churrasqueiras e lava-louças fumegantes, sinto que quem foi cozido fui eu. A última coisa que preciso é patinar para suar mais. Está fazendo trinta e oito graus e Mo insiste em manter a janela aberta, então nem me dou ao trabalho de ligar o ar-condicionado. O ar que entra pelas janelas é quente e úmido, e o calor não dá trégua. Estamos juntos direto, trabalhando no mesmo turno na Churrascaria Deja Vu durante o verão.

— Não decidi sobre ir patinar... Provavelmente vou relaxar em casa — digo.

— Não! — Mo segura a cabeça, frustrado. — Cara, não! A gente acabou de sair do ensino médio; não vou deixar você ficar enfurnado em casa com dois gatos. A gente patinava quase todo fim de semana, faz meses que não vamos! Você vem comigo pro Crystal Palace esta noite. E vamos te arrumar uma garota.

Eu sorrio.

— Mo, você sabe como sou com garotas.

Fico tão nervoso que não dou conta. Ou não sei o que falar, ou falo demais e pareço desesperado. Se tratando de namoradas, tive duas tentativas fracassadas e desajeitadas. Estou condenado a uma vida sendo só o amigo.

Mo balança a cabeça.

— Cara, você é um desperdício de dinheiro e beleza. Vamos sair hoje à noite. Ponto final.

— Não sei. Talvez. Te mando mensagem. Você vai levar uma das suas namoradas? — pergunto, sabendo a resposta.

— Orion — Mo finge estar chocado —, se eu vou levar uma das namoradas... — É mais uma afirmação que uma pergunta. — Não, eu não vou levar nenhuma das minhas *amigas* para o Crystal Palace hoje. Vou procurar uma nova.

Assinto.

— Então você não está preocupado em dar de cara com Karona ou Carolina, qual é o nome dela?

— Não, cara. A Ka-*ri*-na é legal. Ela sabe qual é a nossa. Nos damos bem, é só isso.

Ele coloca o banco na posição vertical. Às vezes eu gostaria de ser como Mo. Mas eu não ia colecionar garotas. Eu só queria ter lábia suficiente para manter uma interessada.

Viro à esquerda de novo na rua dele, que é ladeada por casas estreitas e duplex. Orange Mound é um dos poucos lugares aqui que resistiu à gentrificação. Meu pai diz que o programa Cidade Linda tinha que dar dinheiro para os proprietários consertarem suas casas. Parece que ainda não chegou a este lado de Mound.

Passamos por minha antiga casa na esquina, a três casas da de Mo. A lateral de madeira branca ainda está partida e lascada em alguns lugares. A mesma cerca de arame de um metro e meio de altura envolve todo o perímetro do quintal, que está cheio de grama e ervas daninhas, mas há um novo portão — robusto e um pouquinho mais alto que a cerca. Não consigo evitar lembrar do dia há quase dez anos quando aquela cerca, que devia manter nossa família segura, não manteve. O ônibus apareceu do nada. Minha irmãzinha, Nora, tinha acabado de fazer três anos. Em um momento, éramos uma família feliz e completa. No seguinte, éramos um navio com água suficiente para tombar, mas não afundar.

Um grupo de garotos joga basquete, time dos com camisa e sem, usando como aro uma caixa que foi pregada no poste. Algumas garotas brincam de amarelinha em um espaço entre dois carros estacionados que parecem estar ali há muito tempo — um está sobre blocos. Não sei quando parei de sentir falta deste lugar.

Estaciono diante da casa de Mo.

— Tudo bem, mano. Valeu pela carona. Quanto eu te devo?

Ele sabe que não vou aceitar dinheiro pela gasolina. Mo sempre diz que ninguém deve ir dormir devendo outra pessoa, exceto ao Tio Sam. Ele fala como o meu pai. Acho que os dois deviam aprender a aceitar atos de bondade das pessoas de vez em quando. Nem tudo tem que ser pago, principalmente entre amigos.

— Moses. Cara, se você não sair...

Ele pula para fora.

— Hoje à noite — diz ele, e então vira e desaparece dentro de casa.

Manobro o carro e vou em direção à minha casa. Desta vez, não olho para a antiga enquanto passo. Uma dor aguda e um gosto salgado preenchem minha boca — mordi o interior da minha bochecha com força de novo. Mau hábito. Quando as coisas ficam barulhentas e agitadas ao meu redor, como a hora do almoço no trabalho, ranjo os dentes ou mordo minha bochecha para dar à minha mente algo em que focar.

Pouco depois de Mo desaparecer dentro de casa, viro na minha rua. É impressionante como um trajeto de sete minutos pode parecer um mundo de distância.

Meu pai cresceu em Orange Mound. Depois do acidente, nos mudamos para longe o suficiente para não ter que passar por nossa antiga rua todos os dias, mas perto o suficiente para que eu pudesse ficar nas mesmas escolas públicas com Mo.

A rua em que vivo agora é ladeada por velhos carvalhos e calçadas diante de enormes casas de dois andares à moda antiga, com varandas que dão a volta nelas e gramados bem-cuidados. Não há aros feitos de caixa ou crianças brincando na rua; sem cercas altas de arame e sem outras pessoas negras. Foi só quando fiquei muito mais velho que me dei conta de que mesmo em uma cidade como Memphis, na qual a maioria das pessoas é negra, há alguns lugares em que somos poucos. Central Gardens é um deles. Mas os vizinhos são legais. Podia ser pior.

Paro na entrada da garagem vazia, feliz por ter a casa toda só para mim. Lá dentro, rapidamente limpo as caixas de areia antes de me despir, ainda de óculos escuros, jogando as roupas sujas no cesto e subindo as escadas. Passo por cima de Lótus, meu gato branco, que está relaxando em seu lugar de sempre nos degraus, e ziguezagueio para o chuveiro para me livrar do cheiro da fumaça de churrasco de um turno inteiro.

Deixo meus óculos escuros na mesa ao lado da porta do meu quarto e percebo a dor no meu maxilar. Eu devo ter rangido os dentes pelo caminho inteiro. A luz do sol passa por uma pequena janela fosca no banheiro. Raramente acendo as luzes aqui. Mantenho meu quarto o mais escuro possível para me recuperar do dia. Quando eu era pequeno, na escola, eu girava constantemente, fazia um barulho mais alto do que o que estava ao meu redor ou mordia qualquer coisa que coubesse na minha boca porque as luzes fluorescentes e sons comuns da sala de aula eram demais. Agora eu ranjo os dentes ou ouço música nos fones de ouvido quando é possível. No chuveiro, me concentro na minha respiração e em limpar meus pensamentos. Tento me manter presente, mas minha mente reveza entre Nora e o jeito como meu pai vai, sem dúvidas, ficar deprimido pela casa esta noite, como sempre faz nesta época do ano. Não posso ficar aqui. Mando mensagem para Mo assim que saio do banheiro.

Eu: Tá, eu vou. Te busco às oito.

Mo: Isso aí, cara. Vou pegar uma camisa emprestada e conseguir um colar. Chego aí às 7.

A última coisa que quero fazer hoje é ir ao Crystal Palace e segurar vela para o Mo.

Mo espalhou oito camisas minhas na cama.

— Caramba. Escolhe uma e vamos — digo, fingindo estar mais impaciente do que estou.

— Cara, não dá para apressar o processo. As garotas do Crystal Palace vão estar esperando serem escolhidas, e estou planejando ir embora com o máximo possível.

Ele ergue até o peito uma camisa polo cor de lavanda, olhando no espelho. Balança a cabeça e torna a pendurá-la no meu guarda-roupa.

Esperando serem *escolhidas*? E se elas estiverem no Crystal Palace apenas para patinar?

— São todas camisas polo — digo. — Além disso, as garotas não ligam para qual camisa você usa. Escolhe uma cor logo e vamos.

— Primeiramente, não fale sobre garotas como se você soubesse algo sobre elas, cara. Em segundo lugar, diferentemente de você, eu não pareço o Michael B. Jordan ou sei lá o quê. Tenho que me preocupar com o que visto. — Ele ergue o colarinho da camisa. — Mas você está certo. Não importa minha roupa. Tenho o dom da lábia. Se você conseguir fazer uma garota rir, tá no papo. — Ele está brincando, mas é verdade. — E a não ser que você esteja planejando patinar sozinho durante a noite dos casais, sugiro que você repense o uniforme que está vestindo. — Mo pega uma camisa com largas listras horizontais verdes e brancas e a coloca por cima da camiseta branca que está vestindo. — É esta.

Vestir meu jeans Levi's escuro, minha camiseta azul-marinho e meus tênis brancos imediatamente parece mais tenso do que há um instante. Talvez Mo tenha razão. Mas não estou tentando impressionar nenhuma garota esta noite. Essa é uma causa perdida. Pego meu suéter azul-marinho enquanto saímos do meu quarto.

Finalmente. Minha mãe está na cozinha, colocando limonada em um jarro quando Mo e eu chegamos ao andar de baixo.

— Vocês querem comer alguma coisa antes de ir? Seu pai fez a mágica dele com a comida de novo. Ele arrasou neste espaguete.

Quando terminamos de comer badejo frito, espaguete e pão de milho, empilhamos as louças na pia.

No carro, Mo está ocupado penteando seus *waves* e olhando pela janela como se estivesse com medo de perder alguma coisa. Queria que ele não fizesse isso, porque parece que está aprontando alguma coisa. Somos dois caras negros em um carro esporte velho com janelas escuras: a tríade que a polícia mais suspeita. Meu pai me disse para seguir as regras de trânsito e não chamar atenção, e Mo virando a cabeça como um pombo não está ajudando.

— Cara, estou feliz que você mudou de ideia sobre vir — diz ele.

— É, sei lá. Eu estava conversando com meu pai mais cedo e ele estava sendo... meu pai. Não sei. Eu só queria sair.

Eu nem sabia se ele estaria lá. Eu podia ter evitado uma noite de desconforto e ficado em casa.

— Não, eu quis dizer, com hoje sendo... quer dizer, Nora... o acidente... — Mo ri.

Algumas pessoas riem em momentos sensíveis, uma forma de cortar a tensão. Mo é assim. Mas gosto de ficar com a tensão às vezes. Deixar o peso se instalar em mim. Aguentar. A perda é sufocante, mas eu apenas respiro. Mo torna a rir. Forço um sorriso para deixá-lo saber que entendo, estou bem.

— Tá, chega desse novelão, deixa eu aumentar esse Usher. Precisamos de testosterona neste carro.

Ele aumenta o som do rádio e "Yeah!" explode. Mo está dançando demais quando chegamos ao Crystal Palace.

Viaturas já estão preventivamente alinhadas ao meio-fio. O estacionamento está lotado, mas consigo achar uma vaga.

A mão de Mo está quente no meu pulso, me interrompendo antes que eu saia.

— Ei, falando sério. Sobre o que eu disse agora pouco. Você tá bem?

— Tô sim.

Ele sorri.

— Então vamos entrar e achar minha futura esposa. — Ele agarra a maçaneta. — Quem sabe, talvez a gente até encontre sua garota sensível.

Esse cara sabe zoar.

Tem uma garota andando de patins e me encarando. Achei esquisito na quinta ou sexta vez que ela fez isso, então saí da do rinque e encontrei um lugar pra sentar próximo, na lateral. Quando estou estudando ou no trabalho, fico em uma batalha constante para bloquear a luz, aquietar os sons e continuar focado. Quando estou aqui, gosto de deixar todo o barulho e luzes e músicas e tudo tomar conta de mim. Aqui e embaixo da água são dois lugares em que posso existir como sou, ser parte do mundo ao meu redor em vez de só lidar com ele, para variar. Essa garota que agora está patinando na minha direção está acabando com a minha paz.

— Ei. — Ela se senta ao meu lado. Não perto o suficiente para que pareça que estamos juntos, mas o bastante para que seja estranho se eu não responder.

— Oi.

Observamos os patinadores sem dizer nada por um tempo.

— Entããããão... você está aqui com alguém? Um amigo? — pergunta ela, virando todo o corpo na minha direção, o que me diz que está acontecendo.

— Sim, Mo tá por aqui em algum lugar.

Volto a observar a pista. De esguelha, posso vê-la fingindo não me observar. Cadê o Mo? Ele amaria essa garota. Ela é o tipo dele. Ela é meio alta e negra de pele clara, com um cabelo cacheado comprido. Ela também exibe aquele tipo de interesse que ele ia gostar. Algo me diz que ela não veio só andar de patins.

— Mo... nique?

Esperta.

— Moses.

Compartilhamos um sorriso.

— E você? Está aqui com alguém? — pergunto para ser educado.

Ela assente.

— Vim com Ray.

— Ray... mond? — pergunto, imitando.

Ela dá uma risada alta agora. Com força. Não acho que falei algo engraçado, mas sei o que é isto. As garotas sempre dão risadinhas quando falam comigo, até que fiquem entediadas. A verdade é que estou impressionado com como estou lidando bem com isso até agora. Eu me pergunto se a chave para não ficar nervoso quando estou com uma garota é não estar realmente interessado nela.

— Ai, meu Deus — diz ela, olhando pasma para alguns patinadores. — Aquela é a minha colega de quarto, Ray.

Ela corre até a grade tão rápido que, quase involuntariamente, eu pulo e faço o mesmo.

Vi patinadores treinarem várias vezes, mas esse grupo é diferente. Há um cara na frente, que é enorme como um jogador de futebol americano, e uma garota atrás dele e, atrás *dela*, está uma garota alta que é... um sonho.

Ainda estou tentando entender o tamanho desse trio de super-heróis em patins quando o refrão de "Crank It" começa. Todos eles pulam, giram e patinam para trás simultaneamente. Quando a mesma frase se repete no refrão, o Hulk e a garota no meio desaceleram.

Mas a Supermulher — a deusa com as tranças cor de algodão-doce — faz o *moonwalk* ao passar por eles. Ela fica na frente quando o verso seguinte começa; então todos eles pulam, giram e deslizam outra vez.

Atrás de mim, a amiga de Ray está vibrando, o que me deixa extra-animado também. O lugar todo está de olho nos super-heróis. Vejo Mo no corrimão lateral a meio caminho do rinque. Ele aponta para o meio da pista e assinto, informando que também vi. Dou uma olhada para trás e vejo a Supermulher mergulhando e patinando ao som da música.

Ela é tudo o que vejo.

Suas tranças onduladas descem pelas costas enquanto ela gira, arte sobre patins. Ela está vestindo uma blusa preta longa e folgada e uma legging, acho. Não tenho certeza sobre suas roupas — luzes multicoloridas de discoteca as escurecem em segundos —, mas tenho certeza sobre o sorriso dela. Ela sorri outra vez, e uma coisa estranha acontece no meu estômago.

Sinto a colega de quarto de Ray me olhando.

— Ela é bem incrível, não é?

Busco as palavras. *Falei isso em voz alta?*

— Hã...?

— Ray. Ela é incrível, certo?

— A-ah, é-é, todos eles são muito bons. Qual é a Ray?

Por favor, que seja a Supermulher.

— Aquela alta.

Ela é uma deusa. Antes que eu possa fazer uma próxima pergunta superimportante, Mo se aproxima e força caminho entre a amiga de Ray e eu.

— Está tudo bem, gata. Orion é o alto. Sou eu quem você está procurando.

Mo estende a mão para ela.

A colega de quarto de Ray inclina a cabeça e dá a Mo um sorriso que me faz entender que estou liberado.

— Moses, mas você pode me chamar de Mo. — Ele pega a mão dela, beijando-a em vez de apertá-la.

— Briana, mas você pode me chamar de Bri — responde ela. — Sinto que eu devia dizer "encantada" ou algo assim. Você beijou mesmo minha mão? — Ela dá uma risadinha.

— Sim, porque sou um cavalheiro e sei que você é uma dama. — Mo dá uma piscadela. O cara não tem vergonha e, felizmente, está funcionando. Talvez eu queira, sim, segurar vela esta noite.

A música termina e todo mundo está batendo palmas e gritando. Procuro por Ray no rinque. O Hulk está abraçando ela e a girando em um círculo. Ela está com ele? Poxa.

Eles saem da pista e se sentam na mesa no lado oposto a onde estamos. Todo o meu ser quer correr até lá. Mas pra fazer o quê? Dizer o quê? Isso é besteira. No que eu tô pensando?

— Vem, vou te apresentar a Ray — diz Bri, agarrando meu cotovelo e me puxando em direção a mesa onde Ray e os outros estão. Eles estão arfando e comentando os passos que fizeram. O Hulk nos vê primeiro. Assinto para ele e avaliamos um ao outro. *Será que ele me viu observando ela?*

— Ray, você estava escondendo o jogo — começa Bri. — Eu não fazia ideia de que você era boa assim, garota. Todos vocês. Vocês foram ótimos.

Eles se abraçam, e a luz incide direitinho sobre os olhos de Ray. De repente, percebo como o som está alto aqui. Sinto meu sangue pulsar nas pontas dos meus dedos. Tropeço nos meus patins e me seguro na mesa. *Que ótimo.*

— Gente, estes são Orion e Mo. — Bri cora com a menção de Mo. — E esta é a querida Ray e os amigos dela, Cash e Mel.

Eles estão sentados perto demais. Mas eu pensei... O Hulk poderia ter as duas garotas? Que nada.

Aceno, mas as palavras estão presas na minha garganta. Ray parece irritada. Tento não encará-la, mas estou perto demais e ela é tão bonita que não tenho o controle dos meus olhos. Quando enfim pisco, percebo Cash me encarando, sério. Pigarreio.

Bri ergue as sobrancelhas para mim, assentindo em direção a Ray. No instante em que os olhos cor de canela de Ray fixam nos meus, esqueço de respirar.

— *E* hoje é o aniversário da Ray, então estamos comemorando.

— Sério? — pergunto, muito alto e mais agudo do que uma pessoa na minha idade deve soar. Sempre. Mo parece decepcionado. Posso ver que ele já me imaginou formando um casal com Ray. Ela é essencial para que ele consiga passar mais tempo com Bri. — Quer dizer, oba. Quer dizer, é. Feliz aniversário, Ray. — *Por que eu sou assim?* — Vo-vocês foram muito bem. É óbvio que já patinam há um tempo.

— É — confirma Mel —, inúmeros fins de semana desde que éramos pequenininhos, mas nenhum de nós chega aos pés da Ray. Ela é a rainha.

— Aaah, obrigada, Mel — agradece Ray. A voz é tão irreal quanto o resto dela, suave, mas profunda e forte. — Aprendemos esses passos no ensino fundamental. Não acredito que a gente ainda lembrou.

Ela sorri um pouquinho e fico sem ar de novo. Deve estar estampado na minha cara, porque ela desvia o olhar. *Controle-se, Orion. Diga algo que valha a pena dizer.*

— Briana... Bri... ela disse que vocês eram colegas de quarto. Em qual universidade?

Ray bufa, e então me dá um meio-sorriso.

— Tá, nós vamos voltar pra lá — diz Cash, alto, indo embora com Mel. Mo já está indo atrás deles com Bri, deixando eu e Ray para trás.

Estou suando frio.

— Ensino médio. Estudamos em um colégio interno em Rhode Island.

Ela não poderia parecer menos interessada em falar comigo. O DJ anuncia que a próxima música é dedicada a todos os aniversariantes de julho, e então toca "Happy Birthday", do Stevie Wonder.

— É pra mim — diz ela. — Vou patinar.

Ela se afasta de mim na velocidade da luz. Mas então se vira.

— Você sabe andar de patins? — Sei que a pergunta é baseada em minha entrada desastrosa.

Expiro, o que se transforma em uma tossida-risada constrangedora.

— S-sim, sei. Mas não tão bem quanto você — respondo, em uma voz que soa mais comigo mesmo.

Ray me lança um sorrisinho cético enquanto olha para meus patins pretos. Uma onda de bravura passa por mim. *O que Mo faria?*

— Vem. Vamos sair daqui. — Para a minha surpresa, ela assente e passa por mim. O rosto dela é raio de sol, e eu sou uma folha me virando em direção a ela.

Ray abre um sorriso. O que quer dizer? Conheço o sorriso de amigos. Mas o jeito que ela está me olhando, tentando disfarçar... tem algo diferente. O quê, não sei, mas gosto. Gosto muito.

Ela pisa na beirada do rinque e perde o equilíbrio. Eu a seguro pela mão e a ajudo a se endireitar. Estamos frente a frente, cara a cara. Ela morde o lábio inferior. Eu quero... não sei o que quero, mas é urgente e é ela. Ray olha de relance para nossas mãos, ainda se tocando. Eu as olho também. Eu sequer percebi que ainda estava segurando a mão dela.

— Você está bem? — pergunto. — Sinto muito se... Eu só não queria que você caísse... então eu... — *Cala a boca*. Fecho a boca e Ray sorri e desvia o olhar de novo. Ajusto o toque da minha mão para que seja deliberado. — Tudo bem se eu fizer isso? — pergunto, me sentindo mais ousado do que nunca.

Ela hesita por um segundo, e então apenas assente. Piso no rinque, puxando-a comigo e, para o meu alívio, Ray vem.

O refrão da música de aniversário começa e os olhos dela se iluminam, acendendo algo dentro de mim que viveu no escuro por um longo tempo. Ray solta minha mão, girando para patinar de costas diante de mim. Eu a sigo da melhor maneira possível.

Estou imitando seus passos, tentando parecer descolado. Ray dança e canta junto, girando em um momento e patinando no seguinte, para trás e para a frente, virada para mim na maior parte do tempo.

Os olhos dela só encontram os meus ocasionalmente. Mas não ligo. Não consigo tirar os meus dela.

Por um segundo, é como se eu existisse puramente para estar aqui, patinando em círculos, seguindo-a, trancado na órbita dela. Orion é um monte de estrelas em algum lugar da galáxia, mas Ray... ela é o sol.

Três

RAY

Orion segura minha mão e algo dentro de mim muda. É estranho. É como se ele estivesse aqui, no meu mundo, e não apenas por um breve momento. É como se estivesse fixado, quer eu o queira aqui ou não. E, estranhamente, eu *não* o quero aqui.

Os olhos de Orion escrevem toda uma canção de amor. É possível capturar o instante que outra pessoa se apaixona à primeira vista?

Este garoto vai querer me amar. Eu sei que sim.

Meu coração se parte por ele, porque não sou uma garota para amar.

Quatro

ORION

Andamos de patins pelo resto da noite. Ray desliza mais rápido que eu, e se perde na música. Ela me deixa sozinho algumas vezes quando não consigo acompanhá-la, mas sempre me encontra outra vez. Ainda mais importante que isso, ela me encontra quando é hora de patinar em duplas.

Cash e Mel foram embora faz um tempo. Quando se despediram, Cash me deu um olhar que meio que pareceu um aviso. Agora Ray e eu estamos calçando nossos sapatos e Mo e Bri apareceram, retornando da devolução dos patins.

— Vamos continuar a festa — diz Mo. — Eu e O estamos pensando em ir para a Beale Street depois daqui.

Estamos?

— Não é, O?

— Hã? Quer dizer, sim.

Está tarde e eu tenho compromisso de manhã, mas se for me dar mais tempo com Ray, tô dentro.

Silêncio.

— Não vamos fumar nem beber nem nada — explica Mo. — Só curtir. Sabe, esticar a noite um pouquinho antes de ir pra casa. — Nada de resposta ainda. — Sei que vocês não conhecem a gente, mas somos caras legais. Podemos mostrar nossas identidades. O pai do Orion é dono do Anchor Trucking. Sei que vocês já viram caminhões com a âncora gigante na lateral. A gente é legal.

Olho para os meus pés. Que tipo de amigo eu sou? *Fala alguma coisa.*

— É, só curtir. Conversar. E em quem mais vocês podem confiar além de um cara cujo pai tem uma empresa de caminhões?

Espero por uma risada. Ray solta apenas um risinho, mas é suficiente.

Mo balança a cabeça, e eu me calo.

— Ray, sei que você não quer ir para casa assim tão cedo no dia do seu aniversário, e este lugar vai fechar daqui a pouco. A gente tá dentro. — Bri engancha o braço no de Mo, respondendo pelas duas.

Tento ler a expressão de Ray, mas não me diz nada.

As garotas nos seguiram até a Beale Street, e conseguimos estacionar lado a lado.

— Geralmente eu não faço isso — digo enquanto espero com Ray para atravessar a rua.

Mo e Bri decidem ficar para trás. Olho por sobre o ombro, e eles estão sentados no capô do meu carro. O sinal começa a piscar, indicando que podemos ir. Passamos pelos bloqueios da estrada, colocados para evitar que as pessoas dirijam pela Beale Street depois de certo horário, e nos juntamos à multidão fervilhante. Luzes fluorescentes coloridas anunciam restaurantes e bares ladeando ambos os lados da rua. A distância, um baterista de rua está tocando uma batida forte — a música ao vivo vinda de diferentes lados se mistura e dá a Beale Street uma vida só dela.

— Geralmente você não faz o quê?

— Falo com garotas. — Assim que digo isso, me encolho. Ray olha para mim e ri. Estou mortificado. Mas algo a respeito dela me faz querer me explicar em vez de morrer. — Sério — reforço.

Ela percebe que não estou rindo e semicerra os olhos.

— O quê?

— É, eu geralmente não falo com garotas que me atraem.

Quero ser mais como Mo agora e dizer algo que vai fazê-la rir, mas tudo o que pareço conseguir fazer é ser sincero com ela. Ray assente e eu observo os pés dela conforme caminhamos. Nossos braços se chocam a cada poucos passos, mas não nos movemos para abrir mais espaço entre nós. É bom.

— Mas e as garotas que não te atraem?

— Aparentemente eu peço a elas que me apresentem à linda colega de quarto delas. — Dou de ombros.

Ela abre um sorrisão, e na minha cabeça estou comemorando.

— Então eu sou linda? — Ray semicerra os olhos como se estivesse mesmo curiosa com a minha resposta. A leveza dela faz uma onda de animação percorrer meu corpo. Quem é esse no meu lugar? Meu coração está batendo milhares de vezes por minuto. A sinceridade me trouxe até aqui. Espero conseguir continuar.

— Você é a garota mais linda que já vi.

Ray diminui os passos e me olha como se eu tivesse dito uma coisa ridícula e engraçada. Estou começando a entender Mo um pouquinho agora. Toda vez que Ray reage a mim, é como se eu tivesse ganhado um prêmio.

— Sério? Você é tão dramático. A garota mais linda que você já viu? — repete ela. — Bem, eu sou bonita mesmo, então vou deixar.

Ray acelera os passos, então acompanho.

— É verdade. — Inspiro fundo. — É estranho porque geralmente eu não sei o que dizer. Ainda não sei, mas não me importo se falar a coisa errada. Só quero conversar com você.

— Você sabe que não precisa dizer nada, certo? Podemos só caminhar em silêncio. É totalmente ok passar tempo com alguém e só existir, sabe?

— Tudo bem — digo.

Uma brisa leve sopra uma das tranças no rosto dela. Ray a coloca atrás da orelha e desvia o olhar.

— Então, internato, hã? — É o melhor que consigo puxar.

— O quê? Você não consegue caminhar em silêncio? A noite está linda, dá uma olhada ao redor.

Ela abre bem os braços. Como se fosse uma deixa, um grupo barulhento de adolescentes passa por nós, correndo animados por toda a extensão da Beale. Rimos por eles aparecerem no momento perfeito. O último a passar está vestido dos pés à cabeça com as roupas brilhantes do Elvis dos anos 1970, e rimos ainda mais.

— Obviamente, caminhar em silêncio e olhar ao redor tem seus méritos, mas não quero desperdiçar tempo evitando te olhar. Então, se eu tenho que conversar para poder te olhar, vamos conversar.

Aquele sorriso de novo. Comemoro por dentro.

— Sim, internato — confirma Ray.
— Por quê?
— Por que não?
— Certo.

Ficamos em silêncio por um momento.

— Onde você estuda?

— Só tem uma escola na cidade que presta — afirmo, como se a pergunta dela fosse absurda.

Ray revira os olhos e finge estar exausta.

— O que tem de errado com vocês da Central? Só diga Central e pronto.

Ela se abraça quando uma brisa fresca sopra. Sem pensar, tiro meu suéter e o coloco sobre os ombros de Ray para que ela possa vesti-lo. Ela enfia os braços nas mangas e o segura mais perto do corpo. Saber que o calor do meu corpo está esquentando o dela faz meu coração acelerar um pouquinho. Enfio as mãos nos bolsos, o mais profundo possível.

— Obrigada. Está ventando muito aqui. — Os olhos de Ray se erguem para o céu como se ela estivesse tentando pensar em algo; então ela sorri com a lembrança. — Vi um panfleto na parede da sala do conselho.

Do que estamos falando? Fecho bem a boca. Desde que Ray esteja falando comigo, tudo bem.

— Um grupo de garotas, todas juntas usando camisas polo branca idênticas e saias plissadas xadrez verde e amarelo, chamou minha atenção. Os prédios do outro lado do gramado enorme atrás delas me lembravam Hogwarts. Tinha uma garota negra na foto. Ela usava tranças e aparelho, e parecia tão feliz. — Ray arregala os olhos toda vez que chega ao final das frases, que são lentas e pensadas. Toda vez que faz uma pausa, ela pisca por um pouquinho mais de tempo do que o necessário.

— Isto está mesmo acontecendo — eu me ouço sussurrar. Eu disse isso em voz alta? — Quer dizer, hã... eu não...

— Você está me escutando? — Ray sorri.

Esse sorriso. Tudo o que posso fazer é rir porque estou preso nele.

— Não, quer dizer, estou te ouvindo. É que você é tão expressiva quando fala. Seu... — Sei o que quero dizer, mas não está dando certo.

— O que eu acabei de falar? — Ela para de andar e cruza os braços de um jeito divertido, mas também um pouco irritado.

Eu repito o que ela disse — tudo, quase reproduzindo com as mesmas palavras. O rosto de Ray vai de divertimento cético para algo mais sério, que é difícil de interpretar.

— Impressionante — diz Ray sem emoção, assentindo. Ela volta a caminhar, me deixando para trás. Dou uma corridinha para alcançá-la. — E eu ouvi o que você disse.

— Hã? — Finjo que não sei do que ela está falando.

— Ainda agora. Você sussurrou, mas eu ouvi. "Isto está mesmo acontecendo." — Ray quase sorri. — Sempre fui meio solitária na escola. Quer dizer, as pessoas me conheciam, daquela forma que você conhece qualquer garota superalta com a qual estudou, mas eu nunca tive amigos de verdade.

— Você não tinha amigos? Você parece tão legal.

Ela dá de ombros.

— Eu me mantive ocupada com arte, poesia, projetos escolares e outras coisas. Cassius era meu único amigo de verdade no ensino fundamental. Ele andava com a Mel e comigo, até que fiquei cansada de segurar vela e me afastei.

— O verdadeiro nome de Cash é Cassius?

— Sim. Cassius Clay, sabe? O nome é em homenagem ao Muhammad Ali.

— Então vocês são amigos há uma eternidade. Deu pra notar... quer dizer, ele parece meio protetor, tipo... não sei. Ele meio que me deu uma encarada. — Ray me olha como se estivesse tentando adivinhar onde estou querendo chegar. Acho que é melhor eu não falar do Cassius. — Mas você tem amigos agora? Quer dizer, Briana, obviamente. É como você achou que fosse ser? Você sorri nas fotos de escola agora?

— Bri é minha amiga. Mas não posso dizer que chamaria outra pessoa de amiga ali. Nós meio que estamos todos presos na escola, longe de casa, e temos que nos esforçar. Se Bri e eu não fôssemos colegas de quarto, quem sabe? Eu ainda sorrio do mesmo jeito nas fotos de escola.

Acho que é a primeira vez que conheço uma garota aberta assim. Eu não esperava uma conversa profundamente pessoal como esta. Me pergunto com que frequência ela compartilha essas coisas com pessoas que acabou de conhecer. Não é como se ela estivesse fingindo ou algo assim.

— Interessante. Bri é sua colega de quarto e única amiga no internato. Cassius foi seu amigo no ensino fundamental e é seu vizinho. Eu sou bom nesse negócio de amizade. Mas não moro perto de você, acho que eu teria que me mudar.

Ray revira os olhos, rindo, e meu mundo explode como fogos de artifício em uma noite de verão perfeitamente clara.

— Me formei em maio. Começo na Universidade Howard no outono — digo.

— Howard? Eu estive lá no verão passado para um programa de liderança. Foi revigorante passar uma semana inteira imersa na negritude. Está na minha lista também.

Não sei que expressão estou fazendo. Só estou pensando nela na Howard enquanto eu estou na Howard e de repente minha vida parece boa demais para ser verdade.

— Time de natação. Eu nado. Quer dizer, eu vou nadar pela Howard. Bolsa de estudos — consigo dizer. *Controle-se, Orion.* — Tudo bem. Tradução: eu vou para Howard com uma bolsa de estudos parcial neste outono.

— Aaaaah, ele patina. Ele nada. Que outros talentos ele tem? — Os olhos dela sorriem. Tento gravar cada centímetro do rosto de Ray. Acho que ela gosta de mim. Como se lesse minha mente e não estivesse tão a fim, o sorriso desaparece.

— Hum. Quais outras faculdades estão na sua lista?

— Podemos falar de outra coisa?

— Tá bom. É. Eu não quero falar de outras faculdades mesmo. Só quero pensar sobre você indo para a Howard, então... — Deixo minhas palavras morrerem, esperando que Ray ria com a sugestão na minha voz, mas ela está séria. A magia se foi. O grupo de garotos de mais cedo reveza dando cambalhotas como ginastas destemidos na parte da Beale Street que abriram, como uma passarela. Está quase na vez do Elvis.

Ray balança a cabeça.

— Você nem me conhece e já está fazendo planos? Eu posso ser uma *stalker* e você acabou de me contar onde posso encontrá-lo nos próximos quatro anos. Pode ser que você esteja em perigo, meu amigo.

— Se eu tiver sorte — digo, sério de verdade.

Ela dá uma risadinha e não desvia o olhar desta vez. Está me encarando.

— Eu quero. Que-quero te conhecer. — *Vamos, O. Não fique nervoso agora que tem toda a atenção dela.* Pigarreio.

— Você disse que eu nem te conheço. Bem, eu *quero* te conhecer. Vou para a faculdade em quatro semanas. É tempo suficiente para conhecer alguém. Quando você volta pra escola?

— Sério? — Ray pergunta para o céu. — Por quê?

Espero não estar soando desesperado demais, mas ela está aqui agora e nós dois teremos aula em estados diferentes no outono. E eu não quero imaginar estarmos na mesma cidade e eu sem ela. Maldito Mo ou qualquer um que ache que sou fraco. Serei qualquer coisa se ela apenas me olhar outra vez.

— É, quer dizer, quero saber quando você vai, porque... — começo a explicar, mas Ray me interrompe.

— Não. Por que você quer me conhecer?

Não sei como responder, então não digo nada. Por um momento, os únicos sons são a sinfonia dissonante da música vinda dos bares e as vozes das pessoas conversando, rindo, provavelmente brigando ao nosso redor.

— Sou só uma garota que andou de patins com você uma noite. Tem certeza de que quer me perguntar quanto tempo ainda temos? Você poderia conhecer outra "garota atraente com quem nunca falaria" — diz ela, fazendo aspas — na próxima vez que sair. E aí?

O silêncio se instaura entre nós e eu deixo, escolho minhas próximas palavras com cuidado.

— Já conheci a única garota atraente com quem quero falar neste verão. Se eu não falar com você, vou *querer* estar falando com você.

Ray suspira.

— Patinamos um pouco e agora estamos conversando na Beale — respondo. — É loucura eu não querer que termine aqui?

Ela não está satisfeita com meu uso da palavra *conversando*. Quero que ela sorria de novo.

Olho para cima. O céu é um cobertor espesso de azul profundo, enevoado com um lençol de nuvens, interrompido apenas pela lua crescente e brilhante. Não há estrelas para fazer pedidos, então envio um para o homem na lua. Estamos quase no fim deste lado da Beale, e teremos que voltar logo. Olho por sobre o ombro e vejo as luzes dos prédios dançarem nas poças de água formadas nos paralelepípedos e espero que algo, qualquer coisa, venha à minha mente.

— Você perguntou por que eu quero te conhecer. A verdadeira resposta é que não posso explicar. Quando te vi, eu só... não sei. E, falando com você, você diz coisas que me fazem... querer continuar ouvindo, acho. — Nos observamos em silêncio. Não consigo ler a expressão dela; ela parece mais curiosa sobre o que falei do que qualquer outra coisa. — Tira uma foto comigo? Pode ser com a Beale Street no fundo.

Ray assente e se inclina para perto de mim como se já tivéssemos feito isso mil vezes antes, e eu ergo meu celular. Tenho medo de tocá-la, então meu braço passa ao redor do ombro dela, no ar. Ela tem cheiro de flores, e preciso de toda a minha força de vontade para não pressionar meu nariz no pescoço dela.

— Então, quando posso te ver de novo? Podemos conversar? Como vou saber? Você sabe o caminho para San Jose? Não me faça citar músicas R&B, eu posso fazer isso... a noite inteira. Viu?

Faço o possível para parecer bobo, balançando as sobrancelhas. Ela ri.

— Mas "Do You Know The Way To San Jose" é uma canção de R&B?

— Não sei. É Dionne Warwick, então mesmo que não seja R&B, ela é negra, então vale — insisto. Indico com a cabeça o caminho para voltarmos.

Caminhamos em silêncio por um tempo. Eu a flagro me olhando algumas vezes.

— Tudo bem, Orion — diz Ray por fim.

Fecho meus olhos por um segundo. A voz dela é doce ao dizer meu nome. Expiro.

— Para um cara que não está acostumado a falar com garotas, você sabe bem como usar as palavras. — Ela ri e balança a cabeça. Não sei se é uma coisa boa ou ruim, mas tenho medo de perguntar e não gostar da resposta.

— Legal. Então, te conhecer. Ray. É apelido? Seu nome?

— É só Ray. — A resposta dela é curta e ríspida, então deixo isso de lado.

— Cor favorita?

— Roxo.

— Comida favorita?

— Frango com curry, guandu e arroz.

— Tudo bem, tecnicamente isso é mais que um prato; também é muito específico.

— Essa é a resposta — diz Ray. Algo na voz dela faz parecer que ela não acabou de falar, então espero. Ray me observa com cuidado, como se estivesse decidindo se quer falar. — Meu pai... — Ela parece buscar por algo em meus olhos. — Era... Quer dizer, é a comida favorita dele, então minha mãe a faz o tempo todo. Desde sempre.

Assinto antes que ela desvie o olhar.

Sem saber por que o humor dela parece ter mudado, eu só digo:

— Legal.

Quero fazer um milhão de perguntas até que o sol esteja tão alto no céu quanto a lua está agora. Mas não quero deixar Ray desconfortável. Sei que ela está cansada de ouvir que quero manter contato.

Quanto mais no aproximamos da faixa de pedestres, mais perto esta noite está de terminar. Tenho que ver Ray de novo. Amanhã. Como?

Cruzamos a rua e ela acelera os passos. Chegamos em silêncio nos carros estacionados. Mo e Bri agora estão sentados no meio-fio.

— Vocês viram o garoto vestido como o Elvis? — Bri pergunta.

Assentimos e dizemos a eles que Elvis deu cambalhotas quando seu grupo chegou à metade da rua.

Mo me dá uma piscadela. Não sei como interpretar, mas ele está aprontando.

— Bri e eu conversamos. Ela só vai ficar na cidade este fim de semana. Vocês parecem que estavam se curtindo ou algo assim. A gente devia sair de novo.

Ray está lançando olhadas feias para Bri, que tem um sorriso meloso grudado no rosto. Mo está assentindo, e eu entendo. Estou virando um bom parceiro. Estou animadíssimo agora. Quero fazer parkour por todo este estacionamento.

— Piscina. Quer dizer... você pode ir à minha piscina — consigo dizer. — Minha casa tem piscina. Venha amanhã à noite. Nadar à noite. Nós e talvez mais algumas pessoas?

Ray começa:

— Eu não acho...

— Estaremos lá! — grita Briana, enganchando o braço no de Ray.

Ray se solta.

— Obrigada pelo convite, mas depende de como as coisas vão rolar amanhã. Eu aviso. Se você quiser, pode me dar seu número e talvez eu te ligue se conseguirmos ir.

Bri coloca a mão no bolso de trás de Ray e me entrega o celular.

— Caramba, Bri. Eu ia dar meu número para ele, relaxa — diz ela, e de brincadeira revira os olhos. Então se vira para mim e diz: — Adicione seu número aos meus contatos. Me dá seu celular. Vou botar o meu nele.

Adiciono o meu e devolvo o celular para Ray. Bri abraça Mo para se despedir. Pisco e Ray já está no carro, dando partida, e, assim, ela vai embora. Mas me deu o número dela. Isso é alguma coisa. Espero que o plano de Mo funcione.

— Como se você se importasse — disse ela.

— É claro que me importo. Vou cuidar melhor de você a partir de agora.

— Você não entende — disse Gatsby, um tanto em pânico. — Você não vai mais cuidar dela.

— Não vou? — Tom arregalou os olhos e riu. Agora, ele podia se dar ao luxo de se controlar. — Por quê?

— Daisy está deixando você.

— Bobagem.

— Estou, sim — disse ela, com visível esforço.

— Ela não vai me deixar! — As palavras de repente pesaram sobre Gatsby. — Certamente não por um trapaceiro ordinário que teria de roubar o anel para colocá-lo no dedo dela.

— Não vou tolerar isso! — gritou Daisy. — Por favor, vamos embora.

— Quem é você afinal? — explodiu Tom. — Você é um daqueles que anda com Meyer Wolfsheim, disso eu sei. Conduzi uma pequena investigação sobre seus negócios, e a levarei adiante amanhã.

— Fique à vontade, camarada — disse Gatsby firmemente.

— Descobri o que eram suas "farmácias". — Ele se virou para nós e falou rapidamente. — Ele e Wolfsheim compraram várias farmácias de rua aqui e em Chicago e venderam etanol no balcão. Essa é uma das artimanhazinhas dele. Eu o julguei como contrabandista desde a primeira vez que o vi, e não estava errado.

— E daí? — disse Gatsby educadamente. — Suponho que seu amigo Walter Chase não tenha ficado assim tão orgulho quando entrou no negócio.

— E você o abandonou, não é? Você o deixou ir para a cadeia por um mês em Nova Jersey. Deus! Precisa ouvir Walter falando de você.

Quem é você?

Cinco

RAY

21 DIAS

A voz suave do Bob Marley me acorda antes que o cheiro de bacon e de bolo de chocolate recém-saído do forno provoque um sorriso no meu rosto. Minha mãe faz o mesmo bolo para o meu aniversário todo ano. São duas camadas de chocolate e leitelho, com cobertura de creme de manteiga de lavanda. A cobertura é tingida de lilás e tem gosto de paraíso e amor, e vamos comer todo dia até que acabe.

E bem assim, o rosto apaixonado de Orion aparece na minha mente, fazendo borboletas voarem no meu estômago. Isso era exatamente o que eu queria evitar. Eu dei o número de telefone fixo da minha mãe porque não queria que ele me mandasse mensagem. Olhando para o meu celular agora, eu meio que me arrependo. Culpo Bri. Graças a necessidade dela de ser entretida por garotos, aquele lá está ocupando espaço na minha mente. Eu estava bem quando terminamos de patinar. Então tivemos que acabar indo a Beale, e ele teve que ser legal, e teve que me dar seu suéter, e eu tive que vesti-lo em casa. Talvez ele não sinta falta.

O riso abafado de Bri e da minha mãe me traz de volta à realidade e me leva até a cozinha. No corredor, percebo duas caixas de arquivo espalhadas no cômodo que chamamos de Quartinho da Bagunça. Fecho a porta. Sempre temos o cuidado de manter essa porta fechada quando temos visita. Minha mãe está sendo desleixada.

— Aí está nossa garota — diz ela, me abraçando. Apoio minha bochecha no ombro dela porque aquele centímetro a mais de altura em relação a mim que ela tem é suficiente para me fazer sentir pequena e porque os abraços dela são o motivo de eu viver.

— Oi, mãe — murmuro, soando mais sonolenta do que realmente estou. — Bom dia, Bri. Espero que tenha dormido bem.

— Dia — diz Bri com a boca cheia de melão. — Não se preocupe, você não roncou nem nada. Senti cheiro de café e não pude resistir.

Eu me sirvo uma xícara de café, satisfeita em ver que está pelando. Minha mãe coloca tiras crocantes de bacon em uma bandeja forrada com papel toalha. Percebo duas camadas de bolo de chocolate esfriando sobre a bancada.

— O bolo parece tão bom. Obrigada, mãe. Bri, espere até você provar.

— É, sua mãe me contou sobre a cobertura. Nunca provei cobertura de lavanda antes. Delícia.

Bri se aproxima da porta da varanda.

— Bri, Ray te mostrou a casa na árvore? — pergunta minha mãe.

— Ainda não. Que inveja. Ela tem a própria Terabítia dela aqui. Vou dar uma olhadinha naquele jardim.

Bri sai pela porta de correr. Nosso jardim é cheio de flores silvestres e ervas medicinais, meticulosamente plantadas em fileiras ao redor de pequenas clareiras de pedras de pavimento na grama, acentuadas por um limoeiro anão plantado em um barril de uísque. A lavanda que reveste o perímetro interior é a principal atração, especialmente no verão.

Minha mãe pede licença para se arrumar. Como sempre, ela faz uma pequena pausa diante da foto que capturou o momento que estavam cortando o bolo do seu casamento, depois desaparece no corredor.

— Feliz aniversário, Ray — cantarola Bri.

Ela está segurando uma caixinha reta embrulhada em papel coberto com caligrafia manuscrita. Parece uma carta antiga e chique de uma época em que as pessoas escreviam com penas mergulhadas em potes de tinta. O barbante que cruza o pacote está amarrado em um laço simples na parte superior.

Pego a caixa da mão dela e abro. O diário é encadernado em couro macio e marrom. O couro da parte de trás invade o da frente e é preso por duas tiras, também de couro. Afrouxo os laços e revelo páginas grossas, prensadas com flores, com bordas enfeitadas.

— Eu vi e imediatamente pensei que todos os seus diários são de couro preto e presos com elástico. Este vai se destacar. Talvez você possa usar para coisas ultraespeciais.

Às vezes, os presentes de Bri são melhorias de coisas que eu já tenho. Na verdade, eles são meio que presentes de zoação, mas sei que são de coração. Como quando ela me deu fones de ouvido turquesa para substituir os pretos que eu usava desde sempre.

— Pronto. Agora combina com a capinha do seu celular — disse ela quando eu os experimentei.

— É tão bonito e extremamente atencioso. Obrigada, amiga.

Dou um abraço nela.

Depois que Bri e eu nos enchemos de waffles e bacon e lavamos a louça, minha mãe surge do corredor, de banho tomado, vestida e pronta para se encontrar com os amigos.

— Esqueci de perguntar. Vocês se divertiram ontem?

— Sim. Cash, Mel e eu fizemos aquela dança do ensino fundamental.

— Sra. Rosalyn, você devia ter visto. Eu não fazia ideia de que Ray é uma rainha dos patins. Ela foi incrível, me deixou totalmente invisível para um garoto que eu estava de olho. Ele só tinha olhos para a Ray.

Brincalhona, minha mãe ergue as sobrancelhas.

— Ah, é? Um garoto, hein? Vocês chegaram bem tarde.

Minha mãe dá um gole teatral no café. Amo quando ela é divertida assim.

— Fomos a Beale Street com ele e o amigo dele depois que o Crystal Palace fechou — explico.

Minha mãe ergue a sobrancelha de novo, menos animada.

— Para caminhar — adiciono. — Eu queria que Bri visse a Beale Street.

— Então, enquanto Orion estava conhecendo a Ray, eu estava segurando vela com o amigo dele, Mo.

Hã, definitivamente eu que segurei vela, não Bri. Foi ideia deles caminhar por lá, para início de conversa. Mas mantenho a boca fechada e deixo Bri achar que estava me fazendo um favor.

— Orion? — Minha mãe sorri só um pouquinho.

— É, o que foi?

— Hã? Ah. Não, querida. Eu só não tinha certeza de ter ouvido direito. Orion e Mo? — Ela pega um pedacinho de waffle que sobrou.

Bri e eu assentimos.

— O que você sabe a respeito dele?

Não consigo segurar o sorriso bobo que lanço para Bri, e nós duas explodimos em gargalhadas. Eu costumava zoar o sorriso brega e a voz cantarolada dela quando conhecia um garoto novo. Agora entendo.

Minha mãe parece confusa.

— O nome dele é Orion. Ele é mais alto que eu, mas só um centímetro ou dois. Ele nada. Ele se formou nesta primavera. Vai nadar pela Howard no outono. O pai dele é dono de uma empresa de caminhões. Anchor Trucking. Ele gosta de mim. Não tenho certeza se quero que ele goste de mim. Fim.

Minha mãe observa meu rosto.

— Anchor Trucking. Você não tem certeza se quer que ele goste de você?

— É. Não tenho certeza se quero ser perturbada.

— Querida, você não tem que estar em lugar nenhum nem com ninguém que não queira estar. Mas você não pode controlar como ele se sente sobre você, só o que pode é escolher deixá-lo ficar por perto ou não.

— Eu sei, mãe. Você está falando comigo, a Rainha de Gelo. Quer dizer, eu sei, mas, de novo, não sei. Ele é diferente de um jeito que acho que provavelmente importa. Tipo, sei que ele me acha bonita, e ele não me fez me sentir desagradável. Foi legal. Faz sentido?

Bri parece que acabou de ver uma cesta cheia de filhotinhos e está prestes a chorar.

Minha mãe assente.

— Sim. Faz sentido. Se chama primeira impressão, e parece que ele causou uma muito forte em você.

Minha mãe parece um pouco preocupada ou algo assim.

— Pode relaxar, mãe, provavelmente nunca mais vou ver ele de novo. Só foi legal... a forma como ele me fez sentir, só isso. Não vou fugir nem casar nem nada — digo, tentando suavizar a situação.

— Na verdade, ele nos convidou para uma festa na piscina esta noite. — Bri sorri.

— Você vai para a casa dele?

— Não. Não sei. Talvez.

O rosto da minha mãe relaxa em um sorriso triste e suave que estou acostumada a ver.

Vi esse sorriso centenas de vezes — ela vai perceber que estou observando, se endireitar e insistir que está bem. Acontece com menos frequência desde que ela enfim doou os velhos livros e camisetas do meu pai, mas sempre está por perto no Dia.

— Vocês têm certeza de que querem ir para a casa de uns garotos que acabaram de conhecer? — Ela estreita os olhos para mim.

— Eu nem quero ir na casa dele. É a Bri que quer. Mas pensei em levar ela para ver Memphis, já que é o único dia inteiro dela aqui.

— Vocês não deveriam fazer nada que se sintam pressionadas a fazer. Quero ter certeza de que vocês estão atentas. Os pais dele estarão lá?

— Não perguntei. Eu nem quero ir, sério.

— Não tem motivo para a gente não poder fazer as duas coisas. Ele disse nadar de noite, lembra? Você pode me levar para ver Memphis durante o dia e podemos curtir com eles depois — Bri me lembra. — Eles parecem caras legais, sra. Roz. Mo disse que eles não fumam nem bebem nem nada. E vai ter mais gente lá. Não consigo pensar em uma maneira melhor de passar minha última noite em Memphis.

Minha mãe aperta a mandíbula.

— Mãe, você não tem que se preocupar, sério. Eu nem tô tão a fim dele, ele só é um cara legal. Vou deixar o endereço e o telefone para você saber exatamente onde estamos.

Um carro buzina e nós três damos um pulo.

— Eu não... talvez vocês não devam... — Minha mãe olha ao redor, como se as palavras pudessem ser encontradas em algum lugar da casa. — Se vocês forem, só... tomem cuidado, está bem? Confio em vocês. Minha carona chegou.

— Tá bom — digo enquanto ela se apressa em direção à porta. Minha resposta encontra uma porta fechando.

— Parece que vamos a uma festa na piscina esta noite — diz Bri. — Vou mandar mensagem para Mo.

Seis

ORION

As luzes do jardim, movidas a energia solar, piscam assim que o sol se põe detrás das árvores. Aplausos soam quando acendo as luzes da piscina e ela brilha em azul néon. Do pátio, faço uma reverência, aumento o volume dos alto-falantes e me recosto em uma espreguiçadeira, tentando não surtar.

Quase todo mundo que convidamos para nadar à noite está aqui. Ahmir e Niko, dois dos meus colegas de natação, se revezam para ver quem consegue segurar uma parada de mão debaixo da água por mais tempo. Ray e Bri não chegaram ainda. Passei para elas um horário mais tarde para que entrassem em uma festa cheia. Estou tenso para mostrar a Ray que pode ser divertido continuar saindo comigo.

— Mo, em uma escala de dez para sem interesse, essa garota é onze. Eu não vou mais ter que ser seu parceiro depois desta noite. É hora de eu voar sozinho. Como?

— Não posso te dizer o que fazer. Eu só tento conquistar. Você está se apaixonando e tal, e isso está fora do meu alcance.

— Sério? Você me fez chegar longe assim e vai me largar? Que tipo de amigo você é?

Mo balança a cabeça.

— Lamentável. Tá bom. Cara, olha pra você... olha pra sua casa. Impressione a gata. Mantenha ela sorrindo. Quando for a hora certa, depois que vocês estiverem curtindo por um minuto, pergunte o que ela gosta de fazer quando volta para casa no verão. Seja lá o que ela responder, diga que vocês deviam fazer juntos. O resto vai acontecer naturalmente. Simples.

Simples. Quase simples demais.

O celular de Mo vibra. Ela está aqui.

— Vou buscar elas. É melhor você estar fazendo uma parada bem Denzel Washington quando eu voltar. Impressione.

Estou paralisado quando Mo sai. *Impressionar?* E o que isso quer dizer? *Respire.* Tudo bem. Coloco duas toalhas em um braço e seguro duas garrafas de água na outra mão para recebê-las. Não. Pareço um mordomo. Largo tudo e me estico na espreguiçadeira. Não sei o que fazer com as mãos, então as coloco sobre a barriga. Não. É uma festa. Não quero parecer um inspetor. Uma das garotas grita, chamando minha atenção para a piscina. A piscina.

Mergulho no meio da piscina e nado até a parte rasa onde todos estão. Apoio meus cotovelos na borda e me junto à risada da briga de galo. Instantaneamente, fico um pouco constrangido ao lado de Niko, que só precisa aparecer para as garotas ficarem diferentes e risonhas. O tom da pele dele é marrom-claro e ele usa um corte *fade* encaracolado e frouxo. Ele também é um exibido, e ainda melhor com garotas do que Mo. E Ahmir é fortão. De repente, estou questionando minha decisão de convidar metade da minha equipe de revezamento para nadar. Balanço a cabeça para me livrar dos pensamentos e tento relaxar em uma vibe de festa tranquila.

— Eeeei, quem é a Vestido Branco? — pergunta Niko, pressionando o cotovelo no meu braço, quase me empurrando.

Ergo o olhar enquanto Mo entra no quintal com Bri e Ray.

— A Vestido Branco é não se preocupe com quem ela é — digo, me livrando de Niko.

— *Você* está preocupado? — Niko me pergunta, brincalhão. Eu o ignoro.

— Olha quem eu encontrei — Mo anuncia enquanto se aproximam da piscina. Hora do show.

Espero até que ela me veja e inclino minha cabeça para trás, em um *e aí*. Então me afasto da borda, mergulho e furo a superfície como um tubarão. Só tenho espaço para nadar algumas braçadas antes de chegar aos degraus, mas é só o que preciso.

Saio da piscina e caminho, um pouco mais devagar que o normal, para cumprimentá-las. De propósito, não pego uma toalha. Olho para Mo, que discretamente está me dando um sinal positivo. Vejo Ray me olhando e algumas borboletas voam no meu estômago. Automaticamente, meu abdômen se contrai. As tranças de Ray estão puxadas para cima em um rabo de cavalo. Ontem ela também tinha pescoço, orelhas e uma pele macia, mas é como se eu reparasse nisso agora pela primeira vez. Há um sorriso suave em seu rosto, e eu pigarreio para disfarçar uma risadinha.

— Short legal — diz Ray.

Olho para baixo, confuso porque estou usando um short azul-marinho comum. Então me dou conta: ela está elogiando minha aparência. *Está funcionando. Relaxa.*

— Obrigado.

Mordo meu lábio inferior e esfrego as mãos como vi Mo fazer inúmeras vezes enquanto conversa com garotas. Ela semicerra os olhos.

— Hum. Que bom que você pôde vir. — Ray está olhando para a piscina. — Então, Bri, o que você achou de Memphis? Mo disse que vocês fizeram um baita tour.

— É, eu vi aquela pirâmide de perto. Não sabia que o lugar era grande daquele jeito, os postais não mostram a verdade. Mas não entramos. Tenho zero interesse em caça e pesca. Eu queria ir de elevador até o topo da pirâmide, mas a fila estava enorme. Talvez da próxima vez. O Museu dos Direitos Civis foi surreal. Minha família viaja muito, pelo mundo inteiro, então já vi vários locais históricos, mas ver onde Martin Luther King foi baleado... ver onde o movimento de direitos civis foi destroçado... e como seguiram em frente... como continuamos seguindo em frente... — Bri balança a cabeça.

— É — digo —, é muito poderoso ver de perto. Que bom que você pôde ir.

Ficamos todos em silêncio por um momento. O olhar de Mo alcança o meu e ele assente em direção à ponta mais distante da piscina.

— Vem, vou mostrar onde vocês podem colocar suas coisas.

Elas me seguem até a parte coberta do pátio.

Bri solta a bolsa e rapidamente remove sua canga.

— Até depois — ela diz por sobre o ombro enquanto segue Mo até a piscina.

Ray e eu rimos diante de nosso óbvio abandono pré-planejado.

— Bri gosta muito do seu amigo. — Ray tira os chinelos.

— Toda garota que Mo quer que goste dele acaba gostando de fato.

Silêncio desconfortável.

Ray estende a mão para desamarrar as alças de seu longo vestido branco, e o material fluido parece flutuar no chão em câmera lenta. Instintivamente, me viro de costas.

— Você sabe que estou usando um maiô por baixo, né?

Sei que ela está sorrindo.

— Eu sei... desculpe. Não sei por que fiz isso. Vejo garotas se despindo o tempo todo... na natação... no aquecimento.

Pare de falar. Torno a me virar.

O maiô dourado faz com que a pele negra dela pareça iluminada por dentro — como se fosse algum tipo de metal precioso também. Ela me observa intencionalmente enquanto torce o rabo de cavalo em um coque e prende as pontas coloridas. Me sinto estranho. Me forço a olhar por cima do ombro dela em direção à piscina como se eu ligasse para o que está acontecendo lá. Olho para Ray e fica óbvio que ela sabe o efeito que tem sobre mim. *Diga algo bacana. Seja legal.* O que Mo diria agora? Minha mente está em branco. Compassivamente, Ray dá um passo para trás, se vira e dá um mortal no meio da piscina.

Quase uma hora e as coisas estão indo como planejado. Quanto mais o tempo passa, menos ansioso fico com a possibilidade de Ray se entediar comigo como acontece com outras garotas. Estamos fazendo uma competição de pulos e salto de barriga. Estou em primeiro lugar. Ray sorri para mim toda vez que ganho. Quando venço Niko, sacaneio ele, como sempre. Quando derroto Ahmir, digo que os *dreadlocks* estão deixando ele mais lento. Minhas piadas são um sucesso. Estou feliz que Ray possa me ver com meus amigos. Me sinto mais solto perto deles. Mo disse para eu manter Ray sorrindo. Acho que está funcionando. Até consigo que ela tire uma selfie comigo, com o rosto coladinho no meu.

Ahmir quer competir de novo. Fazemos *freestyle*, viramos e nadamos de volta. Toco na borda e ganho. Todo mundo aplaude e um rap está tocando no som do quintal. Ray está conversando, encostada na beira da piscina, ombro a ombro com Niko. Com aquele sorriso idiota plantado em seu rosto, nem preciso adivinhar que ele está flertando.

Nado em direção a eles e espero ouvir o que Niko está dizendo antes que eles me percebam.

— *Me gusta* seu rosto, garota. Você é bonita pra...

— Eu *fazer algo doloroso* na sua cara se você não se afastar da minha garota — digo, jogando água no rosto de Niko.

Todos explodem em um coro de *uuuuh*. Niko se encolhe mas ri, e forço uma risada para amenizar o golpe.

A galera ainda está jogando água e rindo quando me dou conta de que chamei Ray de minha garota. Os olhos dela estão fuzilando os meus. Ela sorri tão amplamente que vejo uma covinha suave em sua outra bochecha.

— *Sua garota?* — repete Ray. Ela ri e passa por mim de costas, nadando em direção ao outro lado da piscina. — Você vem? — chama ela enquanto se vira e nada para longe.

Todo mundo me incentiva enquanto a alcanço.

Nos encaramos, submersos na água, trocando sorrisinhos bobos por alguns segundos.

— *Me gusta* seu rosto? — Ray diz, zombando. — O Niko é uma figura. Ele estava mesmo tentando conseguir alguma coisa com o espanglês.

— É, Niko é fluente em espanhol, teve uma babá que falava espanhol só para isso, ele é negro e da Sérvia. Ele é fluente em sérvio também.

— Ah. Trilíngue? Legal — diz Ray. Uma ondinha de ciúmes passa por mim. — Ele sempre faz isso? Tenta roubar *suas garotas?*

O sorriso dela é tão doce. Estou envergonhado por ela achar que ele faz isso comigo o tempo todo, mas não o suficiente para entrar na defensiva.

— Não estou preocupado com Niko. Nadamos juntos desde os oito anos. Ele é como um irmão. Além disso, eu nunca tive uma *garota* pra valer.

Ray ergue as sobrancelhas.

— Não, quer dizer... eu tive garotas, nada sério nem... nem ninguém ficou por muito tempo... para eu mostrar.

Nada sutil.

— Por quanto tempo você consegue prender a respiração? — pergunta ela, gentilmente mudando de assunto.

— Um pouco mais de dois minutos — respondo. — Dois minutos e dezenove segundos, para ser exato.

— Sério? O que você é? Metade golfinho?

— Metade tubarão. Eu pratico muito. — Me mexo para a direita e ela faz o mesmo, de forma que estamos nos movendo em um círculo vagaroso, nos encarando. — Quanto tempo você consegue?

— Não sei. Nunca contei. Quer contar para mim?

Ela para de circular e se mexe no lugar.

— Sim.

— Tudo bem. No três — diz ela. — Um, dois...

No três, nós dois mergulhamos. Eu seguraria meu ar para sempre se pudesse apenas olhar para ela assim. As luzes da piscina brincam com a água contra seu maiô cintilante e pele escura, brilhando enquanto ela se estabiliza na água, movendo devagar os braços e as pernas incrivelmente longas para se controlar. Ela sorri para mim e bolinhas escapam de sua boca. Uau. Ela volta à superfície. Eu a sigo.

Ray arfa por ar.

— Quanto tempo?

Eu explodo em uma risada.

— O quê?

— Esqueci de contar.

Uma de suas tranças cor-de-rosa se soltou e está grudada na testa. Sem pensar, eu a tiro do lugar e coloco atrás da orelha dela. Algum clássico pop está tocando, mas também poderia ser uma sinfonia de violinos. A boca de Ray aos poucos se curva em um sorriso e seus olhos ficam suaves. Nos filmes, provavelmente é aqui que eu pediria para beijá-la. Eu gostaria de ser tão ousado quanto os caras nos filmes.

— Pizza. — Me arrependo imediatamente, mas não há como voltar. Antes de sair da piscina, anuncio ao grupo que pedirei algumas.

— Ah, valeu, O. Só comi cereal hoje. Tô morrendo de fome! — diz Niko.

Peço as pizzas e me deparo com Ray quando alcanço a porta.

— Ei, onde fica o banheiro?

Eu a levo até lá.

— Não volta pra lá ainda, tá bem? Espere por mim. Já volto. — Ela entra no banheiro e fecha a porta.

Caminho até as portas de correr que levam ao quintal. As batalhas de mergulho terminaram e quase todo mundo está só de boa ao redor da piscina. Mo está esticado em uma das espreguiçadeiras duplas ao lado de Bri. Ele diz algo que deve ter sido uma piada, porque todos por perto caem na gargalhada. Ouço a porta do banheiro se abrir atrás de mim.

— Obrigada por esperar. Você quer me mostrar seu quarto? Estamos nos *conhecendo*, não é?

O jeito como ela diz *conhecendo* faz minha pulsação acelerar. Acho que ela quis dizer no sentido bíblico, em que "te conhecer" significa "te estudar". Metade de mim espera que tudo esteja na minha cabeça, porque a única pessoa que *conheci* foi eu mesmo, mas aquela parte de mim está em guerra com a metade que quer conhecer Ray em cada sentido da palavra.

— Claro. Que bom que arrumei a cama hoje... hum... quer dizer, que bom que limpei meu quarto... não... — *Cale a boca*. Não consigo olhar para ela, então só vou. Ray me segue escada acima. — Cuidado com o Lótus. Ele vive neste degrau.

Me agacho e acaricio a testa de Lótus antes de evitar pisar nele.

— Nunca vi um gato com um olho verde e o outro azul. — Ray me segue para o quarto, e Jinx a segue e pula na minha cama.

— Outro? De onde ele saiu?

— *Esta* é a Jinx — acaricio a cabeça dela — e ela aparece como mágica, não é, menina?

Paro de afagar Jinx quando percebo que fiz vozinha de bebê na frente de Ray. Quero desaparecer.

— Um gato preto, uma gata branca... tem mais?

— Não, só Lótus e Jinx. Eu os adotei dois anos depois do... eu os adotei depois que nos mudamos para cá.

Agora que uma garota está aqui, percebo como este lugar é juvenil, com as paredes azuis e pôsteres de avião por toda parte. Por que ainda exibo carrinhos da Hot Wheels no meu quarto? Que vergonha. Pelo menos está limpo. Estamos sozinhos. Só tenho que encontrar o momento perfeito para perguntar o que ela gosta de fazer.

Ray corre os dedos pelas lombadas dos livros empilhados na minha mesa. Ela dá uma olhada no meu Mural da Fama de natação — prateleiras montadas com placas e fotos emolduradas, fileiras de medalhas penduradas em ganchos e toneladas de selfies em competições pregadas na parede.

— Olímpiadas juvenis? Vou dar um palpite aqui e adivinhar que você nada um pouco.

Tento parecer o mais descolado possível. *Impressionar*.

— É, eu nado um pouco.

Ray dá um sorrisinho, admirando tudo. De repente me sinto menos inseguro com meus carrinhos.

— Agora todas aquelas fotos que você pede fazem sentido.

— É. Meu pai costumava tirar fotos de nós, da família, o tempo todo. Ele tirava fotos dos momentos mais aleatórios. Quando eu era pequeno, gostava muito de fotografia, de revelar filmes e tudo isso. Acho que cansei.

Ray assente. O rosto dela fica sério, quase transparecendo tristeza, antes que ela volte a observar o quarto.

— Você toca?

Agora ela passa os dedos em um dos três violões que estão pendurados em ganchos na parede. Gosto de como ela toca nas minhas coisas. Eu gostaria de poder dizer sim e tocar uma música do Ed Sheeran para ela, mas sou muito tímido.

— Sim. Só sei algumas músicas, faço aulas esporádicas há anos. No início fiz aulas em grupo, mas não conseguia me concentrar... o som dos outros violões.

Então a natação começou a tomar cada vez mais meu tempo, e eu larguei a música. Nadar é vida. Às vezes, aprendo algumas cifras assistindo a vídeos no YouTube.

— Você canta também?

No chuveiro, aqui com os gatos, mas na frente de humanos não.

— Não, geralmente só toco a parte instrumental.

Tento soar despreocupado. Nossos olhares se encontram e as pálpebras dela ficam pesadas. Ray estende a mão e gentilmente puxa meu calção, tão rápido que eu me pergunto se isso aconteceu. Olho para a mão dela e depois para o mesmo ponto no meu calção alguns segundos depois que ela me solta. Quando a olho, ela morde o lábio inferior.

— Toca alguma coisa para mim — diz Ray, e se senta na minha cama como se não fosse nada. O plano de Mo está funcionando bem demais.

Pego meu violão favorito. Meu coração parece que vai sair do peito. Mo disse para impressioná-la. Estou sem camisa, segurando um violão. Acho que isso serve. O violão já está afinado, mas finjo afinar mesmo assim. Nunca toco ou canto na frente dos meus pais de olhos abertos. Quando criança, eu os fechava porque acreditava que isso me tornava invisível. Invoco um pouco de coragem, respiro fundo, olho Ray bem nos olhos e dedilho a introdução, tocando as cordas uma a uma. Fico feliz que seja uma introdução curta, porque vê-la me observar está me fazendo estremecer por dentro. Pigarreio e paro de tocar.

— Você reconhece?

— Bob Marley. "Redemption Song". *Legend* é um dos meus álbuns favoritos. — O sorriso dela é tão aberto que seus olhos quase se fecham. Algo remexe no meu peito. — É... minha mãe tocou esse álbum na nossa casa a minha vida toda. Geralmente tem música quando ela está em casa, e esse disco sempre tocou demais.

— Temos algo em comum — digo.

O sorriso dela começa a desaparecer. Pigarreio.

— Tenho que fechar os olhos para tocar o resto... para poder me concentrar.

A última coisa que vejo antes de fechar os olhos é o sorriso dela diminuindo.

— Pronto — digo quando termino, dando de ombros.

— Ótimo. Bravo. — Ray exagera em um aplauso lento. Aquela expressão faminta está de volta ao rosto dela.

Penduro meu violão, inspiro fundo algumas vezes e grito em silêncio. Agora é o momento perfeito para perguntar o que ela gosta de fazer.

— O que é isso? — diz Ray, me fazendo pular quando toca a cicatriz no centro das minhas costas. Seria o mesmo se ela estivesse tocando tudo da minha cintura para baixo. Saio do alcance dela e em reflexo toco o ponto enquanto me viro para ela.

— Cirurgia na coluna bebê... quando bebê... nasci com a medula presa.

Ray parece constrangida.

— Caramba. Eu não devia ter perguntado... eu não quis...

— Não, tudo bem. É uma história engraçada, na verdade. Meus pais me disseram que nasci com uma barbatana de tubarão e que a removeram porque eu nadava rápido demais. Eu tinha quatro anos, então acreditei neles.

— Que fofo! — Ray parece que acabou de ver um daqueles pedidos de casamento virais no Instagram.

Ela se levanta e sua toalha escorrega. Ray a pega e a prende na cintura antes de se sentar mais para trás na cama. Ela diz algo sobre a barbatana de tubarão ser a coisa mais fofa. Meus ouvidos estão zumbindo agora porque Jinx atravessa a cama e acaricia a mão de Ray até ela devolver o toque. Ray faz isso como se já tivesse feito milhares de vezes — como se fosse a coisa mais natural para ela estar no meu quarto, na minha cama, acariciando minha gata. Minha gata, que eu invejo agora.

— Por que você não se junta a Jinx e eu aqui? — Ray me olha de cima a baixo, muito séria.

— Hã? Na cama?

— É. Na cama.

Ela continua a acariciar Jinx e se apoia sobre o cotovelo, se esticando de lado, e não consigo lidar.

Pigarreio e olho para a porta, para identificar quaisquer possíveis rotas de escape ou para decidir se devo fechá-la. Olho outra vez para Ray, que ainda me encara como se eu fosse sobremesa.

— Pizza. — *De novo, Orion, sério?*

Ray parece confusa. Estou em pânico. Ainda não estou pronto para estar na cama com ela, mas é óbvio que ela está. Mo chamaria isso de vitória, mas eu quero mais de... Não sei... *dela*... antes das coisas na cama. Se eu disser que não estou pronto para tudo isso, ela vai esperar até que eu esteja?

— Pizza — repito como um homem das cavernas, e aponto para a janela atrás dela. Ando ao redor da cama e olho para o quintal. *Pizza.*

Ray me seguiu quando caminhei até a janela, porque a frente de seu corpo agora está pressionada contra o meu lado. Ela também está olhando para o quintal. Caixas de pizza e convidados da festa pontilham as áreas de estar ao redor da piscina.

— É. Hã. Talvez a gente deva pegar pizza antes que acabem com tudo. — Pigarreio, tentando soar descolado. — Eu devia comer um montão de carboidrato hoje. Para o treino. Temos um treino bem intenso de manhã. Natação.

— Ou poderíamos ter uma prática bem intensa aqui — sugere Ray, roçando a bochecha no meu ombro.

Não sei o que dizer, mas sei que não estou pronto para isso agora. Estou estupefato. Sem palavras.

Ray dá uma risadinha e revira os olhos. É um soco no meu estômago.

— Vamos comer — diz ela.

— Hum...

Derrotado e sem palavras, corro para fora do quarto, deixando Ray lá. Quero me impedir a cada passo que dou em direção à porta, mas minha cabeça está girando. Faço uma pausa aos pés da escada para me recompor. Estou envergonhado demais para olhar para Ray e arrasado demais para encarar Mo. Na verdade, estou segurando as lágrimas. Odeio isso.

Mo sai da piscina quando me vê me aproximando da porta. Chegamos à mesa cheia de pizzas ao mesmo tempo.

— Cara. Me deixa lidar com essas pizzas para que você possa ir lá pra cima cuidar do seu negócio. — Ele assente na direção da casa com uma expressão boba.

Balanço a cabeça.

— Não tem negócio pra cuidar, Mo. Ela está no meu quarto, e eu não sei... — digo.

Mo afasta minha mão das caixas de pizza e me empurra em direção à casa.

— No seu quarto? Entra lá. Pega. Vai. Tchau.

Ele enfia uma caixa de pizza na minha mão e me guia para a porta. Como Mo não entende que eu não quero *pegar* ainda? Quer dizer, eu quero pegar... eu adoraria pegar algum dia, cedo ou tarde. A verdade é que eu nunca quis tanto, mas agora só observar Ray e descobrir jeitos de fazê-la sorrir é tudo que preciso.

Não posso fazer isso do jeito de Mo. A sinceridade me deu alguns pontos logo no início. Tenho que prosseguir assim. Abro a caixa de pizza e dou uma mordida enorme no primeiro pedaço que pego. Vou lá pra cima lembrá-la de que sou o tipo nervoso, que gosto dela, e perguntar, esperançoso, se ela me deixa vê-la outra vez.

Ela olhou para Tom, alarmada agora, mas ele insistiu com magnânimo desprezo.

— Pode ir. Ele não vai aborrecê-la. Acho que ele percebe que o flertezinho pretencioso dele acabou.

Eles tinham partido, sem dizer uma palavra, extenuados e acidentados, isolados, tal qual fantasmas, mesmo da nossa pena.

Depois de um momento, Tom se levantou e começou a enrolar a garrafa fechada de uísque na toalha.

— Querem alguma dessas coisas? Jordan?... Nick?

Não respondi.

— Nick? — ele repetiu.

— O quê?

— Quer?

— Não... acabei de lembrar que hoje é meu aniversário.

Eu tinha trinta anos. Diante de mim estendia-se a estrada portentosa e ameaçadora de uma nova década.

Eram sete horas quando entramos no cupê com ele, em direção a Long Island. Tom falou incessantemente, exultante e risonho, mas a voz dele estava tão distante de Jordan e eu quanto o clamor exterior na calçada e o tumulto do elevado lá em cima. A simpatia humana tem limites, e estávamos satisfeitos em deixar todos os argumentos trágicos deles desaparecerem com as luzes da cidade atrás. Trinta anos; a promessa de uma década de solidão, uma lista cada vez menor de amigos solteiros, uma bagagem cada vez menor de entusiasmo, cabelo mais ralo. Mas lá estava Jordan ao meu lado, que, diferentemente de Daisy, era sábio demais para carregar sonhos esquecidos de uma época a outra. Enquanto passávamos pela ponte escura, o rosto pálido dela recaiu preguiçosamente em meu ombro, e o formidável golpe dos trinta desapareceu com o reconfortante aperto da mão dela.

Ela insistiu.
Ele não vai.
Ele percebe
o flertezinho dele acabou.
Partido
sem dizer uma palavra.
Uma pena.
Trágico.

Sete

RAY

Orion literalmente fugiu de mim. Desabo na cama, perplexa. Por que me dar ao trabalho com esse cara?

Jinx está estendida na cama ao meu lado, onde Orion deveria estar. Me levanto para dar outra olhada no quarto.

Acima da cômoda de Orion, a parede está cheia de pôsteres de carros aerodinâmicos e todos os tipos de aviões. O ventilador de teto tem até uma vibe de aviador, como as hélices de um velho avião da Segunda Guerra Mundial. Talvez ele queira ser piloto ou projetar aviões. Há um impressionante santuário do seu histórico de nadador, o que explica aqueles ombros incríveis. Reconheço Ahmir e Niko em algumas fotos do grupo. Há uma com os pais dele — todos nesta família são atraentes. Uma parte da parede, no canto mais distante do quarto, está parcialmente coberta por uma caixa com pequenos compartimentos, e cada um tem um carrinho de brinquedo. Ele ainda deve guardar todos os Hot Wheels que já teve. Que adorável. Acho que os caras na idade dele já largaram tudo isso. Orion é um quebra-cabeça.

Ele estava tão nervoso por eu estar aqui. E ele é sincero sobre seus sentimentos, o que me faz sentir ao mesmo tempo pena e confiança total nele, o que é inquietante. Eu basicamente me ofereci de bandeja e ele fugiu. Aqui está esse cara superincrível que parece não saber o quanto superincrível é, sozinho em seu quarto comigo... comigo... sem pais à vista, e ele fugiu mesmo. Orion dava um pulo toda vez que eu o tocava.

Ele disse que queria me conhecer... já deveríamos estar nos beijando. Sempre correram atrás de mim, nunca o contrário.

Da janela do quarto há uma vista arrebatadora do quintal e da piscina. Lá embaixo, parece que Mo está entrando em casa... sem dúvida para descobrir se o amigo dele se deu bem.

— Então, Jinx. Pronta para ir lá pra baixo? Seu papai não quer subir aqui de jeito nenhum.

Jinx pisca para mim, tão confusa quanto eu. Que tipo de garoto me recusa?

Desço devagar, sendo intrometida. A casa tem apenas dois andares, mas há uma porta ao lado do patamar onde a escada desce em ziguezague. Minha curiosidade ganha. Parte de mim espera que esta mansão imaculada no centro da cidade tenha um quartinho da bagunça. Giro a maçaneta para ver se a porta se abre. Abre.

A sala parece ser um escritório. Uma luz vem da escada. Vejo estantes de madeira escura do chão ao teto, uma mesa, um sofá de couro e janelas que devem dar para o quintal. Deve haver centenas de livros aqui. Uma mesa enorme está encostada na parede à esquerda da porta. O escritório é arrumado, mas há pilhas de papéis e livros amontoando na mesa e no chão.

Um envelope que se parece com a correspondência de Crestfield atrai meu interesse. Eu sei que não deveria, mas não posso deixar de entrar para dar uma olhadinha mais de perto.

Jinx dispara para fora da sala. Com um grito, tropeço para trás. De onde ela veio? Aposto que Jinx está me julgando por ser uma convidada intrometida.

Ouço a porta do pátio se fechar e, embora todo o meu ser queira espiar as cartas na mesa, eu não posso. Em vez disso, fecho a porta e sigo Jinx pela escada até a cozinha.

Orion está aqui, comendo uma fatia de pizza. A corrente de ouro dele, grudada em sua pele, brilha enquanto ele engole, a boca ainda cheia de pizza. Ele gosta de mim — ele só não sabe o que fazer comigo. Está estampado no rosto dele. Aposto que ele seria o namorado perfeito para a garota certa.

— Hã... eu acho... eu fico nervoso. Você me deixa nervoso. Mas só porque gosto de você. Posso te ligar? Depois de hoje? Quero te ver de novo.

Esse garoto...

— Talvez — digo com um sorriso através do qual espero que ele consiga ver. Porque é muito difícil dizer não para um garoto que é tão esperançoso, principalmente quando uma parte irritantemente pequena de mim deseja que eu pudesse relaxar e ver como as coisas se desenrolam.

Oito

ORION

20 DIAS

Estou deitado aqui observando meu ventilador de teto girar desde antes de a luz do sol começar a entrar no meu quarto. Jinx está arranhando a minha porta há um tempão. Devo ter dormido, mas sinto que tudo o que fiz foi revirar na cama e olhar nossas selfies desde que Ray foi embora ontem à noite. Postei nossa foto da Beale Street no Instagram. Nos comentários, todos estão perguntando quem ela é. Nós dois estamos sorrindo e as luzes ao fundo estão fora de foco. Estou usando toda a minha força de vontade para não usar a foto como plano de fundo do meu celular. Quero ver ela de novo. Preciso ver ela de novo. Antes de ir embora ontem à noite, ela me devolveu meu casaco. Sou tão estúpido — a primeira coisa que fiz quando cheguei ao meu quarto foi segurar o casaco contra o meu nariz. Tem o meu cheiro, mas há uma pitada do cheiro de flor dela perto do colarinho. Dormi com ele perto do meu travesseiro.

Como vou passar o resto do verão sabendo que Ray está aqui e que não estou com ela? Pego meu celular.

> **Eu:** Ray. Preciso dela na minha vida, mano. O que eu faço?

> **Mo:** Cara, vc tem o número dela. Vc sabe onde ela trabalha. Bri me contou, lembra?

> **Eu:** Mas não posso só aparecer no trabalho dela, posso?
>
> Ela nem sabe que eu sei onde ela trabalha.
>
> Ela disse que TALVEZ eu posso ligar.
>
> Mas e se ela estivesse só sendo gentil?

Meu pai abre a porta do quarto de supetão, e Jinx pula em meu peito. Dou um grito. Ele ainda está usando a calça do pijama e está sem óculos, então deve ter voado da cama apressado para entrar aqui. Pela cara dele, está irritado.

— Tá vendo a hora? Levanta, garoto. Tá tentando se atrasar para o treino?

— Hã... não, senhor... eu estava quase...

— Ei, quem é essa garota no seu IG? — Ele mostra a tela do celular.

— Hã? Ray. Eu a conheci no Crystal Palace. Por quê?

— Por quê? Garoto, a competição nacional está quase aí. Agora é hora de foco total em treinar, comer e dormir.

A última coisa que você precisa fazer é ficar correndo atrás de uma garota. — Ele faz uma pausa como se esperasse que eu dissesse algo. — Ei, não se preocupe. Só esteja lá embaixo em quinze minutos, vou te levar.

Ele fecha a porta. Desaparece tão rápido quanto apareceu. Tiro Jinx do meu peito com um pedido de desculpas e procuro meu celular entre os lençóis, joguei ele quando meu pai entrou. Tem outra mensagem.

> **Mo:** Se você não sair do celular e for resolver seu caso com aquela mulher...

Ele está certo. Eu não consigo me comunicar direito com ela, mas não posso deixar de vê-la. Talvez eu possa enviar aquela selfie para ela... para se lembrar de mim. Nós combinamos. Não, isso é brega. Eu devia só ligar e dizer que quero vê-la de novo. Mas o que eu diria depois disso? Além do mais, e se eu ligar e ela não atender ou retornar? Então qualquer tentativa de entrar em contato vai ser esquisita.

Se eu continuar me fazendo perguntas, vou desistir.

Jogo o lençol para longe e esfrego meus olhos.

Preciso vê-la. Mas primeiro tenho que ir ao treino.

Sempre venho treinar meia hora mais cedo. Gosto de ter a piscina só para mim para me aquecer antes que as coisas fiquem barulhentas. Estou usando short de natação. Meu *fade* está com volume máximo hoje, então pego uma touca de nadar da bolsa, visto minha camisa, coloco um par de óculos de mergulho espelhados sobre a touca e paro diante do espelho.

Estou me dedicando aos treinos e definitivamente pareço tão forte quanto me sinto.

Calço meus chinelos de piscina. Assim que saio do vestiário, o cheiro familiar de cloro me acalma. Entre pensar em Ray e no meu pai de mau humor nas arquibancadas sentindo falta de Nora, não consigo chegar ao meu momento de mente limpa, no fundo da piscina, rápido o suficiente.

Caminho até a parte mais funda, pressiono meus óculos com firmeza contra meus olhos e mergulho. A água energiza meu sistema. No silêncio abafado, sinto que estou voando. Dou algumas voltas livres e continuo tendo vislumbres do rosto sorridente de Nora.

Não consigo me concentrar nas voltas, então saio da piscina, me alongo e me preparo para alguns mergulhos profundos. Com os pés juntos, respiro fundo várias vezes, enchendo meus pulmões antes de me soltar da borda da piscina. Aciono o relógio, pressiono as mãos contra minhas coxas e deixo que o peso do meu corpo me leve três metros até o fundo.

Esta é a minha parte favorita.

Quando estou sozinho aqui embaixo, os sons do mundo param. Há apenas meu batimento cardíaco, a luz refletida na água e meus pulmões apertados. Aqui, foco apenas em permanecer vivo. Não há espaço para pensar em mais nada.

Fico no fundo, suspenso, vendo as luzes se acenderem antes de fechar os olhos e direcionar minha mente apenas para sobreviver. Meus pulmões começam a queimar e espero o máximo que posso antes de abrir os olhos. Voltei à superfície em dois minutos e dezenove segundos nas últimas duas semanas, mas quero tentar ultrapassar essa marca hoje. Fecho os olhos outra vez até sentir que meu peito está se fechando e empurro o fundo da piscina. Paro meu relógio assim que volto à superfície.

— Sua mãe odeia essa merda. — Meu pai está de pé ao lado da piscina. — Quanto tempo você adicionou?

Confiro o relógio.

— Dois segundos. — Coloco meus óculos de natação na testa e seco a água dos olhos.

Ele observa meu rosto como se estivesse tentando descobrir alguma coisa.

— São muitos Mississippis.

Quando eu era criança, ele e minha mãe me encontravam totalmente submerso na banheira. Na primeira vez, minha mãe me arrastou para fora dela, e eu estava gritando "nove Mississippis" o tempo todo, animado. Não me lembro de muitas coisas de quando eu tinha quatro anos, mas lembro de ver minha mãe chorar pela primeira vez. Meu pai também estava lá, mas ele não é do tipo que chora.

Ele se aproxima da borda da piscina e sorri. Isso me lembra de como ele olhava para mim depois de me deixar vencê-lo em uma disputa na piscina quando eu era criança. Mesmo quando ele está dizendo que está orgulhoso de mim ou que me ama ou o que quer que seja, há um *mas* por trás de suas palavras.

Meu pai se fechou depois que Nora morreu. Percebi logo de cara, e acho que é por isso que sempre tentei ser o melhor filho que posso ser para ele.

Olho para ele agora, e ele remove o sorriso como se algo o lembrasse de que seus sentimentos estavam transparecendo.

Ele pigarreia.

— Tudo bem. Então é melhor você encerrar. Não chegamos cedo para você se atrasar. A equipe vai se reunir em dez minutos.

Há um silêncio constrangedor entre nós antes de meu pai voltar para as arquibancadas. Eu gostaria de poder apertar o botão de rebobinar — para que meu pai fosse como antes, para que Nora estivesse aqui, para que eu tivesse tido mais lábia com Ray. Coloco os óculos sobre meus olhos e afundo outra vez na piscina.

SEUS OLHOS VIAM DEUS

a memória dele fez imagens de amor luz
        em   uma   rede
            ondulada
sobre o ombro   suas malhas   chamaram
a alma dela.

a memória dele fez imagens de amor
luz em uma rede
ondulada
sobre o ombro
suas malhas
chamaram a alma dela

Nove

RAY

Bri ainda estava dormindo quando me esgueirei até a casa na árvore. Havia apenas um pouquinho de luz lá fora, mas agora está clareando, e os pássaros também estão acordando. Dormi pouco noite passada. Não consegui parar de pensar em Orion — tão doce e inocente. Obviamente um romântico incurável. Ele demonstra o que sente. Eu gostaria de poder esquecê-lo e deixá-lo encontrar uma garota que possa apreciar isso e se derreter por ele e acreditar, estupidamente, que o amor deles durará para sempre. Não quero acabar como minha mãe, sobrecarregada de memórias, ansiando por um amor ao qual ela possa se agarrar tanto quanto pode segurar a luz do sol em uma peneira. Presa em uma porta giratória de memórias sem nunca sair dela. Não, obrigada.

Os primeiros poemas que encontrei no meu diário hoje foram de *Seus olhos viam Deus*, nos quais a vida de Janie está prestes a ser destruída. Há apenas cinco linhas no último, então me desafio a encontrar uma verdade. Quase de imediato, vejo as palavras serpenteando pela página, revelando um poema sobre uma mulher agarrando-se desesperadamente às memórias de um amor que ela nunca pôde de fato ter, e nunca mais terá.

Como experimento, pego meu livro e encontro o lugar onde o sol nasce para Janie, como se fosse a primeira vez. Ela conheceu Tea Cake e eles começaram a flertar. Eles estão se aproximando do ponto ideal de seu namoro — o morde e assopra, a dança. Mais uma vez, encontro um poema rapidamente...

Com, um, elogio
Com um sorriso
Ele, a, enganou
Desta vez, ela nada deu a ele.

Determinada a encontrar um poema otimista, procuro a parte doce, o assopra, mas o único poema que quer falar hoje é o morde. Em vez do meu habitual preto e tons de cinza para a arte, retrato o amanhecer em tons profundos de azul. Assim que termino, arrumo minhas coisas e vou para a cozinha. A última coisa que quero é Bri pedindo para entrar na minha casa na árvore.

Ligo a chaleira, moo grãos de café e coloco na prensa francesa. Não muito depois que a chaleira apita, minha mãe aparece no corredor. Já estou estendendo uma xícara fumegante de café, que ela, agradecida, pega com as duas mãos enquanto desaparece no jardim dos fundos para sua meditação de domingo.

Ando pelo corredor passando por colagens emolduradas de mim abraçada com minha mãe ao longo dos anos.

A porta para o quarto vago, onde todas as nossas coisas descartadas-mas-ainda-não-são-lixo ficam, está entreaberta. Estranho. Bri está cantarolando no chuveiro, mas ainda dou uma olhada ao redor para ter certeza de que estou sozinha e entro no Quartinho da Bagunça. Meus passos são suaves, porque estou oficialmente no modo furtivo. As caixas que me chamaram a atenção estão empilhadas no canto. Prendendo a respiração, fecho a porta delicadamente. Me apresso para as caixas, minha curiosidade queimando em mim como apetite.

Vou direto para o topo da pilha e removo a tampa, revelando um álbum de fotos dos meus pais. Já as vi. Cada foto deve ter uma história por trás, mas minha mãe raramente as conta, mesmo quando eu pergunto. Além das fotos do casamento, a única que sei da história é de quando eles se formaram na escola de enfermagem, isso porque eles estão com os capelos de formatura, segurando o diploma. Sempre pensei que falar sobre o falecido era como as pessoas superavam a perda, mas para minha mãe isso parece muito difícil de fazer. Deixo o álbum de lado e noto três diários idênticos encadernados em couro que eu nunca tinha visto antes. Olho mais de perto.

Pego um e puxo um papel enfiado na contracapa; é uma foto do meu pai encostado em um Camry preto. Nela, ele deve ter a mesma idade que tenho agora. É como olhar para um espelho. Temos os mesmos ombros quadrados, maçãs do rosto altas, pele negra retinta e pernas que representam a maior parte da nossa altura. Minha mãe costuma dizer que ele deixou muito de si para trás em mim. Por que ela manteve essa foto escondida?

Abro o diário na primeira página, esperando ver uma anotação, mas está cheio de esboços de uma lua cheia e estrelas em um céu noturno sombreado. Caudas de sereia alongadas que se curvam em forma de oitos estão salpicadas entre fragmentos de frases rabiscadas. Já vi esboços antigos da minha mãe antes. Sei que herdei esse talento dela, mas é como se ela tivesse parado depois que nasci... depois que meu pai morreu.

Lua, Júpiter, ajude-o, anjo

Palavras e frases relacionadas ao acidente, algumas em traços suaves e calmos e outras escritas de forma irregular, estão espalhadas pelas páginas. Me lembram minha poesia, exceto que as mesmas palavras e frases estão repetidas e não organizadas de uma maneira que faça sentido. Minha cabeça está girando.

Viro a página e pressiono o diário até abrir. Esboços de lavanda formam uma vinheta nas bordas. O nome do meu pai — meu nome — está escrito repetidamente nas pequenas folhas da planta. Há uma página inteira de uma pessoa com uma massa de *dreadlocks*. O rosto e um único *dread* foram deixados em branco. Meu pai nunca teve o cabelo assim, mas meus pais amavam Bob Marley. Por que minha mãe não terminou o desenho? Folheio páginas em branco e encontro uma anotação, que não está datada.

O ceifador, o anjo, viu Ray dar seu último suspiro. Eu não estava vendo coisas. Eu não estivera sozinha. Eu pude apenas aceitar e perdoar quando o encontrei hoje.
Tanto tempo se passou. Tanta perda.

Em busca de Júpiter

Viro a página, e o resto do diário está vazio.

Perdoar? Quem estava lá?

Pego outro diário, e está totalmente vazio, exceto por uma única palavra na primeira página.

Madressilva

Bri bate na porta enquanto a abre. Largo o diário e as páginas soltas caem.

— Bri! — grito e cato os papéis do chão.

— Ah, merda, desculpe! Eu não quis te assustar. O que você está aprontando aqui?

Rapidamente coloco os diários de volta na caixa e devolvo a tampa.

— Nada. Só sendo intrometida.

Apresso Bri para fora do cômodo e fecho a porta.

— Cara, o que aconteceu? Eu te peguei no flagra?

— Não, não... é só que... você viu a sala. É um desastre. Não temos muito espaço, então só jogamos tudo lá. Ouvi você no chuveiro. Pensei que eu tinha tempo para... mas não ouvi a água desligar... Enfim, você nunca viu aquela sala, está bem?

Percebo que Bri está enrolada em uma toalha de banho.

— Hidratei meu cabelo — diz ela, e gesticula para a cabeça pingando.

— Ai, meu Deus, tudo bem, certo. Toalhas. Você precisa de uma toalha para o seu cabelo.

Me apresso e pego uma limpa. Entrego para Bri, que está no meu quarto agora, com a desculpa de estar com a porta fechada para dar mais privacidade a ela.

De costas para a porta, estou paralisada. As páginas do diário passam em repetição na minha cabeça. *Madressilva*.

Notei isso na lápide do meu pai quando eu costumava visitar com minha mãe. Adoro o néctar. A planta cresce selvagem em todos os lugares em Memphis. Um diário inteiro para apenas uma palavra? Talvez ela tenha tentado escrever novamente depois que as flores começaram a aparecer no túmulo. Talvez tenha sido aí que ela parou de desenhar.

Quando passo pela porta fechada do Quartinho da Bagunça, sinto um frio na barriga. Não gosto de bisbilhotar as coisas da minha mãe, mas preciso saber se há alguma coisa — sobre o acidente ou sobre meu pai, sobre a vida deles juntos — naqueles outros diários.

Bri e eu estamos a cerca de dez minutos de carro até o aeroporto. Redes de restaurantes e farmácias dão lugar a espaços maiores de estaleiros e parques empresariais sem descrição. "Hit the Quan", de iLoveMemphis, toca no rádio, e dançamos no banco do carro. Bri para de repente, lendo a tela do celular.

— Mo me enviou um meme. Ele também disse que Orion está enlouquecendo tentando descobrir como ver você de novo.

Acho que não fui fria o suficiente quando fui embora. Eu nem disse "legal te ver". Eu só disse "obrigada" e "tchau" e pensei que ele tinha entendido a deixa. *Aff*, por que dei meu número para ele?

— Então, você vai fazer dele seu casinho de verão ou nem?

— Por que eu faria isso? Ele nem faz meu tipo.

— Você quer dizer o tipo que parece um modelo de cueca da Calvin Klein e fica com coraçõezinhos de desenho animado nos olhos assim que você entra?

Em busca de Júpiter 95

— Exatamente. É por isso que ele recebeu o número do meu telefone fixo e não o do meu celular. Não pretendo ficar em contato com ele. Vi a paixonite dele há quilômetros de distância. Não sou o tipo que namora, e ele definitivamente é o tipo que escreve cartas de amor. Orion merece uma garota que queira todas essas coisas.

— Então tá, Ray. Já te vi com caras antes. Apesar de todos os corações que vejo nos olhos de Orion, também tem uma coisa diferente em você quando está ao lado dele. Vi vocês andando de patins de mãos dadas pouco antes de tocar a música do seu aniversário. E, na casa dele, quando foi a vez de Mo pular de barriga na piscina, vi quem você estava observando, garota. Te conheço...

Não, você não conhece. Ninguém conhece.

Nem eu, não ultimamente.

Ela está cutucando camadas de algo que não estou pronta para reconhecer. E o que vou dizer? Tentando preencher o silêncio, Bri continua falando.

— Admita: você já está caidinha por ele. Estou de olho — diz, apontando dois dedos para os próprios olhos e então para mim. — Estou jogando os fatos.

Tento pensar em um argumento, mas só consigo semicerrar os olhos e balançar a cabeça.

— Tanto faz, Bri.

— Humm. Só estou dizendo que ele é um cara legal. Vai saber o que poderia acontecer?

Sei o que acontece quando as pessoas se apaixonam. Pode ser que nem sempre em acidentes, dor e morte, mas cedo ou tarde acaba, e tudo o que resta são nuvens infinitas de memórias guardadas. Dispenso.

— Tá bom, mas e daí se por um acaso eu achar ele atraente? E, sim, ele parece uma pessoa legal. Qualquer outro cara teria totalmente ficado comigo a essa altura. Ele nem tentou. É inocente demais.

— E esses são os motivos de você *não* querer ficar com ele? Papo sério, se ele te ligar, atenda o telefone. Vai flertar. É verão. Se você não estiver sentindo nada, dá o fora. Mas, Ray... se você está... — Ela começa a se contorcer no assento. — Siiiinta.

Nós rimos.

Eu sentindo coisas é o que me assusta.

Para meu grande alívio, o prédio alto e acinzentado que é o Aeroporto Internacional de Memphis desponta no horizonte.

— Sim, mãe — respondo.

Bri está segurando sua bagagem, e nós nos abraçamos.

— Agora vai. Você vai fazer com que eu me atrase para o trabalho — digo.

O que não digo para Bri, enquanto ela passa pelas portas automáticas do aeroporto, é que não vou ligar para ele. Mas se ele ligar... vou dar uma chance.

Amy, a gerente do turno, concordou em me colocar para lavar louça *e* disse que eu poderia ouvir música enquanto trabalho hoje. Em um dia normal, eu ficaria feliz em fazer bebidas saborizadas com café expresso e requentar guloseimas açucaradas para o café da manhã dos clientes do Rituals Coffee Bar e Unique Gifts, um misto de café e loja de presentes. Mas hoje não posso me dar ao trabalho de acompanhar os pedidos ou papear com as pessoas enquanto elas esperam para pagar. Minha mãe estava no chuveiro quando voltei para casa. Eu ia pedir que ela me deixasse no ponto de ônibus a caminho do trabalho, mas eu já estava atrasada.

Assim que me sento no ônibus, digito e apago até ter uma mensagem de texto para ela.

> **Eu:** Conversa na cafeteria? O acidente.

James Taylor está cantando nos meus fones de ouvido, e o trabalho está chegando a um ritmo constante. Eu enxaguo, carrego, descarrego e empilho praticamente sem parar desde que meu turno começou. É uma agradável pausa em lidar com os clientes e uma grande distração do acidente e dos diários da minha mãe. Além disso, não consigo parar de pensar em Orion.

Prefiro minha vida como era quando eu não imaginava como seria beijá-lo — quando eu não pensava em seu sorriso ou na cicatriz apagada ou na forma como ele parece olhar para *dentro* de mim.

Coloco o último prato na lavadora e seco minhas mãos. É hora do intervalo. No banheiro, jogo água fria no meu rosto, esperando que isso me traga algum juízo. Faço um café gelado e pego um bagel de passas. É um almocinho. Aparentemente, pensamentos sobre Orion e meu apetite não podem coexistir. Pago pela comida e me viro para encontrar um lugar para sentar.

E paraliso.

O garoto na minha cabeça está parado perto da entrada da loja de presentes.

Observo Orion respirar fundo e dizer algo para si mesmo. Ele está atrás da cortina de contas que parecem joias, que separa a loja do café, mas consigo vê-lo nitidamente. James Taylor grita no meu ouvido: "Como é doce ser amado por você!" Por uma fração de segundo, luto contra a vontade de gritar de emoção. No segundo seguinte, me xingo por querer gritar. Então xingo James Taylor por ser tão otimista sobre o amor. Paro a música, arranco meus fones de ouvido e os enfio no bolso grande do meu avental com meu celular. Respiro fundo algumas vezes. *Calma, Ray.*

Orion se aproxima de um mostruário de ímãs de geladeira. Deixo minha comida na mesa vazia mais próxima e coloco um guardanapo sobre minha xícara. Alisando as pontas e garantindo que minha faixa de cabeça está apertada, de repente percebo que Orion não me viu com meu cabelo natural. Bri me ajudou a tirar as tranças ontem à noite depois que chegamos em casa. Estou irritada comigo mesma por me importar com o que ele pensa, mas passo a mão no meu cabelo outra vez e atravesso a cafeteria, atravessando a cortina de contas, e entro na loja de presentes.

Orion parece um modelo da Gap, vestindo uma calça jeans escura e uma camiseta branca simples. Ele não se vira, e estou perto o suficiente para ver que ele está olhando para um ímã representando o corpo de Godzilla com uma cabeça de gato fulvo pisando em uma cidade em chamas com a palavra *Gata-strofe* escrita no topo com sangue.

— Louco dos gatos?

Orion larga o ímã que estava segurando e se enrola para colocá-lo de volta no mostruário.

— Legal — digo, esperando que meu sarcasmo despreocupado mascare minha animação.

— Desculpe, oi. — Ele se vira para mim, enfiando as mãos nos bolsos do jeans.

Sorrio bem mais do que pretendia. Ele dá uma risada nervosa.

— Oi. Como... Por que você está aqui?

Parte de mim se pergunta se eu o invoquei aqui com meus pensamentos.

— Eu? Ah. Eu só estava passando. Você trabalha aqui?

Tento ler a expressão dele, e não consigo decidir se ele está ou não brincando.

— Talvez eu tenha ouvido falar que este é o melhor lugar da cidade para comprar ímãs de gato.

O rosto dele suaviza e ele dá aquele sorriso, e eu entro em uma bagunça de risadinhas nervosas. *Controle-se, garota*.

— Ha-ha — digo, cheia de sarcasmo. — Sério, como você sabia onde me encontrar?

Ele olha para os pés e sorri para si mesmo antes de me encarar de novo.

— Eu, hã... Mo. Bri disse a ele que enquanto ela estava na cidade você estava de folga. Mo perguntou onde você trabalhava. E aqui estou.

— Humm.

— Eu... hã... sabe... eu só queria te ver...

A sinceridade dele nunca falha em me deixar nervosa.

— Ah, é?

— É. Estou feliz que te achei na primeira vez que vim, porque eu ia ficar voltando a cada duas horas até a hora de fechar. — Ele dá de ombros e enfia as mãos nos bolsos.

— Humm.

Duvido. Mas então sorrio. Tenho que me lembrar de ser fria com ele. Isso costuma ser mais fácil.

— Você mudou o cabelo — diz ele, observando meu *blackpower* bagunçado. — Está bonita.

— Obrigada. Bri me ajudou a tirar minhas tranças ontem à noite.

Orion parece distraído.

— Não acredito que você estava trabalhando tão perto do meu bairro o verão inteiro e não te vi. Você trabalha aqui todo verão? Estou frustrado pensando sobre todos os dias que estávamos andando por aí sem nos conhecer.

— Sério, Orion?

Ele pousa a mão sobre o peito e dá um sorriso extático.

— Repita — ele pede como se a vida dependesse disso.

— Repita o quê?

— Meu nome. Gosto como você o diz.

Finjo estar cansada.

— Orion...

O sorriso dele com certeza é de alegria.

— Você está ocupada? Tipo, podemos conversar um pouco?

— Eu tenho mais ou menos dez minutos sobrando no intervalo.

Minhas bochechas queimam de tanto corar. Sorrio como o Gato de Cheshire enquanto ele me segue passando pela cortina de contas até a mesa. Como estou boba assim por esse garoto? Conserto minha expressão enquanto nos sentamos.

— Estou muito feliz que você foi à festa na piscina — diz ele.

— Foi divertido. Seus gatos são fofos. — Bebo um pouco do meu café gelado e arranco um pedaço do bagel, oferecendo a ele. Orion balança a cabeça.

— Você não trabalha hoje? Na churrascaria? Também tenho minhas fontes.

O sorriso mais luminoso toma conta do rosto dele de novo, e de repente está quente aqui.

Em busca de Júpiter

— Não. Tive treino de natação hoje mais cedo e tenho plantão como salva-vidas amanhã. Só volto para o trabalho na sexta.

Ele se inclina mais sobre a mesa, cruzando os braços e segurando os cotovelos. Ele tem cheiro de sabonete e enxaguante bucal. O cabelo texturizado dele está brilhando. Eu o imagino no banheiro de casa, se arrumando só para me ver.

— Você dirigiu hoje? — pergunta.

— Não. Vim de ônibus. Por quê?

— Queria que você não precisasse andar de ônibus — diz ele.

— E como eu chegaria onde quero ir? — No ensino fundamental, fui zoada por andar de ônibus municipal. Tento soar mais intrigada que engatilhada. — Dirijo o carro da minha mãe às vezes, quando ela não está usando. E por que você se importa se estou andando de ônibus? Não tem nada a ver com você.

E eu estava tentando não soar defensiva.

— Acho que não tem nada a ver comigo, só quero que você fique segura. Um monte de gente suspeita não anda de ônibus? Alguém poderia te seguir ou te machucar ou algo assim. E você não confia mais em você mesma dirigindo do que algum motorista aleatório que...

— Que é um profissional certificado para dirigir o ônibus? Além disso, da última vez que conferi, eu *não* sou suspeita e tenho andado de ônibus desde os treze anos. Estou bem. Só porque você agora sabe que eu existo, eu não preciso de repente de proteção extra.

No segundo em que paro de falar, me arrependo de tudo o que acabei de dizer. Quero voltar no tempo e não ficar tão na defensiva. Quero ser tão suave quanto Orion merece. Ele não tem sido nada além de doce e atencioso e está apaixonado por mim e eu sou péssima.

Os braços de Orion ficam tensos e ele parece pensativo e um pouquinho... divertido? Não sei dizer se meu tom o incomodou tanto quanto me incomoda.

— Desculpe?

Desvio o olhar sem responder. Eu é que devia estar me desculpando, mas as palavras não vêm. Me sinto uma idiota.

— E-eu só queria te oferecer uma carona, Ray. Desculpe se o que eu disse te ofendeu. Não foi minha intenção. Sei que você anda de ônibus como uma profissional. É só que... às vezes nunca se sabe com os motoristas de ônibus.

Orion põe a mão na cabeça e suspira.

— Olha — prossegue ele. — E-eu nunca estive perto de alguém que me fizesse sentir como você me faz. E-eu nunca fico confortável perto de garotas, mas com você é... você é diferente. Tipo, sinto que eu poderia dizer qualquer coisa e você não me faria sentir esquisito. Você não espera que eu seja... não sei, de um certo tipo. Acho que você é incrível. Nós dois vamos embora para estudar... hã, quando você vai embora?

— Catorze de agosto — respondo, me sentindo horrível por ele despejar seus sentimentos depois que surtei com ele.

— Viu? Eu vou embora uma semana antes disso e quero passar com você o máximo do tempo livre que temos. Mas se você quer que eu te deixe em paz... se você me disser para te deixar em paz... vou deixar.

Este é o mesmo garoto que literalmente fugiu de mim ontem. Ele está contraindo a mandíbula. Seu rosto está me implorando para dizer que não é o que eu quero.

Quer dizer... não é... acho.

Seus lábios se movem em um quase sorriso que faz as borboletas no meu estômago enlouquecerem. Orion sabe que eu não quero que ele me deixe em paz. Eu deveria me levantar desta mesa e ficar o mais longe possível dele e do seu rosto estupidamente lindo. Este garoto alto e sensível que quer fazer coisas boas para mim por qualquer motivo e que vê através da minha armadura e não aceita minhas desculpas. É de enlouquecer.

Eu expiro, e algo muda em mim.

— Também sinto muito. Ouvi muita merda ao longo dos anos por andar de ônibus. Fico na defensiva...

— Tudo bem.

Deixamos que o silêncio se instaure entre nós. Pego outro pedacinho do bagel e por um acaso Orion estende a mão para pegar ao mesmo tempo. Nossos dedos se tocam e ficam ali por mais tempo que o necessário.

— Aceito sua oferta para me levar para casa. Obrigada.

Orion fica com olhos de cachorrinho por meio segundo antes que um sorriso aliviado tome conta do seu rosto.

— Legal. Que horas você sai?

— Às seis.

Orion sorri mais. Desvio o olhar e percebo que a corrente dourada dele está contra sua pele negra e desaparece sob o colarinho da sua camisa impecavelmente branca, me fazendo sentir... deliciosamente frustrada. E nem nos beijamos ainda.

— Talvez possamos fazer algo depois... se você não estiver ocupado.

Ele se recosta na cadeira e retorce as mãos, em êxtase.

— É. Não, não estou ocupado. Sou todo seu... quer dizer, eu adoraria.

Rimos.

— Preciso voltar para o trabalho.

Nos levantamos ao mesmo tempo. Aceno, me viro e vou embora. Não consigo evitar dar uma olhadinha para ele. Orion ainda está ali.

— Orion...

Ele sorri, e sei que é porque eu disse o nome dele de novo.

— Você não pode esperar aqui até que eu saia do trabalho. Seria estranho.

— A-ah, tudo bem. — Ele dá de ombros, envergonhado. — T-tudo bem, vou estar lá fora. Às seis em ponto.

Ele se vira e eu já sinto falta dele. Coloco meus fones e dou play em "How Sweet It Is" no último volume.

Dez

ORION

Depois que saí do trabalho de Ray, enlouqueci Jinx ao andar de um lado para o outro no meu quarto antes de cair na cama. Coloquei meu celular no amplificador e, até a hora de sair, toquei "Find Your Love", do Drake, repetidamente, olhando para o teto em êxtase, esperança e descrença de que Ray está na minha vida.

Paro na frente da cafeteria alguns minutos mais cedo. Só quero ir com calma, conhecê-la. Fico com vergonha quando penso em como fugi quando parecia que ela queria ficar. Tenho que compensar isso.

Lembro do que Mo disse sobre me posicionar, então às seis em ponto saio e me encosto no lado do passageiro. Tiro meus óculos escuros e os deixo no carro. Cruzo os braços, depois os descruzo e enfio as mãos nos bolsos. Cruzo os pés para parecer mais relaxado. Eu gostaria de ter calçado sapatos de verdade em vez dos meus chinelos de piscina às pressas.

Ray aparece na porta e dou um pulo, quase em uma saudação. Esfrego minhas mãos contra meu jeans e planto meus pés na calçada para não correr até ela.

— Oi — digo, bem mais animado do que deveria.

— Oi. — Ela está mordiscando o lábio inferior.

— Hum, você tem certeza? Eu não quero que você se sinta... Pode ser que eu tenha sido apressado... Ficarei feliz em te levar ao ponto de ônibus e esperar com você. Eu só... quer dizer... se...

— Está tudo bem, Orion. Quero que você me leve para casa. — Ray sorri quando abro a porta do carro para ela, mas parece desconfortável. Espero que ela esteja mesmo de boa com isso. — Você sabe como chegar em Whitehaven pela Bellevue? — pergunta ela enquanto coloco o cinto de segurança. Essa é a rota longa, mas assinto. — Tudo bem. Vire à direita na Brooks Road e quando chegarmos vou te indicando o caminho.

Após alguns minutos, não falamos muito um com o outro. Lanço olhares para ela nas placas de pare, e Ray está observando o mundo pela janela. Ela ainda está mordendo o lábio inferior. Não a vejo nervosa desde que nos conhecemos.

Atravessamos o coração do Cooper-Young District, passando pelas lojas e restaurantes que os estudantes universitários e moradores de Midtown parecem gostar. Viro à direita na East Parkway depois de passarmos pelo brechó com seu manequim sem cabeça e vestido de maneira espalhafatosa exibido do lado de fora.

— Sou eu ou aquela coisa sempre tem lantejoulas em alguma parte, não importa qual dia do ano seja? — diz Ray, se endireitando.

— É. É sempre uma coisa extravagante e louca e com chapéu.

Ligo o rádio e coloco os óculos escuros no sinal vermelho seguinte. Enfim nos olhamos e eu sorrio involuntariamente. Os cantos da minha boca ameaçam subir, e estou em transe até que soe a buzina de um carro. O semáforo ficou verde.

— Belos aviadores — elogia Ray. Não sei se está sendo sarcástica ou se está mesmo impressionada.

— Meus óculos? Obrigado. Eles me ajudam a focar. — Olho de relance para ela, e Ray franze as sobrancelhas. — Sabe quando as pessoas dão ré no carro e o som do rádio abaixa para conseguir focar?

— É. O carro de Bri faz isso automaticamente.

— Meus óculos diminuem a luz para que eu possa focar no que estou fazendo; na aula, no trabalho... dirigir. — Ela assente, mas sei que não entendeu. — Tenho TPS. Transtorno de processamento sensorial. — Ray parece confusa. — Tipo, imagine que você está conversando enquanto caminha em um shopping lotado ou estudando perto de um ar-condicionado barulhento ou em uma sala de aula dividida em grupos. Para mim, a TPS significa que não tem filtro, não existe isso de ruído branco. Tudo está na mesma frequência. Agora tenho maneiras de lidar com isso, mas, quando criança, havia um limite de quanto do mundo eu podia absorver antes de não aguentar mais. Eu mastigava qualquer coisa à vista e surtava de vez em quando. Fui expulso de escolas. Depois de um tempo minha mãe parou de trabalhar e me educou em casa, e eu não voltei à escola normal até o quinto ano.

— Uau. Nunca ouvi falar em TPS. Sem filtro. Você parecia bem no Crystal Palace.

— Aquilo é diferente. Eu só estava lá para me divertir. Ninguém estava me pedindo para fazer cálculos ou lembrar uma lista de tarefas. Sei que parece estranho, mas música, principalmente música alta, me relaxa.

— Isso não parece estranho. — Posso sentir que ela está me observando, mas estou com medo de olhar para ela. Por que contei meu diagnóstico para ela? Esse é o contrário de impressionar. — Vire à esquerda na Neeley — diz Ray, e obedeço.

Depois de mais duas curvas, paramos na entrada da casa dela. Ela me diz para estacionar na garagem, já que a mãe está trabalhando no turno da noite. Ray não está me passando a ideia de que vamos ficar como naquele dia, mas ainda estou nervoso pra caramba, quebrando a cabeça para pensar em coisas para dizer. Eu a sigo pela porta, até a cozinha. Instintivamente, deixo meus chinelos na porta.

— Bem-vindo à Casa da Ray. Você quer água, suco ou alguma coisa?

— Não, obrigado.

Ela assente para que eu a siga casa adentro.

— Olha, vou trocar de roupa, está bem? Fique à vontade. Sinta-se livre para olhar os discos de vinil da minha mãe ou o que quiser. Eu já volto.

Através das persianas abertas nas portas do pátio, vislumbro a casa na árvore mais legal que já vi. O carvalho solitário deve ter pelo menos dez metros de altura. Toda a cerca de trás está coberta de trepadeiras. A coisa toda parece encantada.

— Uau. Nunca vi uma casa na árvore assim. Parece que dá pra morar lá. Quem construiu?

Me viro e vejo que estou sozinho.

A casa dela parece ter parado nos anos setenta. Há plantas no chão e penduradas por toda parte, um sofá de veludo e todas as paredes da sala são cobertas por painéis de madeira. Ilustrações botânicas estão agrupadas em um canto acima das prateleiras que vão de parede a parede. Livros sobre jardinagem, culinária, remédios naturais e alguns títulos de ficção que reconheço se espalham pelas pilhas no chão.

Estico o pescoço para observar o enorme jardim no quintal de Ray quando o cheiro de flores e menta anuncia sua presença. Ela está bocejando, esticando os braços acima da cabeça.

— Me sinto gente de novo!

Ray está vestindo uma calça legging roxa e um cropped azul. Ela está ao meu lado, também olhando para o jardim. As borboletas voam na minha barriga. Inspiro fundo e me digo para ficar calmo.

— Eu disse para você ficar à vontade, e estou vendo que levou a sério. — Ela olha para os meus pés.

— Sim, prefiro ficar descalço quando posso. É esquisito?

— Bom, também estou, então, se é esquisito, nós somos esquisitões.

Ray balança os dedos perto dos meus.

— Que perfume bom — digo sem pensar. Fecho os olhos, desejando ser invisível.

— Obrigada. Eu usei sabonete.

Nós rimos. Ela se aproxima de mim, e, por algum motivo estúpido, me afasto. *Respira*. Como vou beijá-la se sequer consigo ficar ao lado dela... sozinho... a sós?

— Você tem muitos livros da biblioteca — digo, tirando a atenção de mim.

— Nós meio que somos obcecadas pela biblioteca — responde ela, se aproximando de novo. Agora não me afasto. — Minha mãe se recusa a comprar livros a não ser que seja algum tipo de livro de referência, e só compra novo se não conseguir encontrar usado. Ela lê muito. Eu também, mas geralmente passo muito do meu tempo livre na casa na árvore, escrevendo, pintando ou desenhando...

— É legal que você tem sua própria casa na árvore. Qual é a história da...

— O-ou no jardim — Ray me interrompe. — É mais o espaço da minha mãe, mas passamos muito tempo lá... arrancando ervas daninhas ou colhendo limões e ervas.

Ela começa a falar muito sobre jardinagem. Não estou prestando muita atenção porque fui interrompido.

— Posso ver? O jardim. Podemos ir lá fora?

— Claro — diz Ray, soando mais animada do que parece. Eu a sigo lá para fora.

Três grandes jardins elevados ladeiam a casa. Algumas ervas e flores foram plantadas no chão, ao redor de cada caixa. Há um limoeiro também. Eu não sabia que limoeiros davam flores. Ray continua nomeando plantas e não olha diretamente para mim nem uma vez. Se fosse um pássaro, ela teria voado para longe.

Paramos na sombra do limoeiro, tão perto que nossos dedos roçam. Arrisco e enrosco meu dedo mindinho no dela, e, para meu alívio, ela não se afasta. Ela para de falar e ficamos assim tempo suficiente para as coisas ficarem estranhas. Por fim, seus olhos encontram os meus e eu solto o ar.

— Oi — digo.

— Oi. D-desculpe, estou um pouco nervosa.

— Eu não sabia que você ficava nervosa.

Ray ri.

Balanço nossas mãos gentilmente, esperando que a relaxe.

— Obrigado por me deixar te trazer para casa hoje. Sinto que ganhei alguma coisa.

Com isso ela gargalha, e agora sinto mesmo que ganhei um prêmio.

— Bem. De nada? — Ela dá uma risadinha.

— Este lugar é muito legal — digo, olhando para o jardim. — Dá pra ver por que você ama ficar aqui fora.

— É. É mais o lugar da minha mãe. Ela passa as manhãs de domingo aqui, meditando. É como se fosse a igreja dela. Ela diz que aos domingos não existe lugar para ficar mais perto de Deus do que do lado de fora, entre o chão e o céu, e que, se você fechar os olhos e inspirar fundo o bastante, sua alma se lembra de que é parte do universo.

— Caramba. Isso é profundo. Você medita também?

— Não — responde Ray, e os olhos dela disparam em direção à casa na árvore.

Olho para lá também e ela desencosta o dedo do meu. Ray está olhando para as próprias mãos e torcendo-as. Tem algo sobre a casa na árvore.

Me sento no chão com as costas apoiadas no tronco do limoeiro e ela se junta a mim. Depois de um tempo, Ray estende a mão e eu a pego.

— Vamos — diz ela, me ajudando a levantar.

Quando fico de pé, estamos tão perto que posso sentir o cheiro do seu protetor labial — algo frutado. Percebo que estou olhando para a boca dela quando o sorrisinho brincalhão de Ray se transforma em um sorriso completo. Nossos olhos se encontram e ela inclina um pouco a cabeça para perto de mim.

— Você está aqui para me conhecer, certo?

— É. — Meu coração está acelerado.

— Vem comigo.

A casa na árvore está apoiada entre três galhos largos da árvore. Fica cerca de três metros acima do solo e tem uma varanda que dá a volta nela. Várias vigas de madeira maciça e hastes de metal menores atuam como placas de sinalização e suporte. Uma placa de Cuidado Com o Cão está pendurada, quase caindo.

— Você tinha um cachorro?

— Não, mas achei que parecia o tipo de placa que devia proteger uma casa na árvore.

— Cara. Um jardim, uma casa na árvore e um cachorro fantasma... sua infância deve ter sido um conto de fadas.

Fico de lado para que ela possa subir a escada primeiro.

— Sim, aquele em que o pai morre no começo — diz ela.

Ray paralisa no segundo degrau. Está de costas para mim, mas sei pela forma como ela abaixa a cabeça que não queria deixar isso escapar.

— Ei, eu sei... Hã... Mo me contou... — Ela segura firme na escada, e eu queria poder desfazer os últimos segundos. As coisas estavam começando a engatar. — Naquela noite na Beale Street, ele perguntou sobre seus pais, e Bri contou a ele que seu pai... Desculpe se...

— Tudo bem. Não é segredo nem nada. Mas todos os contos de fadas começam assim, certo? A criança órfã sobrevive à aventura, salva o mundo e vive feliz para sempre. — Ray olha para mim e dá de ombros bruscamente. — Enfim, já que viemos aqui sem sapatos, como os Flintstones, tome cuidado com seus pés nos degraus.

Me esforço para não olhar para o corpo dela enquanto a sigo escada acima. Não adianta. Os quadris dela se movem da esquerda para a direita na minha frente, e sua camisa ondula ao vento.

Quando chegamos em cima, ando por toda a extensão da varanda, que envolve três lados da casa na árvore. Me sinto como uma criança novamente.

— Posso ver dentro?

Ela mordisca o lábio.

— Pode.

Nós dois temos pelo menos um metro e oitenta e cabemos aqui. O teto tem pelo menos mais trinta centímetros. O cômodo está bem vazio, exceto por pinturas penduradas em um varal. Prateleiras embutidas estão em duas paredes, vazias exceto por um vaso de flores secas e, perto de uma mesa, alguns antigos potes de conserva que agora armazenam canetas, lápis e pincéis. Abro e fecho uma porta de tela que leva a uma sala vazia também com tela. Uma brisa leve sopra. Quero perguntar de novo quem construiu isto, mas não vou insistir. Meu instinto me diz que Ray está evitando o assunto.

— Este lugar é inacreditável — comento.

— É, este é o meu lugar.

Ray empurra um banquinho de madeira mais para baixo da mesa com o joelho e arruma uma pilha de papéis já arrumada.

— Então você é uma artista.

— Não. Eu só crio coisas bonitas.

Ela abre as duas janelas e as duas portas, depois liga o ventilador, que está conectado a uma tomada de verdade.

— Então... você é uma artista — digo, tentando me manter sério. Ray ri. — Vai fazer faculdade de artes?

— Tá, sou uma artista, mas matemática e ciências são a minha praia, então vou fazer faculdade de uma dessas duas coisas com certeza. Arte pra mim é só diversão. É tipo a minha forma de meditar.

— Você é como o da Vinci... Leonardo da Vinci, artista e cientista. Um engenheiro — digo. Ela pisca em um sorriso fácil. Parece impressionada, então continuo falando.

— Engenharia... elétrica. É o curso em que estou pensando em fazer. Mas só sou bom nesse tipo de coisa. Você? Sua arte é incrível. Ouvi dizer que eles têm um departamento de arte legal na Howard. Só tô dizendo.

Parte da mesa dela está cheia de páginas soltas de livros. Algumas foram transformadas em pinturas com palavras flutuando ao redor, e algumas parecem esboços em andamento. A maioria é em tons de preto a cinza.

— Gosto dessas. Mas destruir um livro não dá carma ruim ou algo assim?

Ray dá de ombros.

— Só uso páginas de livros retirados de circulação da biblioteca. Gosto de pensar no que faço como dar aos livros uma segunda vida. Essas páginas serão coladas em folhas maiores de papel, encadernadas e transformadas em um novo livro. Um livro de ficção morre e se torna um livro ilustrado de poesia. Reencarnação.

Seguro uma obra em camadas que se parece com palavras de várias páginas juntas.

— Como você chama isto? Parece grafite. Colagem?

— É, essa aí é colagem. Poesia encontrada. Essa é um pouco incomum, já que adicionei palavras. Geralmente eu pego a página de um livro, escolho palavras que fazem um poema e cubro as palavras restantes para fazer arte.

— Legal.

Pego um desenho a lápis de uma garota de costas, de pé sozinha em um caminho sob um arco. Antes que eu possa ler o poema, Ray o pega de mim.

— Não. — Ela não parece nem soa brava; ansiosa, talvez. — Desculpe. Ainda não terminei esse. Não quis gritar, eu só... desculpe.

— Não, eu que me desculpo. Devia ter perguntado antes de mexer nas suas coisas. — Ray abre um caderno e coloca a página lá dentro, então o coloca sob uma pilha de obras terminadas. — De que livro são esses?

— *Gatsby*.

— Essa história é uma doideira.

— É. Finais felizes são para contos de fadas. Tudo o que Gatsby fez foi amar uma garota. Ele viveu e morreu por um amor que nunca teria. Não há qualidade redentora de amor no livro. O amor traz à tona o pior em todo mundo. Todo mundo.

— Caramba.

— O quê? Só tô falando. Acho que me lembra de que as coisas geralmente não funcionam, e a vida é assim, e tudo bem, porque isso é a realidade.

Isso é sombrio. Aponto para um conjunto de páginas em grade no canto da mesa.

— *O olho mais azul*. *Seus olhos viam Deus*. Você vai trabalhar nesses depois? Você só lê livros tristes pra caramba?

Ela não responde. Quando a olho, ela desvia o olhar e morde o lábio de novo.

— Aí está. Sabe, Orion, parece que sempre que respondo uma das suas vinte perguntas, você tem algo a dizer sobre cada coisa que sai da minha boca. Primeiro eu tenho que ouvir sobre como sou muito frágil para andar de ônibus, e aparentemente eu deveria apenas não dar a mínima para uma vida inteira de excelência em matemática e ciências para me formar em artes, e agora eu sou uma desesperada por punição que só lê livros deprimentes? Você disse que queria me conhecer... tipo, caramba, estou te fazendo perder tempo?

Ray sai da casa na árvore, claramente chateada.

Merda. Eu a sigo e ela está sentada no chão da varanda, com as costas contra a parede. Lágrimas ardem em meus olhos. *Não chore.* Eu quero dizer que ela está errada. O que eu tenho dito e o que ela está ouvindo são duas coisas totalmente diferentes. Mas é irrelevante se eu concordo com ela ou não. Ray está chateada, e a culpa é minha.

— Ray. Ray, me desculpe. — Lutando contra as lágrimas, pigarreio e inspiro fundo enquanto espero que ela diga alguma coisa.

Ray não diz nada. Me sento ao lado dela, tão perto quanto posso. Se ela se afastar quando eu a tocar, sinto que vou morrer. Meu braço está pressionado contra o dela. Ela não me olha, mas pelo menos não se afasta. Trago meus joelhos para perto do corpo, repouso minha cabeça sobre as mãos, inspiro fundo e falo o mais suavemente que consigo.

— Não sei por que fiquei dizendo as coisas erradas. Não quero parecer crítico. Você é tão incrível. Faço perguntas porque estou interessado. *Você é* interessante. Eu só quero... eu não devia ter presumido coisas sobre seus livros. Eu não devia ter questionado sua escolha de curso. Eu não quis dizer nada. Eu só estava... eu não estava realmente pensando no que dizer.

— Você está chorando?

Não sei se ela está irritada ou achando graça. Ou outra coisa.

— N-não.

Pisco bem rápido.

Ray me dá uma olhada ligeira, a expressão está mais suave. A voz mais suave.

— Você está emocionado.

Em busca de Júpiter

Me atrapalho com as palavras, tentando dar uma desculpa ou explicar, o rosto do meu pai surgindo na minha mente. Ele odeia quando eu choro facilmente.

— Você não costuma esconder seus sentimentos, não é?

Dou de ombros e assinto.

— Acho que sim.

— Gosto disso. — Ela afasta uma lágrima que eu não havia percebido. — De verdade.

— Sinto muito. Podemos recomeçar?

— Podemos só não falar mais da minha arte, por favor?

— Claro.

— Um dia você vai ter que me contar como lê tanto. Estou surpresa que uma estrela da natação de dezessete anos leu Toni e Zora.

Um dia...

— Tenho quase dezoito, faço em setembro. E eu adoraria te contar sobre qualquer coisa... *um dia*.

Ray luta contra um sorriso.

O sol está mais baixo no céu agora, e a árvore ganha vida com o que parece o canto de uma centena de pássaros se aconchegando para passar a noite. Ray dá a volta na varanda e retorna com um repelente de mosquitos. Ela borrifa seus pés e braços, então se senta ao meu lado.

— É hora do mosquito. — Ela me entrega o repelente e eu o uso. — Desculpe por explodir com você. Eu fico na defensiva. Não é a melhor parte de mim.

Ela ainda não faz contato visual.

— Não se preocupe. Gosto que você diz exatamente como se sente. Eu sempre quero saber como você se sente.

Ray olha para o quintal.

— Você tem que ir embora? Pode ficar e ver os vaga-lumes?

— Vaga-lumes? Você quer dizer pirilampos. Você não está aqui há tempo suficiente para pirilampos se tornarem vaga-lumes...

Ray pisca para mim, inexpressiva.

— Desculpe, você está certa. São vaga-lumes.

Rimos.

— Sim, posso ficar. Mesmo que eu tivesse planos, eu os cancelaria para ficar aqui e ver os *vaga-lumes* com você.

— Tudo bem, Orion. — Ela bufa.

— Tudo bem. Diga meu nome de novo.

Pela primeira vez desde que gritou comigo, Ray me olha. Eu tento sorrir, mas os sentimentos fervilhando dentro de mim não deixam um sorriso passar. Nossos braços estão se tocando e eu quero mais.

— Orion — diz Ray. Ela deve estar lendo meus pensamentos, porque seu sorriso rapidamente desaparece... Não sei. É como se ela quisesse me perguntar algo.

De repente, estou queimando. Como se meu corpo acabasse de se lembrar que está fazendo trinta e tantos graus. Gotas de suor brotam na minha testa. Não consigo levar ar suficiente aos meus pulmões. Ray olha através de mim e não quero que ela desvie o olhar.

Estamos sentados tão perto que sinto sua respiração no meu rosto quando ela fala. Eu me inclino para mais perto.

Ray também.

Eu me aproximo, seu nome um sussurro em meus lábios.

— Ray, eu posso...

Antes que eu possa perguntar, a boca dela está na minha. No início, apenas nossos lábios se tocam, mas então Ray se aproxima e sinto sua língua na minha. Quase por reflexo, me aproximo para segurar seu rosto mais perto e aprofundar o beijo.

Ela se afasta.

— Eu, hã, vou pegar água pra gente. Quer algo para comer? Fruta? Nada?

Antes que eu possa responder, Ray desce a escada e salta pelo caminho de pedra, como uma gazela, de volta à casa.

— Bananas — eu grito.

É como se eu tivesse sido arrancado de um sonho. Em um momento estou beijando ela, beijando ela *de verdade*, e no próximo Ray está me dando um sinal de joinha e desaparecendo dentro da casa. Estou sem fôlego e meu corpo inteiro está pulsando. *O que aconteceu?* Talvez todas as minhas perguntas realmente a afastaram. Talvez eu seja péssimo em beijar. Ninguém nunca reclamou antes. Talvez eu esteja ficando na zona da amizade. Talvez eu a tenha lido errado.

Droga. É o caso da *pizza* de novo, só que desta vez é Ray quem está fugindo.

Eu acabei mesmo de pedir *bananas*?

Onze

RAY

Estou diante da parede espelhada no canto da cozinha e me repreendo por estar o oposto total de relaxada. Não estou com fome nem com sede. Só tive que sair de lá. Por que eu não podia me concentrar apenas em como a boca dele contra a minha era incrível, ou como seria maravilhoso tocar o resto dele e apenas deixar rolar? O diário que Bri me deu de aniversário está em cima de uma pilha de livros de receitas, quase me provocando. Pego um lápis e rabisco as palavras que me arranham, determinadas a serem livres:

E se?

Deixo o diário de lado. Isso é ridículo. Estou sendo ridícula. Orion estava me beijando, e eu estava sentindo... sentimentos. Foi muito intenso. Tão diferente de todas as outras vezes que beijei alguém. Mas algo sobre ele estar tão perto de mim, e ser... ele... foi demais.

Lavo um cacho de uvas e o coloco em uma tigela. Como Orion poderia querer me beijar depois de eu ter surtado com ele daquele jeito? Duas vezes em um dia. Seria mais fácil se ele só quisesse algo casual. *Nisso* sou boa. Orion está se embrenhando sob minha pele, alcançando partes que não compartilho — as partes vulneráveis. Desistir das partes vulneráveis é um caminho certo para o sofrimento. Olha o que o amor trouxe para a minha mãe. E as pessoas pulam de relacionamento em relacionamento procurando o quê?

Pego cubos de gelo e encho duas garrafas com água. Descasco algumas bananas e as corto ao meio antes de colocá-las em um pote. Orion me diz essas coisas intensas que me fazem sentir... uma estranheza. Uma estranheza calorosa que nunca senti antes. Quero mais dela a cada segundo que estou aqui. Não sei o que fazer com esses sentimentos. Não sei o que fazer com ele.

Pego as frutas e a água, calços os meus chinelos e pego os de Orion antes de voltar para a casa na árvore.

Quando passo pelo espelho desta vez, me observo. Meu cabelo está fofo e um pouco mais comprido na parte de cima e mais curto nas laterais. Eu gostaria de poder relaxar na presença de Orion. Quero saber como seria gostar dele estar a fim de mim e confiar que talvez um amor entre nós seria diferente e não terminaria em sofrimento. Eu disse a Bri que daria uma chance a ele, mas em uma aventura de verão, não em nada que envolvesse todos esses malditos sentimentos.

Procuro, dentro de mim, pela garota que ficaria feliz em se apaixonar cegamente. Ela está longe de ser encontrada.

* * *

Na escuridão, posso sentir Orion me observando enquanto caminho de volta pelo pátio. A silhueta dele parece uma estátua na varanda da casa na árvore. Me pergunto se é tarde demais para tentar mudar de ritmo com ele — apenas deixar esta noite ser o que quer que seja e terminar as coisas depois disso. Eu deveria ter ido para casa depois de patinar naquela noite. Se Orion não fosse tão doce...

Deixo os chinelos dele na varanda, Orion pega as frutas e a água e depois minha mão, me ajudando a subir o resto da escada. Eu realmente não preciso da ajuda dele, mas deixo.

— Obrigado por trazer meus chinelos — diz ele.

— De nada. Vai estar bem escuro quando você for embora, provavelmente não é uma boa ideia passar pelo mato descalço.

Nos sentamos no chão com um caixote de leite virado de ponta-cabeça entre nós. Arrumo nossa mesa improvisada.

— Isto é pra você.

— *Tudo* isto?

Quero lembrá-lo de que *obrigado* é provavelmente a palavra que ele está procurando, mas só assinto.

— Obrigado... por descascar e tudo.

Orion me olha como se descascar bananas fosse motivo para canonização, o que me faz corar.

— Não foi nada de mais. — Dou de ombros.

Em questão de segundos, ele preenche as bochechas com as frutas e logo engole mais um pedaço. Ele percebe que estou observando e para de mastigar.

— Nadador — diz ele, rindo. — Estou sempre com muita fome.

Orion limpa a boca.

Em busca de Júpiter

— Há quanto tempo você nada?

— Desde sempre. Meus pais descobriram que é um ótimo esporte para quem tem TPS pouco depois que fui diagnosticado, desde então eu nado.

Não sei o que dizer agora. A atenção dele está um pouco dispersa. Me pergunto se é porque nos beijamos.

— E você? Algum esporte?

— Vôlei. Não quero jogar na faculdade, mas esportes fazem a inscrição se destacar.

— Legal, você joga bem? — pergunta Orion com um sorrisinho no rosto que confirma a provocação que ouço em sua voz.

— Cara, eu sou incrível. Não começa — digo, aliviada por ele estar fazendo piada.

— Então, hã, por que você parou? Eu... foi...

A pergunta me pega desprevenida.

— Foi... — Balanço a cabeça e tento organizar meus pensamentos. — Não, você foi bem. Foi só... eu gostei muito. Acho que eu só precisava puxar os freios um pouco. O trem meio que estava prestes a sair dos trilhos.

— Tudo bem. É só que ontem à noite você pareceu não se importar que o trem saísse dos trilhos. Então quando parou assim... não sei. Fiquei preocupado de não ter sido bom ou algo assim.

— Não. Você foi perfeito. — Sorrio para ele, sem saber o que dizer.

— Tira uma foto comigo?

— Outra selfie para o acervo? Tudo bem.

Tenho certeza de que é só uma desculpa para chegar perto de mim. Ele tira o celular do bolso de trás e rapidamente manobra o caixote até estar ao meu lado. O braço dele está ao redor do meu ombro e eu me aconchego ao lado dele, quase bochecha com bochecha.

Orion está muito próximo.

Uma corrente de ar passa por meus dedos dos pés, e instantaneamente arrepios cobrem meu corpo. Preciso me concentrar absurdamente para não me inclinar e beijá-lo de novo.

Orion segura o celular e tira algumas fotos. Me viro e ficamos cara a cara. Ele está olhando para mim fixamente, percorrendo cada centímetro do meu rosto. Olho para a boca dele e de volta para seus olhos e espero que Orion entenda a deixa. Não vou fugir desta vez.

Mas ele pigarreia e se afasta o suficiente para que nossos braços não se toquem. *Mandou mal, Orion*. Eu não posso dizer se a sensação de embrulho no meu estômago é de rejeição ou as borboletas morrendo.

— Qual? — Ele ergue o celular para mim. — Gosto desta.

— Esta ficou boa.

— Eu te enviaria, mas minhas mensagens não são entregues para você.

— É, eu te dei meu telefone fixo, o telefone da casa da minha mãe.

— Telefone da casa? Pensei que você tinha me dado o número do seu celular.

— Eu sei. Só achei que não precisaríamos ficar em contato depois que eu voltasse. Então...

— Ah. — Orion assente, murchando, e se apoia de novo contra a parede.

— Quer saber? Vou botar uma música. — Corro lá para dentro e ligo minha caixa de som, bem quando "Another One

Bites the Dust" começa. — Vou deixar o rádio ligado na River FM. Você pode procurar nos meus CDs outra coisa para ouvir, se quiser.

— CDs?

— Sim, CDs, o que tem?

— Nada, é só que não vemos mais CDs por aí.

— Bem, você está vendo agora. Aproveite.

Orion volta a ficar do meu lado. As capas dos CDs fazem barulho enquanto ele procura entre os cerca de vinte CDs que acidentalmente deixei aqui ontem.

— Vamos ver... Billy Joel, Mariah Carey, REM, Jewel, Stevie Nicks, Beyoncé, Lauryn, Smashing Pumpkins, Beyoncé, Cranberries, James Taylor? Beyoncé *de novo*? — Ele lista os CDs mais para si mesmo. Eu me aproximo, mas Orion se afasta, inquieto. Ele me quer. Ele não me quer. Suspiro e saio para a varanda.

Orion se junta a mim logo depois.

— Sem sorte com os CDs — diz ele, sentando ao meu lado. — Você ama Beyoncé.

Olho para ele, inexpressiva.

— E?

— Espera. Não. Quer dizer...

— Relaxa. Estou tentando não ser reativa com você por pelo menos vinte e quatro horas, mas facilite e não fale mal da rainha.

Ele abaixa a cabeça com a mão sobre o peito, aliviado.

— O que está aqui em cima é apenas a ponta do iceberg. Minha coleção completa está no meu quarto e, sim, tem mais Beyoncé.

No rádio, começa meu programa favorito de dedicatórias de canções de amor.

— Hora da confissão. No ensino médio, eu ouvia as pessoas ligando e contando suas histórias de amor e fazendo dedicatórias com "Hey There Delilah" — conto.

— Hora da confissão? Eu também. — Orion ri, parecendo tão tímido que se sua pele não fosse de um ébano radiante, eu tenho certeza de que ele estaria corando.

— Você está falando sério?

— Sim, juro. — Orion assente todo sério e dá de ombros.

— Foi onde passei a gostar de "Brown Eyed Girl", do Billy Joel e Van Morrison. As pessoas *ainda* pedem essa música.

Nossos olhos se encontram.

— É, eu amo essa. — Orion relaxa e se move para perto de mim. É bom. — E-eu costumava cantar... tocá-la no violão o tempo todo.

— Pensando nas suas namoradas?

— Namoradas? Não. Com o treino de natação, competições, escola e tudo... quer dizer, tive algumas tentativas malsucedidas, mas eu e garotas só... — Ele torce as mãos.

— Eu costumava querer *ser* a garota dos olhos castanhos sobre a qual Van Morrison cantava. Significar tanto para alguém a ponto de quererem cantar sobre mim. Construir esse tipo de lembranças, estar apaixonada assim. Mas eu era jovem e ridícula.

E tinha medo.

No sétimo ano, quando os meninos descobriram que eu era bonita, aprendi a rejeitar as investidas deles. Quanto mais velha eu ficava, mais persistente eles ficavam. Era irritante. Então, um tapa ou um olhar feio rapidamente substituíram minhas rejeições educadas. Orion me observa, mas me recuso a olhar para ele agora. Não quero que ele... sei lá... veja demais.

Então o sorriso de Orion desaparece.

— O quê?

— Eu gosto de você — diz ele.

Sorrio e desvio o olhar, mas a Ray na minha cabeça pula em seu colo e devora seu rosto.

— Você conhece "Sweet Caroline"? — pergunto a ele em vez disso.

Orion sorri.

— A música do Neil Diamond? Sim, pessoas brancas amam essa música. Sou um dos poucos caras negros no meu time de natação; acredite, eu conheço a música.

Compartilhamos uma risada.

— Sim, sei que nós dois cantamos "Sweet Caroline" mais vezes do que gostaríamos de admitir. — Orion me lança um olhar brincalhão. — Você sabe que entra nisso. Diga que estou errado.

— Nem poderia. Você, eu e todo mundo, essa música é *chiclete*!

Orion contorce o rosto e começa a cantar o pré-refrão de "Sweet Caroline", tentando soar o mais parecido possível com Neil Diamond. Ele estende a mão para mim:

— *Hands touching hands... Touching me, touching you.*

Eu me junto e canto:

— *Sweet Caroline!*

Ele aponta para mim e eu canto a parte do trompete do refrão — BUM BUM BUM — e caímos na gargalhada.

— Continue com os vocais. Eu te ouvi, Orion, aquela nota em Caroline?

— Não, você estava ouvindo coisas. Isso é como dizer que é preciso vocais para cantar canções de Natal. Todo mundo pode sustentar uma nota para "Jingle Bells".

— Então tá. Algo me diz que você é o cara que canta "Jingle Bells" e as pessoas se viram para ver de onde o som está vindo, mas tudo bem.

Abaixamos o som do rádio e observamos os vaga-lumes piscarem no pátio abaixo de nós. Os sons das criaturas da noite, os cubos de gelo batendo contra o recipiente de metal com água enquanto derretem, canção de amor após canção de amor tocando no rádio. Meus dedos desejam o diário, os acordes passando por mim, me dando palavras para coisas... coisas para as quais eu não sabia ter palavras. O rádio muda para "Nothing Even Matters", da Lauryn Hill, e de alguma forma estamos mais perto ainda.

— Você quer observar o céu? Do outro lado é melhor. Tem espaços entre os galhos, podemos ver as estrelas. Vem.

Pegamos uma colcha lavanda e amarela que guardo na casa na árvore e caminhamos até onde termina a varanda. Me deito de costas e Orion passa por cima de mim, se deitando também. Nossos braços se tocam.

Ele encaixa nossos dedinhos.

— Você passa muito tempo fazendo isso?

— Não tanto quanto antes. Minha mãe e eu costumávamos vir aqui juntas, principalmente...

— Principalmente o quê?

É aqui que você tenta, Ray. Deixe ele entrar.

— Minha mãe e eu costumávamos vir muito aqui. Principalmente perto do meu aniversário... para ver Júpiter subir com a Lua.

Não me lembro da última vez que falei meu nome em voz alta.

— Legal. Você tem um telescópio?

— Não, não temos telescópio. Dá pra ver alguns planetas a olho nu.

— Sim. Vênus.

— É, Vênus. Como é que você sabe?

— Eu não costumo observar as estrelas, mas quando seu nome é o mesmo de uma constelação, você olha de vez em quando. — Orion sorri para mim, batendo um dedo na testa, como naquele meme. — Então você e sua mãe procuravam Júpiter em algum momento perto do seu aniversário?

— Sim. É visível em grande parte do ano.

— Dá pra ver agora?

— Vejo o cinturão de Orion — digo, me sentindo espertinha.

— Muito engraçado. Eu conheço esse. É aquele com três estrelas em fila... ali.

Ele aponta, e eu apenas finjo que vejo. Meu estômago está embrulhado porque, por motivos que gostaria de entender, não quero ser metade de mim mesma com Orion — esse garoto legal que veio do nada e me fez sentir coisas. Eu quero que ele me conheça.

— Sei como encontrar Orion, mas quero ver Júpiter — declara ele. Orion se aproxima mais. Fico de lado e me apoio no meu cotovelo. Nossos rostos estão tão próximos, o cheiro dele me envolve como um cobertor.

— Olha — eu digo.

Orion observa o céu como se fosse disso que eu estivesse falando. Quando não digo nada, ele me olha. Perco a coragem instantaneamente.

— Me conte algo sobre você — continuo. — Algo que eu ficaria surpresa em saber. Algo que você não me contou ainda.

Preciso que ele confie algo a mim antes que eu confie eu mesma a ele.

— Ah, tudo bem. — Orion também se deita de lado. — Algo bobo, como um truque legal que sei fazer, ou algo real?

— Algo real. Algo que você não fala muito por aí.

Ele se deita de costas e fecha os olhos por um momento.

— Tudo bem... — Ele solta o ar. — Eu tinha uma irmãzinha. Ela morreu nesta época há dez anos, no mesmo dia do seu aniversário. Eu não falei nada antes porque... — As palavras de Orion pesam como nuvens de chuva no silêncio entre nós. Pesadas com significado. Ele me olha antes de voltar a admirar a copa de galhos acima de nós. — Meu pai sempre tirava fotos nossas. Ele nunca estava sem a câmera. Temos um álbum inteiro de fotos dela quando bebê. Nora... o nome dela era Nora. Minha mãe fez álbuns para cada um de nós quando nascemos, com aqueles bilhetinhos e coisas. Ela me deu o meu como presente de graduação. O de Nora termina antes de ela sequer começar o jardim de infância. — Os olhos de Orion brilham com lágrimas. — Depois que Nora morreu, minha mãe pegou a última foto do álbum dela e emoldurou. Nora está sentada na grama do lado de fora da nossa antiga casa, segurando uma flor amarela bem perto da lente da câmera. Quando estávamos no jardim, ela procurava por aquelas flores amarelas, aquelas que são ervas daninhas, e as levava para mim. A flor está fora de foco e cobre parte do rosto dela. A foto costumava ficar na sala de estar, com as outras fotos da família. Um dia cheguei da natação e todas as fotos que tínhamos com Nora tinham sumido.

Quero dizer a ele que eu sei como é. Ter uma família que parece um quebra-cabeça com uma peça que falta. Eu nunca conheci meu pai, mas a ausência dele é tangível.

Em busca de Júpiter 131

Não consigo imaginar o quão diferente deve ser ter conhecido, amado e perdido alguém tão querido. Não sei o que dizer, então não digo nada, mas entrelaço os meus dedos aos de Orion.

Ele fica quieto por muito tempo.

— Um motorista de ônibus avançou o sinal em frente à nossa antiga casa em Orange Mound. Eu nem vi Nora passar pelo portão. Num segundo eu estava cavando um buraco para a China, ela tinha empilhado dentes-de-leão amarelos ao meu lado e nós íamos enterrá-los. Ela queria ver se todos eles iam se juntar e se transformar em uma árvore amarela gigantesca. Ela fez uma pausa, estava brincando com uma bola de praia. No momento seguinte... ela nem parecia ter sido atingida. Parecia estar dormindo. Nora tinha só três anos.

Orion olha para cima, e uma lágrima escorre por sua orelha. Eu aperto sua mão, segurando mais forte, as palavras presas na minha garganta. Agora a questão dele comigo andando de ônibus faz sentido.

— Meu pai estava fora. No caminhão. Ele parou de dirigir depois disso. Com o dinheiro do acordo, nos mudamos para Central Gardens e ele começou uma empresa de caminhões de viagens curtas. Ele não dirige mais, e a empresa continua só fazendo viagens curtas. Ele não quer mandar caminhoneiros para longe de suas famílias.

Orion seca as lágrimas, e percebo que também estou chorando. Não desvio o olhar nem tento falar. Ver ele tão vulnerável e entender suas lágrimas... algo muda dentro de mim, e de repente eu quero que ele compreenda as minhas também.

— Isso foi real o suficiente para você? — pergunta ele, com uma risadinha. — Sua vez. Me conte algo que eu não

saiba sobre você. Não precisa ser como minha coisa triste.
— Orion ri.

Limpo as lágrimas do meu rosto e, com a barra do meu cropped, limpo as dele também.

— Obrigada por compartilhar comigo. Sinto muito sobre sua irmã. É uma coisa difícil de contar... de reviver.

Me recosto ao lado dele e Orion ergue o braço o suficiente para que eu possa encontrar meu caminho sob ele. Ficamos deitados ali, de braços entrelaçados, dedos juntos, olhando para o céu.

— Lembra quando falei que frango apimentado era minha comida favorita? E como minha mãe toca aquele álbum do Bob Marley o tempo todo? Essas eram as coisas favoritas do meu pai. A família dele é do Caribe. Depois que ele morreu, ela se agarrou a tudo isso; cozinhar a comida favorita dele, tocar o álbum favorito dele, até usar o vestido que ele amava. É como ela lida com a ausência.

Ela também lida não falando sobre ele. Ela leu minha mensagem e não respondeu. Ela vai esperar alguns dias e me mandar uma mensagem sobre outra coisa e esperar que eu mude de assunto, como geralmente faço. Mas não desta vez. Acabei de contar a Orion basicamente tudo o que sei sobre meu pai em questão de segundos. Mas entendo minha mãe se calar quando se trata de assuntos sensíveis. Eu sequer digo às pessoas meu verdadeiro nome.

— Ah, cara. Ray, eu...

— Tem mais. Meu pai construiu esta casa na árvore. — Paro e respiro e me acostumo a este novo mundo em que revelo coisas sagradas para um garoto que só conheço há alguns dias. — Você perguntou mais cedo. Minha mãe disse que quando eles começaram a conversar sobre ter um filho,

Em busca de Júpiter

dirigiram pela vizinhança e esta enseada foi o primeiro lugar em que pararam. A casa não era tão boa, mas meu pai se apaixonou por este carvalho. Ela nem estava grávida ainda, mas ele disse que este era o lugar em que queria construir uma casa na árvore perfeita para que os filhos crescessem nela. Ele a fez grande o suficiente para que ele e minha mãe também pudessem entrar. Mas nunca pôde brincar nela, porque morreu no dia em que nasci.

Um som rouco escapa de Orion, soando como lágrimas. Os dedos livres dele roçam meu braço. Eu não o olho, porque se ele estiver chorando de novo, eu vou chorar. Estou sem ar. As lágrimas me cegam, mas eu continuo.

— Às vezes, quando estou aqui em cima, imagino como teria sido ter lembranças dele, brincando aqui comigo do jeito que ele sonhava. Não sei muito sobre aquela noite. O carro saiu da estrada; minha mãe estava no banco do carona. Meu pai viveu o suficiente para ligar para a emergência, mas morreu antes que eles chegassem lá. Aparentemente, alguém parou para ajudar. Minha mãe me deu à luz ali mesmo nos destroços.

Acho que Orion pode estar chorando de novo, mas não verifico porque pode me deixar ainda mais emocionada.

— *Júpiter* foi a primeira palavra que ela disse ao despertar. Ela tinha focado nele... e na Lua enquanto esperava por ajuda. E-então esse é o meu verdadeiro nome: Júpiter Lua Ray Evans. Se eu conto para as pessoas que meu nome é Júpiter, elas fazem perguntas, sabe? Não vou ficar por aí mentindo, ferrando meu carma só para manter minha tragédia em segredo. Então digo que sou Ray. É mais fácil explicar que tenho o nome do meu falecido pai. Pais morrem o tempo todo. Além disso, é verdade. A maioria das pessoas não se intromete quando você tem o nome do seu pai. Fazem poucas perguntas.

Me sinto crua e exposta. Fico sem ar quando me desenrolo de Orion e me sento, abraçando meus joelhos.

Ele também se senta.

— Ray, eu disse que a sua não precisava ser triste como a minha.

Não consigo segurar o riso. Nós dois estamos rindo e tentando parar de chorar enquanto o rádio compete com um coro de cigarras.

— Júpiter.

Ele se inclina para mim. Sem hesitar, acabo com a distância entre nós, me aconchegando no conforto de seu abraço com um braço só. Descanso minha cabeça no peito dele e o agarro pela cintura com meu braço livre.

— Júpiter Lua Ray Evans — diz ele baixinho. — Prazer em te conhecer.

Agora entendo por que ele me pediu para repetir o nome dele. Quando alguém entra na sua vida, tirando seu eixo, essa pessoa dizendo seu nome... é como um feitiço. Me sinto inebriada, como se flutuasse. Um homem no rádio canta baixinho "É real o que sinto quando estou com você", e está mexendo com as minhas emoções. Quero beijá-lo de novo.

Inclino minha cabeça para cima e afundo meu nariz na bochecha dele, beijando-a suavemente. Tudo o que importa no universo agora está neste cobertor. Orion gentilmente aperta meu braço, mas não se move para me beijar.

— Júpiter e Orion — menciona ele, olhando para mim —, nós combinamos. Só estou dizendo o que já está escrito nas estrelas.

Não faço ideia de quem eu sou agora. Nunca fiquei tão emocionada na frente de ninguém. De ninguém. Nunca. Meu sorriso é tão grande que meu rosto dói. Meu coração está acelerando. Quero que Orion veja o quanto eu quero beijá-lo, o quanto eu preciso beijá-lo.

Então, como uma comédia distorcida, acontece de novo. Orion rompe nosso abraço. Ele estende a mão e entrelaça seus dedos com os meus. *Mas que droga!*

— Posso te chamar de Júpiter agora?

Procuro no rosto dele por uma resposta para qualquer uma das perguntas percorrendo minha mente.

— Sim. Mas só quando estivermos sozinhos. E não diga nada ao Mo, por favor. O jeito como ele e Bri fofocam... Bri não sabe todos os detalhes sobre meu pai, e quero ser eu a contar a ela.

Ele assente firmemente.

— Obrigado... por me deixar te ver hoje.

Não sei o que dizer. Orion é tão aberto sobre seus sentimentos, o que torna difícil ficar irritada com ele por não me beijar de novo, o que me deixa irritada comigo mesma por ter sentimentos. Deveríamos estar nos beijando agora. Não consigo falar.

— Tenho treino de natação de manhã. Preciso mesmo ir para casa. — Orion confere o celular. — Merda. Meu pai mandou um monte de mensagens. Ele vai me matar.

— O que, você tem hora para voltar?

— Não pra valer. Só... o treino de natação é muito cedo. Tenho uma competição chegando, e ele já fez comentários sobre eu estar chegando tarde nas últimas duas noites, sobre eu não estar levando a natação a sério. Enfim, me leva até a porta?

Eu o sigo pela escada de volta ao quintal.

Nós nos abraçamos, e inspiro fundo. Orion nem tenta me dar um beijo de despedida. Eu não entendo.

Eu o vejo entrar no carro e sair da garagem. Quando ele se vai, mal consigo ver Mel sentada no colo de Cash na varanda. Eles acenam assim que eu os noto. Eu jogo um *e aí*, inexplicavelmente zangada com eles, e fecho a porta.

Ela se virou para a sra. McKee e a sala se encheu de sua risada artificial.

— Querida — disse ela —, darei a você este vestido assim que tirá-lo. Preciso comprar outro amanhã. Farei uma lista de todas as coisas que preciso comprar. Irei à massagista, frisarei o cabelo, comprarei uma coleira para o cachorro e um daqueles lindos cinzeiros pequeninos com mola de tocar e uma coroa de flores com um laço de seda preta para o túmulo de minha mãe, que durará o verão inteiro. Preciso fazer a lista para não me esquecer de todas as coisas que preciso fazer.

Eram nove horas — quase imediatamente depois olhei para o meu relógio e descobri que eram dez. O sr. McKee adormecera em uma cadeira, com os punhos bem fechados sobre o colo, como uma fotografia de um homem em ação. Tirando meu lenço do bolso, limpei a espuma seca da bochecha dele, que me incomodara a tarde inteira.

O cachorrinho estava sentado na mesa, olhando com olhos cegos através da fumaça, e rosnava baixinho de tempos em tempos. Pessoas desapareciam, reapareciam, faziam planos de ir a algum lugar, e então se perdiam, procuravam uma pela outra, se encontravam a alguns metros. Em algum momento perto da meia-noite, Tom Buchanan e a sra. Wilson ficaram cara a cara, discutindo com vozes inflamadas se a sra. Wilson tinha direito de mencionar o nome de Daisy.

— Daisy! Daisy! Daisy! — gritou a sra. Wilson. — Falarei quando eu quiser! Daisy! Dai...

Com um hábil e curto movimento, Tom Buchanan quebrou o nariz dela com um tapa.

E então havia toalhas ensanguentadas no banheiro

Seu toque
Não esquecerei
Olhando com olhos cegos
perdida

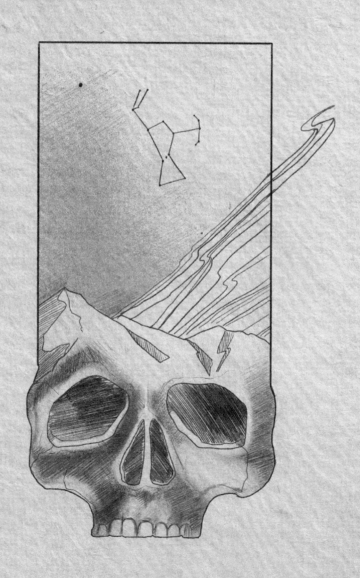

Doze

ORION

18 DIAS

Esta é a minha última chance de me qualificar para os 100 metros borboleta no US Open — o objetivo da minha carreira de nadador. O estilo livre é a minha especialidade — já me classifiquei para esta categoria e estou nadando a última etapa na equipe de revezamento 4x100. Mas o nado borboleta parece tão legal. Atingi o tempo de qualificação duas vezes nos treinos na semana passada, então estou me sentindo confiante hoje. No mundo perfeito do meu pai, eu estaria competindo em todas as categorias. Não importa o que aconteça, ainda tenho minha carta na manga com minha categoria mais forte. A qualificação para o borboleta seria apenas a cereja do bolo.

Meu pai deixa minha mãe e eu na entrada do estádio. Um fluxo constante de famílias e nadadores vestindo as cores de seus times flui para a arena. Estou me sentindo estiloso no meu moletom branco da TN Southeastern Regional Championships com *estilo livre* impresso em enormes letras maiúsculas na manga direita. Queria que Ray pudesse me ver nadar.

É cedo, mas o sol já está quente — o clima perfeito para uma competição de natação ao ar livre. Minha mãe conversa com algumas outras mães de nadadores enquanto esperamos meu pai encontrar uma vaga no estacionamento. O aquecimento da equipe começa em alguns minutos, e esperar por ele está atrapalhando meu ritual de pré-aquecimento. Ele gosta de me dizer umas palavras motivadoras antes de eu competir, então tento ser paciente e esperar. Não preciso disso tanto quanto na época que eu era criança, só mantenho a tradição porque sei que é importante para o meu pai.

Coloco meus fones de ouvido, mas, antes de começar minha lista de reprodução do dia de competição, olho as fotos do celular e vejo minhas selfies com Ray.

Faz dois dias desde que saí da casa na árvore dela. Do jeito que meu pai implicou comigo quando cheguei em casa na outra noite, não queria que ele pressentisse meus planos para ver Ray. A única maneira de tirá-lo do meu pé tem sido ficar hiperfocado na minha dieta e treinamento. Liguei e deixei mensagens de voz. Todos os dias. Nem sei o que dizer, então só peço para ela me ligar de volta. Mas ela não liga. Talvez o que dividimos na casa na árvore tenha sido demais. Ou talvez não tenha sido suficiente.

Na minha casa, eu fugi para não beijá-la. Na casa na árvore, ela me beijou e depois fugiu. Fiquei tão confuso com isso que não queria dar um passo errado, principalmente depois de toda a conversa que tivemos. Ela estava tão vulnerável. No início, ela parecia nervosa até por eu estar lá em cima. Não sei. Por que ela não retornou minhas ligações por dois dias inteiros depois de abrir sua alma para mim? Depois que nos beijamos. Quando ela se afastou e correu para dentro da casa, tive certeza de que estava em uma viagem só de ida para a zona da amizade. Então, depois que trocamos segredos, parecia que Ray queria que eu a beijasse de novo. Eu queria tanto, mas simplesmente não consegui.

Quando nos beijarmos de novo, quero que seja porque estamos tão animados por passarmos tempo juntos que não há nada que vamos querer fazer além de beijar. Mas Ray sequer retorna minhas ligações.

— É esse o motivo de você estar suspirando por aí? — Minha mãe olha por sobre o meu ombro.

Fecho as fotos e finjo não ouvir, embora não esteja saindo nada dos meus fones. Abro a lista de reprodução e ela toca meu ombro.

— Oi, mãe. — Coloco meus fones acima das orelhas. — E aí?

— Essa foi uma pergunta pra valer, e sei que você ouviu.

Rio e balanço a cabeça, esperando que ela não me faça falar sobre Ray. Mas ela estampa um sorriso engraçado no rosto, de sobrancelhas erguidas, e não consigo resistir. Abaixo a cabeça por um momento, e então digo a minha mãe o que ela já sabe.

— Sim, senhora. Eu a conheci no Crystal Palace. Gosto muito dela.

— Imaginei isso. Não me lembro de te ver tão bobo. — Ela aperta minhas bochechas e eu finjo espantar a mão dela. Não consigo esconder meu romantismo.

— As fotos no Instagram são adoráveis. Tentei fuxicar, mas você não marcou ela nem nada.

Postei uma selfie nossa a cada vez que estivemos juntos. A primeira foi na Beale Street, na noite em que nos conhecemos. Foi a única que legendei: *Eu e a aniversariante*. As outras são da festa na piscina e da casa na árvore, que coloquei só emojis de estrela.

— Ela não usa Instagram.

— Bem, nós não vamos conhecer essa jovem encantadora?

— Não vamos conhecer quem? — pergunta meu pai alegremente, assustando nós dois.

Guardo o celular.

— A nova amiga de Orion, daquelas fotos no Instagram dele — responde minha mãe. As palavras dela acabam com qualquer pontinha de alegria que meu pai trouxe do estacionamento.

— Vamos lá, querida, o garoto está a minutos da última competição da temporada e você está falando de alguma garota? — Meu pai chama minha mãe de apelidos como querida, docinho e amor quando está irritado.

Ela pressiona os lábios em uma linha fina e faz um movimento de desdém com a mão.

— Como se algo que eu dissesse pudesse colocar a garota na mente dele mais do que ela já está.

Minha mãe observa o rosto do meu pai depois da resposta. A careta dele quase se torna um sorriso.

— Escuta. — Meu pai confere o relógio de pulso, um cronômetro que ele usa nas competições, para acompanhar meu desempenho. — Você tem quinze minutos antes do aquecimento. São quinze minutos para entrar lá e colocar a cabeça no lugar. Foque no que você precisa estar focando: fazer o tempo certo nos 100 metros borboleta.

Ele olha para a minha mãe de relance, então me vira pelos ombros para encará-lo. É hora da nossa conversa. Meu pai aperta meus ombros e me olha nos olhos.

Em busca de Júpiter **143**

— Você está competindo com quem, filho? — ruge ele.
— Meu melhor tempo — rujo de volta.
— E os outros nadadores?
— Espero que estejam prontos para competir.
— Quem é você, filho?
— O Tubarão.
— O que você veio fazer hoje?
— Comer.
— Entre lá.
— Sim, senhor.

Meu pai dá um último aperto nos meus ombros e um tapa. Abraço minha mãe e me inclino para beijá-la. Na bochecha esquerda. Sempre na esquerda. Talvez Ray esteja aqui na próxima vez para que eu possa beijá-la na direita.

— Nade rápido e bonito, amor — diz minha mãe.
— Sim, senhora.

Chego à beira da piscina cerca de cinco minutos antes que os oficiais abram para o aquecimento. Como sempre, vou até a raia que tem o menor número de pessoas esperando para entrar e fico entre os blocos, meus dedos dos pés nas bordas da piscina. Olho para a água, inspiro fundo algumas vezes e fecho os olhos.

Me visualizo no bloco de largada e esperando o sinal para começar. Em um instante, estou fora do bloco e deslizando pela água. Em perfeita forma. Com respiração perfeita. Com velocidade perfeita. Voo. Dou uma virada apertada. Repito. Na minha mente, percorro a piscina algumas vezes antes de abrir os olhos. Então me concentro na raia, imaginando a mesma volta perfeita de olhos abertos.

Há nove categorias antes da minha, então, depois de me aquecer, visto meus tênis para manter meus pés quentes e me sento nas arquibancadas atrás da minha raia. Procuro no celular a minha lista de reprodução do dia da competição — doze músicas animadas que toco repetidamente. Aperto o play, coloco meu celular no bolso da frente do moletom e volto a me imaginar na piscina.

Hoje está difícil não olhar as fotos de Ray. Está difícil não pensar nela. Quando enfim não consigo resistir, pego meu celular e abro a nossa foto na casa na árvore. Eminem está cantando o refrão de "Till I Collapse", e em vez de pensar no tamanho da minha determinação para a prova, minha mente volta aos momentos antes de tirar essa foto. Aquele beijo. A boca dela. Uso meus dedos para ampliar a imagem até que o rosto dela preencha toda a tela do meu celular.

A música ainda está tocando quando Niko bate no meu ombro.

— Ei, garoto apaixonado, preste atenção, *vámonos* — diz com um sorriso, me dando um joinha.

Está quase na hora de entrar na fila para a prova. Mais duas e então será a minha vez. Estou na primeira bateria para os 100 metros borboleta. Assinto para o meu treinador e então, por instinto, olho para onde meus pais sempre se sentam quando competimos aqui.

Meu pai está de pé, de braços cruzados, olhando para mim. Se os olhos dele tivessem lasers, meu celular teria sido destruído no segundo em que o tirei do bolso. Com certeza vou ouvir sobre minha cabeça estar no meu celular em vez de na prova. Tiro os sapatos, largo meus fones de ouvido, tiro o moletom e me apresso para entrar na fila. Dou pulos, me alongo e me aqueço enquanto espero, olhando furtivamente para meu pai. Ele não se moveu um centímetro e não tirou os olhos de mim. Tenho que bater o tempo hoje. Consegui duas vezes no treino. *Por favor, que eu consiga uma terceira vez.*

Estou fora do bloco no segundo que o sinal toca.

Eu sou o Tubarão, disparando logo abaixo da superfície, rápido, longo e forte. Quebro a superfície bem na minha marca e estou voando. Forma perfeita. Respiração perfeita. Velocidade perfeita.

Virada apertada. Repito.

A água se move sobre mim como um lençol. E eu a esmago, um golpe por vez. A parede fica mais nítida. Perto, estou tão perto. Dou o meu melhor, visualizando a vitória até meus dedos pressionarem a parede fria e dura.

Sei que acabei de nadar o melhor 100 metros borboleta da minha vida.

Meus olhos disparam para o placar. PROVA 10, BATERIA 1, RAIA 4, LUGAR 3.

Uma onda de emoção me invade e sinto vontade de chorar quando vejo que atingi um novo recorde pessoal nesta modalidade.

Mas meu sangue gela quando percebo que meu recorde pessoal ainda está a 1,2 segundos da qualificação para o aberto.

Mais tarde, minha mãe me diz que fui muito bem. Meu pai me pergunta se estou orgulhoso do que fiz e me parabeniza por uma prova forte e por ficar em quinto no geral do evento. Não falamos sobre o tempo de qualificação perdido. Acho que minha mãe provavelmente pediu a ele que não falasse disso, porque ele estaria irritado demais para falar sem se exaltar na frente das pessoas. Eu com certeza vou ouvir um monte quando chegar em casa.

Saio para comer com alguns treinadores e companheiros de equipe, já que é minha última vez em Memphis como um Bluff City Triton, e também porque quero ganhar algum tempo antes de enfrentar meu pai.

Minha mãe está na cozinha lavando pratos quando entro em casa. Não vejo meu pai aqui embaixo.

— Aí está você — diz ela, me oferecendo a bochecha para beijar. Eu beijo.

— Oi, mãe. Cadê o pai?

— Ele está no escritório.

— Como ele está?

Minha mãe me olha como se meu pai estivesse fazendo a última coisa com a qual preciso me preocupar. Sei que ele vai culpar a Ray.

— Amor, como *você* está?

— Estou bem, mãe. De verdade.

— Seu pai está muito frustrado, mas já conversei com ele — adianta ela, com uma piscadela e um sorriso.

— Obrigado. Ele estava um pouco mais intenso que o normal hoje. Ele disse alguma coisa sobre eu estar no celular antes da competição?

— Você sabe que ele disse. Ele estava irritado. Mas quero que você saiba que seu pai estar tão tenso não é sobre você e a competição nacional. — Ela seca as mãos e gesticula para que eu me junte a ela na mesa. — Você deve ter percebido, Orion, que todo ano seu pai tem uma dificuldade muito grande quando o... o dia do acidente chega. Ele se culpa por não ter estado lá. Por algum motivo, ele acha que se estivesse em casa, se estivesse lá fora com vocês ou se estivéssemos todos lá fora juntos, Nora não teria ido atrás da bola, talvez ela tivesse pedido a ele para pegar.

Não digo nada porque quero que minha mãe continue falando. Nunca falamos do acidente. Esta é a primeira vez que escuto sobre como meus pais lidaram com a perda. Eu não fazia ideia de que meu pai se culpava. Todos esses anos.

— Nora teria feito treze anos este ano. Um aniversário importante. Por semanas, ele falou sobre como queria voltar no tempo e consertar tudo.

— Eu sei. Não percebi o quanto ele...

— Ele tem estado bem estressado, comigo, com o trabalho. Ele não se voluntaria no Clube dos Garotos há meses. Então se ele for mais duro com você esta noite, mantenha em mente que ele está sofrendo.

Assinto. Lá no fundo, sempre soube que a morte de Nora estava presente no espaço entre meu pai e eu. Agora sabendo que ele se culpa pelo que aconteceu... só me deixa triste por ele.

Quando chego ao patamar da escada, a porta do escritório do meu pai se abre. Dou um pulo, mas disfarço como se estivesse tentando interromper meus passos. Ele fecha a porta do escritório e fica me olhando, em silêncio, como se esperasse que eu dissesse alguma coisa.

— Pai, eu...

— Quer saber, filho? Você pratica quase todo dia. Você trabalha a temporada inteira para se qualificar para o aberto, e o quê? Você prefere olhar para as fotos do Instagram de *alguma garota* do que manter sua cabeça onde precisa estar? — Ele cospe as palavras *alguma garota* como se tivessem um gosto ruim.

— Pai, eu me qualifiquei para os 100 metros livre *e* para o revezamento. Fiz o meu melhor hoje e não cheguei a tempo da classificação, mas ainda vou competir. E ela não é só *alguma garota*...

— *Aquela... garota...* é o motivo de você chegar em casa tarde da noite e ir para o treino com sono. Você passou pelo tempo da classificação duas vezes durante o treino. *Duas*. E não conseguiu quando era a hora do vamos ver. Você escolhe a semana anterior à prova para ir atrás de um rabo de saia? Eu sabia que aquela garota ia ser uma distração assim que a vi na sua página.

Toda vez que ele diz *alguma garota* ou *aquela garota*, todo o meu corpo fica tenso de raiva. Me lembro do que minha mãe disse sobre Nora. Ele está sofrendo. Mas se ele cuspir aquela frase de novo, sinto que vou entrar em combustão. Inspiro fundo.

— Pai. Foi só uma prova. Vou participar de mais duas competições. Já competi mal antes, e hoje foi incrível. E aquela garota tem *nome*.

Meu pai muda de posição e enfia as mãos nos bolsos. Me encolho porque nenhum dos meus pais tolera ser respondido.

— Olha essa boca, garoto.

— Desculpe. Mas se você quer dar crédito a alguém por eu ter nadado o meu melhor 100 metros, credite a *Ray*.

Olho nos olhos do meu pai, e pela primeira vez vejo tristeza neles. Não há mais combate. Ele só fica de pé me olhando. Me sinto com raiva e envergonhado por ele.

— Com licença, pai.

Passo por ele escada acima.

Mas ainda o ouço murmurar "Sabia que ela seria um problema" antes de fechar a porta do meu quarto.

Caminho pelo meu quarto até me acalmar. Coloco meu iPhone na estação, dou play na minha música favorita do Drake em repetição e caio de costas na cama. Fico de olhos fechados, minha mente trabalhando no que devo dizer a Ray — à minha Júpiter — quando ligar de novo esta noite. Se ela atender. Então dou um pulo e me sento, assustando Jinx.

Naquele dia, quando meu pai me acordou e me disse para não me atrasar para o treino, ele mencionou Ray. Ele perguntou quem era *aquela garota* no meu Instagram. Mas foi algo sobre a maneira como ele disse que faz meu estômago embrulhar. Não é como se ele não quisesse que eu namore ninguém, ele sempre me zoa por não ter uma namorada. Por que ele está tão preocupado com Ray?

Acordo duas horas depois de cair na cama, na mesma posição. Drake ainda está cantando "Find Your Love". Está escuro lá fora. Confiro meu celular para ver se, por algum milagre, Ray ligou de volta. Ela não ligou. Liguei e deixei tantas mensagens que ela e a mãe vão pensar que sou um *stalker* se eu continuar assim. Por que ela me deu o número do telefone fixo se tem celular? Preciso ligar de novo, e desta vez tem que dar certo. Pode ser a última chance que tenho de dizer algo para ela, e Ray precisa saber como me sinto.

— O que você acha, Jinx? Acho que a quinquagésima primeira vez é a mágica? — Jinx pisca e me encara até que eu reúna coragem para pegar meu celular. — Vamos lá.

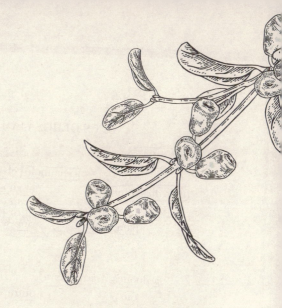

"Eu a amo, e esse é o começo e o fim de tudo."
– F. SCOTT FITZGERALD

SEUS OLHOS VIAM DEUS

Eu tinha

espantado ele?

dois dias inteiros, era tempo demais

para evitar me sentir mal.

a doença o arrebatara?
ou outra coisa?

desaparecido.

estou cheia de pensamentos.
preocupação

Como o amor funciona?

o amor é uma coisa
em movimento
é diferente em cada
porto.
Deus!

Eu tinha espantado ele?
Dois dias inteiros,
era tempo demais para evitar
me sentir mal.
A doença o arrebatara? Ou outra coisa?
Desaparecido.
Estou cheia de pensamentos.
Preocupação.
Como o amor funciona?
O amor é uma coisa em movimento e é diferente em cada porto.
Deus!

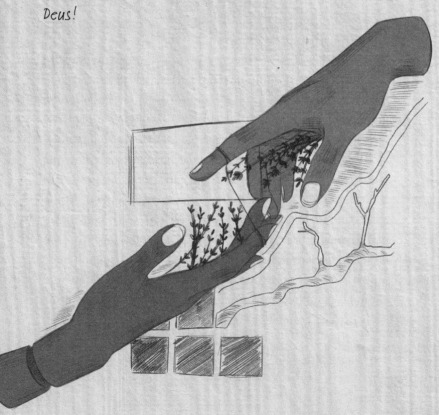

Treze

RAY

17 DIAS

Os últimos três dias foram como uma espécie de purgatório zoado. Não sei o que fiz para merecer essa tortura psicológica. Minha mãe tem pisado em ovos por causa da minha mensagem pedindo para falar sobre o acidente, e não ouvi uma palavra de Orion desde que ele foi embora sem me beijar. É por isso que eu não lido com as pessoas. É por isso que eu não lido com garotos. Maldito drama.

É como se eu não encontrasse mais poesia sem que Orion apareça em cada detalhe. Fecho meu caderno e coloco minha caneta na tira que o prende. Não aguento mais. Me livro do meu cobertor felpudo e me levanto do sofá quando ouço minha mãe vindo pelo corredor. Inocentemente, bloqueio o caminho para a cozinha quando ela passa em seu uniforme azul-petróleo com cheiro roupa recém-lavada.

— Mãe?

Ela suspira.

— Agora não, Ray. Estou indo para o trabalho.

— Você está me evitando.

Ela para e de repente e me dá um olhar de *o que você acabou de dizer?*

— Quer dizer... *parece* que você não quer falar sobre a minha mensagem.

— Ray... — Ela aperta os olhos. — Vamos falar disso depois, está bem? Não sei que perguntas você tem, mas... falar sobre o acidente é... só me deixa estar de cabeça fria primeiro. Qual é a pressa? Você nunca pergunta.

Mas eu sempre pergunto sobre ele. *A pressa é porque você está me evitando. Não pergunto tanto porque você nunca parece estar disposta a falar sobre ele ou sobre o acidente.* Não sei por que ela sente que tem que esconder coisas de mim. Minha vida inteira, vejo ela disfarçando a tristeza com sorrisos. É como uma nuvem carregada que se aproxima de nós quando a data da morte dele se aproxima, essa data que também é minha. Eu a ouço chorar até dormir. E, quando ela fala sobre alguém com quem está saindo, é sempre: "não estou procurando nada sério". Mas ela nunca menciona homens para mim. Ela nunca fala sobre a vida dela com meu pai todos aqueles anos antes do meu nascimento. Muitas sombras e diários desaparecidos. Segredos demais.

— Tudo bem. Depois, então. Promete?

Com isso, ela se abre um pouco e aperta meu braço.

— Obrigada por compreender, amor. Depois. Mas em breve, prometo.

Pego um copo de limonada com umas folhinhas de manjericão e me jogo no sofá. Afasto os pensamentos sobre a anotação e minha mãe, minha mente indo até Orion. Eu disse a ele coisas que não contei a ninguém além de Cash, e já se passaram quase três dias inteiros e não ouvi nem um pio dele. Ele tem o meu telefone. *Mas que droga!* Queria ter dado a ele meu número de celular. Tenho certeza de que agora eu teria cedido e pelo menos mandado uma mensagem para ele.

Como eu já estou me tornando essa pessoa?

Aff. Por que as pessoas escolhem isso? Minha história sobre meu pai foi demais para ele? Ele se cansou das minhas reações? Ah, Deus, ele provavelmente pensa que tenho problemas com meu pai e decidiu que não quer saber do meu drama. Odeio que meu estômago está revirando enquanto tento descobrir o que fiz de errado. Verifico a caixa postal pela centésima vez, embora o telefone não tenha tocado o dia todo. Nenhuma mensagem nova.

Talvez eu devesse ligar para ele? Afinal, o telefone funciona nos dois sentidos.

Não. Não, foi ele quem falou dos meus *olhos* e segurou minha mão e apareceu no meu trabalho... e evitou meus beijos e me ignorou. *Ele* deveria ser o único a *me* ligar.

Me jogo de volta no sofá e coloco o cobertor sobre a cabeça. As chaves da minha mãe tilintam entre seus dedos.

— Ray, venha trancar a porta. Voltarei tarde.

Resmungo e me arrasto para trancar a fechadura, então pressiono minhas costas contra a porta. Por que deixei aquele garoto segurar minha mão? Por que deixei sua risada doce e seus olhos me envolverem como uma tapeçaria? Agora... ele é parte de mim.

Meu celular vibra.

Bri: Ele já ligou?

> **Eu:** Não

> **Bri:** Tem certeza de que não quer perguntar ao Mo o que aconteceu?

> **Eu:** Não quero parecer desesperada.

> **Bri:** Mas você está.

> **Eu:** Pra caramba, mas ele nunca vai saber kkkk

Bam! Bam! Bam!

Dou um grito e me viro com a súbita batida na porta. Cash está aqui, com um sorrisinho satisfeito enquanto espio pelas grades de ferro.

— Cash, você me deu um baita susto. — Abro a porta e olho feio para ele. — O que você quer?

O sorriso dele derrete em preocupação.

— Nossa, garota. Eu só estava brincando. Foi mal. Você tá bem?

Reviro os olhos e abro mais a porta, convidando ele para entrar, então passo por ele e me jogo de volta no sofá com um suspiro alto.

— E aí, LuaRay? Por que sinto que você já está irritada antes de eu começar a te irritar? — Cash entra na sala e se esparrama pelo chão. Ele é tão enorme que raramente se senta no nosso sofá de veludo dourado. O chão diante das portas do pátio é o lugar dele.

— Sinceramente? Tá tudo meio zoado agora. Minha mãe está sendo mais esquisita que o normal sobre meu aniversário... você sabe. — Lágrimas que eu não sabia que estavam presas começam a cair. — E Orion... lembra aquele cara do Crystal Palace? Ele...

— Ah, Deus, se aquele p... — Em um segundo, Cash está de pé, andando de um lado a outro e fervendo. — Ele te machucou? Por Deus, Ray, vou acabar com ele.

Cash para diante de mim, os punhos cerrados, esperando minha resposta.

— Cash, caramba, se acalme — digo, limpando as lágrimas. Cash assente, observando meu rosto enquanto se senta no chão de novo. Não sei se ele está aliviado que Orion não me machucou ou decepcionado porque não vai poder acabar com ele. — Ele não me machucou de jeito nenhum. Bem, não intencionalmente... não pra valer.

— Ele deve ter feito alguma coisa, já que você tá chorando e tal. Vi o carro dele aqui naquele dia. Ficou aqui um tempão. Ele não voltou, e você chorando...

Balanço a cabeça.

— Cash, eu te amo por estar tão pronto para me defender, mas você precisa se acalmar. É só coisa boba de garoto. Vou te poupar dos detalhes, mas ficarei bem.

Sorrio para acalmá-lo, até que ele acredite em mim e seu rosto sorria também.

— Tá. Que bom, porque não quero ouvir sobre as putarias que vocês provavelmente estavam fazendo aqui.

— Cala a boca, cabeçudo. — Atiro uma almofada em Cash e ele a espanta como se fosse uma mosca. — E por que você está aqui? O que você quer? Perturbando minha paz.

— Tenho que querer alguma coisa para te ver agora? Nossa. Eu costumava só chegar e pronto. Agora preciso de motivo? Mal te vi o verão todo, exceto no seu aniversário.

Ele joga a almofada de volta e eu a coloco no lugar.

— Eu sei. Desculpe. A vida é assim agora. Você fica no campo de futebol o dia todo; eu trabalho ou sei lá o quê. Mas estou feliz que você veio, mesmo que seja para me irritar.

Passamos a hora seguinte nos atualizando.

Eu o levo à porta.

— Ei, diga ao garoto que, se ele mexer com você, eu tenho uma coisa pra ele — diz Cash, erguendo o punho fechado.

Eu bato no punho e gentilmente o empurro pela porta.

— Tchau, Cash.

Triiiiiim. Espero que seja Orion ligando, mas aí lembro que ele não tem meu celular.

O identificador de chamada diz que é Bri, mas não atendo. Não estou a fim de ouvir o otimismo dela. Eu devia comer alguma coisa, mas estou sem fome. Pego uma garrafa de água, meus fones e meu diário e subo para a casa na árvore. Sou uma pessoa completa com hobbies. Por que estou desperdiçando tempo querendo que algum garoto estúpido me ligue?

Por quase três horas, faço esboços e termino pinturas em obras diferentes. Na saída, vejo a pilha de páginas que selecionei de *Seus olhos viam Deus*.

Não planejei criar mais poesia hoje, mas a página no topo da pilha me interrompe. É a primeira do capítulo 11, onde faz uma semana inteira que Janie não vê Tea Cake e decide que não quer mais encontrá-lo... nunca mais... exceto que quer sim. Ela vai enlouquecer se não o vir de novo. Isso é irritantemente parecido com a minha situação. Por que eu tive que escolher uma história de amor trágica?

Ligo o rádio e me sento com a página.

Ela estava com medo

Esboço uma nuvem ao redor dessa frase antes de procurar por outra coisa na página. Sei que essa será a primeira linha de seja lá qual poema eu encontrar aqui. Leio a página, sublinhando palavras e esboçando nuvens ao redor do poema até que se revele para mim.

> *Ela estava com medo de que ele pudesse pensar que ela estava interessada. Se*
> *Ela o visse de novo algum dia, decidiu tratá-lo friamente.*
> *Ela relutou com seu segredo.*
> *Ela sorriu. Ele colocou seu violão debaixo do braço, e ela era a*
> *Música.*

Este não merece cores nem tons de cinza. Só preto. Combina com o meu humor. Escurecer uma página inteira com uma caneta Sharpie é satisfatório. Me sinto mais no controle.

Quando entro em casa, percebo que a luz vermelha da secretária eletrônica está brilhando. Há uma mensagem de voz.

— A-alô? Hum, esta mensagem é para Ray. Sou eu, Orion. Nós deixamos as coisas... não tenho certeza de como deixamos as coisas. Passei pelo seu trabalho algumas vezes, mas como você não está retornando minhas ligações, quis te dar espaço. Hã... não me classifiquei para os 100 metros borboleta ontem. Mas ainda vou ao campeonato nacional na semana que vem para competir pelos 100 metros livres e revezamento com Niko e Ahmir. Enfim, talvez eu possa te contar tudo isso da próxima vez que observarmos os vaga-lumes... um dia. Sinto sua falta.

Catorze

RAY

16 DIAS

O som de algo atingindo minha janela repetidas vezes me acorda. A luz cinzenta brilha através das persianas. O sol está nascendo. Me inclino para a lateral da minha cama e lentamente abro as cortinas. Semicerro os olhos até que se ajustem à luz fraca. Não há movimento nos arbustos. O barulho deve acontecer de novo em breve, então espero. Dou um pulo quando um punhado de terra atinge o vidro. Me sentando, afasto as persianas da janela e grito antes de tapar a boca com a mão.

Orion está ali, segurando um punhado de húmus em uma das mãos e acenando para mim com a mão livre.

— *O quê?* — eu cochicho e balanço a cabeça.

Saio da janela e corro para fora do quarto. A porta do quarto da minha mãe está fechada e a casa está escura, então sei que ela ainda está dormindo. Estou feliz por ter dormido usando um pijama fofo e não minha camisetona de sempre. Paro de correr antes de sair do corredor porque não quero que ele me veja toda empolgada quando descaradamente decidiu não me beijar e também não ligou por dias, além de ter dito que não retornei suas ligações. Que ligações? A mensagem dele foi fofa e tal, mas três noites e três dias foram tempo demais para eu estar toda animada agora. Não liguei para ele de propósito. Estou feliz que a responsabilidade ainda é dele. Ele é que sumiu. Faço minha melhor cara de *você interrompeu meu sono* e abro a porta.

— O que você está fazendo aqui? — sussurro, semicerrando os olhos mais que o necessário.

Nervoso, Orion limpa as mãos nas laterais das calças.

— Você jogou pedras na minha janela — digo, lutando contra um sorriso. — Da próxima vez, só coloque uma caixa de som na cabeça e toque "In Your Eyes" bem alto até acordar a vizinhança toda, pode ser? — brinco secamente.

— Hã? — diz ele, confuso.

— De *Digam o que quiserem?*

— Dizer o quê?

— O filme dos anos oitenta. Deixa pra lá. Por que você está aqui?

Gesticulo para que ele entre, mas Orion balança a cabeça e não se mexe.

— Não quero entrar. Não posso. Tenho que ir trabalhar... Mo e eu vamos fazer o inventário da despensa antes de abrir.

— Espera — digo, erguendo a mão para efeito dramático. — Você aparece aqui ao raiar do dia, interrompendo meu sono... preciso que você recomece. Uma sugestão: explique por que você *não* me beijou de novo quando nós dois sabemos que essa era a coisa a se fazer e depois sumiu por três dias inteiros.

Cruzo os braços sobre o peito e ergo as sobrancelhas.

Em busca de Júpiter

— Ah, hã... — Orion dá uma risadinha. — Não, eu estava... eu não deveria ter... Ray você não imagina o quanto eu queria te beijar, o quanto eu *quero* te beijar, mas seria... nós dois estávamos tão vulneráveis e... — Ele esconde o rosto nas mãos e então joga a cabeça para trás.

Suavizo meu olhar. Ele é tão bonito. E doce. E jogou pedras na minha janela como nos filmes. Queria envolver meus braços no pescoço dele e beijá-lo, mas ele precisa sofrer, só um pouquinho, por causa da agonia que me fez passar ao desaparecer daquele jeito.

— E eu te liguei milhões de vezes. Quer dizer, eu não disse muito nas mensagens, mas você nunca retornou as ligações.

— O quê? Que mentira. Confiro as mensagens de voz todo dia e nunca recebi qualquer mensagem sua até aquela ontem à noite.

— Bem, não sei... eu liguei. Não estou mentindo, juro. Foram mensagens curtas... talvez... não sei, mas você tem que acreditar em mim.

Ele me ligou? Milhões de vezes?

— Quando você ligou?

— Liguei quando pensei que você estaria em casa, por volta de três ou quatro da tarde, tipo três ou quatro vezes por dia.

Eu não estava em casa. Mas minha mãe sim.

— Te liguei ontem.

— Eu sei.

Ouvir que ele esteve me ligando... me sinto mal por não ter ligado de volta.

— Escuta. Quero te levar para sair... para um encontro. Um encontro de verdade. Pode ser? Você está ocupada esta noite?

Orion enfia as mãos nos bolsos. Observo seus pés se aproximarem de mim, mas minha mente está acelerada.

Ele acabou de me chamar para sair. Ele não desapareceu. Ele ligou milhões de vezes. Minha mãe estava em casa. Talvez ela tenha deletado as mensagens? Mas por quê?

— Ray?

— Hã? Sim... — Faço uma pausa maior que o necessário, me forçando a estar presente e a sorrir. — Não, eu... Tudo bem, sim. Estou ocupada hoje à noite, mas não amanhã. Eu adoraria sair com você.

Orion pressiona as mãos no próprio peito. Ele pigarreia e dá mais um passo para perto de mim. Por reflexo, escondo a boca na gola da camisa do pijama porque não quero que ele sinta meu hálito matinal. Ele sorri e eu também. Ele engancha os dedos na minha mão livre e se aproxima mais, me puxando para perto. Sinto um frio na barriga. Ainda estou de pé na minha porta, então estamos quase nos encostando.

— Ótimo. — Os olhos dele alcançam minha boca coberta e ele mordisca o lábio como se estivesse pronto para me beijar ou algo assim. — Estou ansioso. E quando nos beijarmos de novo... você não vai querer fugir. Observe.

A boca dele se curva em um sorrisinho danado.

Que bom que minha boca está coberta, porque se eu sorrir mais vou parecer o Coringa. Se eu fosse um desenho animado, meus olhos iam ficar dez vezes maiores e corações voariam em círculos ao meu redor. Minha mente volta às mensagens desaparecidas e eu afasto meus pensamentos.

— Então, onde você vai me levar?

— Em um evento com microfone aberto que acho que você vai gostar. Posso te buscar às sete.

— Legal. Microfone aberto... você vai levar seu violão?

— Nãããããããããão, não-não-não. Já disse, só toco para Jinx e Lótus. — Ele balança a cabeça e dá uma risadinha. — E pra você, claro. Senti sua falta.

Não sei o que dizer, então não digo nada.

— Você pode me dar um abraço?

— Você pode ganhar um abraço amanhã à noite depois desse beijo mágico que não vai me fazer fugir. — Minhas bochechas doem de tanto sorrir. — Me dá seu celular — digo, estendendo a mão. — Você não ganha um abraço, mas o meu número, sim.

Orion me entrega o celular, casualmente e sem hesitar.

Antes que ele entre no carro, finge colocar o celular na orelha e aponta para mim.

— Vou acreditar quando vir — digo.

Paro na secretária eletrônica no caminho de volta para o meu quarto. Ele disse que as mensagens eram bem curtas. Talvez tenham sido registradas como quedas ou algo assim? Além disso, de jeito nenhum minha mãe se daria todo esse trabalho. Excluir correios de voz? Sem chance.

Não consigo pensar nem mais um segundo nessa secretária eletrônica velha e estúpida. Tenho mais o que fazer.

Corro de volta para o meu quarto, pulo na cama e enterro meu rosto dolorido no travesseiro. Rolo de costas e abraço minha girafa contra o peito. Mando uma mensagem para Bri.

> **Eu:** Ele apareceu! Vai me levar para sair!

> **Bri:** ME LIGA

Toco na tela para ligar para ela. Estou feliz e sem acreditar que um garoto acabou de jogar pedrinhas na minha janela e que vou a um encontro. Um encontro de verdade.

Quinze

ORION

15 DIAS

O sol está se pondo e estou quase na casa de Ray, brigando comigo mesmo por prometer a ela um beijo incrível. O que eu estava pensando, colocando esse tipo de pressão? Mas tive que prometer a ela que nossa sequência de beijos desencontrados termina esta noite.

A porta da casa se abre quando me aproximo, e uma mulher que parece ser a irmã mais velha gostosa de Ray sorri educadamente para mim.

— Olá. Você deve ser Orion.

Tão alta quanto Ray e com *dreads* grossos em um coque acima da cabeça, ela parece da realeza.

— Oi. Sim, sra. Evans. Prazer em conhecê-la.

Passo por ela e entro na cozinha. Procuro Ray, mas ela não está aqui. Me viro para encarar a sra. Evans enquanto ela fecha a porta atrás de si. Ela observa meu rosto com um leve sorriso. Me pergunto o que Ray contou a ela sobre mim... sobre nós.

— Calêndulas — diz ela.

Demoro a perceber que ela está falando sobre o buquê de flores que eu trouxe para Ray.

— Sim! Sim, senhora. — Estendo o buquê e ela cheira.

— E rosas, do meu quintal.

Quase conto sobre como minha mãe plantou calêndulas e roseiras no ano em que nos mudamos para nossa casa e como ela se preocupa com as plantas o tempo todo, cuidando delas no inverno, podando e assim por diante. Em vez de dizer tudo isso, mordo os lábios para me impedir de divagar.

— Que lindo. Calêndulas e rosas do seu quintal?

Só diga: "Sim, senhora."

— Sim, senhora.

Ela assente.

— Percebi que você também faz jardinagem — digo.

Ela ergue as sobrancelhas.

— Ray me mostrou. Eu vim... hã... — pigarreio.

— Faço jardinagem, sim. — A sra. Evans me leva para a cozinha e pega uma jarra de água da geladeira. Por sorte, ela ignora o que falei sobre ter visto o jardim antes. — Você quer água?

Ela não espera a resposta. Enche um copinho verde e me entrega.

— Sim, senhora, obrigado.

Bebo de uma vez.

— Orion, você impressionou minha Ray.

— Sim, senhora... quer dizer, ela também é incrível. Ela me impressionou muito. Ela é uma ótima garota. A melhor das garotas.

Orion. Pare. De. Falar. Tomo outro gole de água do copo vazio. O sorrisinho de boca fechada dela se torna um sorriso, e ela ri um pouco. Me serve mais água e eu agradeço.

— Vou dizer a Ray que você está aqui. Com licença, querido.

Ela desaparece no corredor.

Termino a água e ando de um lado a outro entre a cozinha e a sala ao lado. Ervas enroladas em barbante estão penduradas de cabeça para baixo sobre as janelas por toda a cozinha. Paro para cheirar uma que tem lavanda misturada entre algumas folhas.

— Lavanda e sálvia.

Dou um pulo com a voz de Ray e me viro para vê-la se aproximando. Sabe quando nos filmes a garota desce as escadas usando o vestido para o baile de formatura e tudo desacelera e uma música angelical toca? Isto é real. Algo bate asas no meu peito, e o tempo desacelera apenas o suficiente para que eu veja os olhos castanhos dela brilharem quando a luz os atinge no ângulo certo. Assim como da primeira vez que a vi. O vestido dela é o céu noturno: azul-profundo e cheio de pequeninas estrelas douradas. Solto o ar.

— Hã? — digo a única coisa que me ocorre.

— Lavanda e sálvia — repete ela, erguendo a mão para tocar o maço, e o cheiro dela é tão bom. — Colhemos um pouco do jardim para desidratar.

— Ah... oi. — Três sílabas por enquanto.

— Oi — diz Ray.

— Você está cheirosa. Eu trouxe isto para você. — Estendo as flores. — São do meu quintal.

— Obrigada, são lindas. — Ela as pega e as pressiona contra o nariz. — Tênis legal.

Timidamente, olho para meus pés. Ray se aproxima, de forma que nossos dedos estão a centímetros um do outro.

— Mesmos sapatos.

Ela se aproxima ainda mais, e nossos All Star de cano médio pretos estão quase se tocando. A expressão nos olhos dela faz meu interior revirar, da melhor maneira.

— Gosto do seu cabelo.

Ray sorri e passa o dedo atrás da orelha, mas não tem cabelo para prender — o cabelo dela está preso em um enorme *puff* atrás. Emoldura o rosto dela como uma auréola.

— Oi — diz ela, nossos rostos tão próximos que posso ouvi-la respirar.

— Oi. — Quero beijá-la, tipo, beijá-la pra valer, mas estou superconsciente de que a mãe dela está em algum lugar da casa. Além disso, prometi a ela um momento mágico, que não é este. — Vamos.

Pego a rota panorâmica pela Riverside Drive. É um trecho romântico, com uma bela vista da cidade, que fica ao longo das margens do rio Mississippi. A icônica ponte Memphis Arkansas em forma de M com milhares de luzes que iluminam a água e uma colina íngreme e gramada, com restaurantes e condomínios. Ray fica animada como pensei que ela ficaria, espiando pela janela. O que é bom, porque quero trazê-la de volta aqui depois do show.

As luzes da ponte provocam outra sensação ao vê-las assim de perto. Abri as janelas do carro apenas o suficiente para que possamos ouvir o rio ao fundo, mesmo com o zumbido baixo do Usher cantando sobre confissões.

Ficamos em silêncio a maior parte do caminho, mas não é estranho; é confortável, como se eu estivesse mais em casa do que nunca. A mão dela segura a minha. Ela solta algumas vezes para mexer no cabelo, olhando no espelho. Fico dizendo a ela que está perfeito. Ela é perfeita.

— Se esse cabelo só...

— Qualquer coisa que pareça "fora do lugar"... confie em mim, está exatamente onde deveria estar.

Ray cutuca minha bochecha e eu finjo tentar morder o dedo dela. Ela acha que estou brincando. Mas não estou.

— Tô falando sério.

Ela fecha o quebra-sol e revira os olhos, mas continua segurando minha mão.

— Obrigada. Eu sei que você está.

O estacionamento está cheio, então dirijo pelas ruas ao lado e encontro uma vaga. Vamos andar um pouco, mas estou feliz por poder caminhar com Ray, nossos dedos entrelaçados. Eu segurei a mão dela todas as vezes que estivemos juntos, desde que a conheci, incluindo o primeiro dia. Mesmo que tenha sido por acidente no início, ainda conta. Será que ela percebeu isso também?

Aperto a mão dela e acaricio a parte externa de seu polegar com o meu. Sacudo para fazê-la olhar para mim.

— O que está se passando nessa cabecinha linda?

— Sabe, esse é o meu primeiro encontro.

Estou chocado. Não quero reagir exageradamente pela revelação, mas *o quê?*

— Sim. Primeiro encontro. Quer dizer, estive *com* caras, mas nunca *saí* com um cara antes. Tipo, em um encontro.

— Ah. — Observo a expressão dela porque quero saber como responder. Ray não parece envergonhada ou emotiva... só sincera. — Que bom que seu primeiro encontro é comigo. Para sua informação, esta é a primeira vez que vou a um encontro individual. Na escola, fui ao cinema algumas vezes com a galera e garotas de quem eu gostava. Coisa de criança.

Cruzamos a rua e entramos no estacionamento.

— Falando de grupos, pode ser que Niko e Ahmir apareçam aqui hoje.

— Não estamos sozinhos, então.

— Nada... estamos, sim. Só estou dizendo que podemos ver alguns rostos familiares, só isso.

Ela aperta minha mão, e pela primeira vez sinto como é pertencer a alguém e como é alguém ser meu.

Como previ, Niko e Ahmir estão aqui com outro cara da natação que chamamos de Hollywood porque ele se parece com Zac Efron ou um daqueles galãs brancos típicos da Disney.

— E aí, O-Cachorrão! — Hollywood é a única pessoa na Terra que me chama de O-Cachorrão. Eu deixo porque acho que faz ele se sentir descolado.

Ray segura o riso. Sei que ela vai me provocar mais tarde.

— Ei, Hollywood.

Eu cumprimento ele e os outros caras.

Niko não perde tempo e se aproxima de Ray.

— Ei, linda. Você ainda tá andando com *ese cuate* aí? — Ele aponta o dedão para mim. Nós só rimos.

Depois de passar um tempo com Niko, Ray e eu pegamos bebidas.

Confiro meu celular, procurando uma mensagem de Mo.

— Vamos — digo, e conduzo Ray pela multidão em direção à frente da pista.

— Você acha que vamos encontrar lugares aqui? Está bem cheio.

Está fluindo como eu esperava. Queria que ela soubesse que planejei cada detalhe para que esta noite seja incrível para ela.

— Tudo bem... temos um lugar.

Em busca de Júpiter

— Ei, o Mo está ali — diz ela, soando um pouco irritada. Deve achar que ele vai segurar vela hoje.

— Ei, ei, ei! Srta. Ray. — Mo se curva, e então se inclina para a frente e dá a ela um abraço de irmão, em que você estende a mão como se fosse abraçar, mas a única coisa que toca são as mãos nas costas.

— Oi, Mo — cumprimenta Ray, e posso jurar que o humor dela muda.

— Você mudou seu cabelo! Legal.

— Obrigada, Mo. Orion não me contou que você estaria aqui... você está bem?

— Estou bem. Sabe, estou trocando mensagens com sua garota. A Bri é legal. Tecnicamente, não estou aqui. Só vim mais cedo para segurar os lugares pra vocês, como um favor pro meu garoto aqui.

— Jura? — Visivelmente, os ombros dela relaxam, e Ray me dá um sorriso, um com covinhas. — Isso é muito gentil.

— É, a Noite da Cultura Negra fica cheia rapidinho, e Orion disse que queria se sentar do seu lado. Foi tranquilo segurar o lugar pra vocês. Tudo em nome do amor.

Ele arregala os olhos e todos nós rimos. Mo e eu nos cumprimentamos com um aperto de mão e uma batida de peito, e ele vai embora.

Ray e eu nos sentamos ombro a ombro. O MC tem o cabelo parecido com o do Basquiat e se apresenta como mestre de cerimônias, pronunciando todas as consoantes e arrastando as vogais. Ray desliza os dedos entre os meus enquanto esperamos que ele termine o monólogo de abertura. Vejo os dedos dela fazerem coisas na minha mão que deveriam ser ilegais em público.

As palmas das mãos deveriam contar como pegação.

O primeiro ato é um aluno que toca um tambor amarrado no ombro. Em certo ponto, uma garota careca se aproxima do palco, combinando seus passos com a batida da bateria. O corpo dela é fluido, e sempre que ela pulsa no ritmo é como se movesse o ar na sala e a multidão pulsasse também. É difícil não imaginar as pessoas do lado de fora vendo o próprio prédio pulsar e balançar.

— Legal, né? — digo para Ray enquanto eles se curvam ao som dos aplausos.

Ela aplaude de pé com o resto da sala.

— Muito!

Há um momento de calma antes que a próxima pessoa entre no palco. Ray se aproxima de mim.

— Está gostando do seu primeiro encontro até agora? — sussurro, quase tocando a orelha dela com meus lábios de propósito.

— Estou. Este lugar é incrível demais.

Ray vira o rosto na direção do meu e tenho que conscientemente forçar todo o meu sangue *de volta* ao meu cérebro. Ela estende a mão para a bebida, felizmente criando espaço entre nós.

— Eles foram ótimos — diz ela.

— É. Mas sempre fico esperando os artistas da palavra falada. Fico impressionado com como os poetas estão dispostos a ser abertos e sinceros às vezes.

Há um olhar distante no rosto de Ray quando o MC pergunta se estamos prontos para o primeiro artista da palavra falada da noite. Nos juntamos aos aplausos e voltamos nossa atenção para o palco.

Dezesseis

RAY

Uma garota que parece ter mais ou menos a nossa idade se aproxima do microfone. Por mais que ela esteja vestida de preto da cabeça aos pés, seu rosto brilhante e animado e cabelo saltitante a fazem parecer a personificação da primavera. Quando ela chega ao microfone, tudo está em um silêncio sepulcral.

Orion aperta minha mão gentilmente enquanto a observa como a congregação observa um pregador — como se ele precisasse de algo dela. Como se esperasse algo que alimentasse sua alma. Acho que é por isso que a maioria das pessoas é atraída por uma forma de arte ou outra. A arte é o alimento da alma.

Eu queria poder negar o ciúme que serpenteia por mim. Fingindo que estou com frio por conta do ar-condicionado, eu me abraço, e Orion instantaneamente me envolve e esfrega meu braço, bem como planejei. Eu me sinto um pouco boba, mas esse novo sentimento estranho — querer e receber esse tipo de atenção — é bom.

— Ano passado, perto das festas, mudei meu nome para Ranúnculo. Sei que soa drástico para alguns de vocês, mas sou uma artista, e às vezes fazemos coisas drásticas. — A voz dela se transforma em uma imitação da Erykah Badu quando faz referência à música "Tyrone". A audiência ri e aplaude. — Vocês nos amam por isso — continua ela. — Nós amamos vocês também. Precisamos que vocês sejam testemunhas das nossas coisas drásticas. Minha mudança de nome foi parte da minha decisão de resistir à escuridão, de rejeitá-la. — Ela assume um tom mais sombrio. — Se Ranúnculo for estranho demais para vocês, podem me chamar de R. Abelhas exigem que sejamos testemunhas também, não é? Abelhas e ranúnculos encontram seu lar no sol. Escrevi isto há algumas semanas enquanto observava o sol se erguer por sobre o rio, como uma ponte para o paraíso sobre águas turbulentas. Isto é sobre amor e luz. Não tem título, porque é o que é.

Ela segura firme o microfone e faz uma longa pausa antes de erguer o olhar para a plateia.

Você me amou profundamente.
Suas mãos acariciaram pele, carne, tendão, ossos,
    tutano, sangue.
Profundo.
Sua boca conjurou.
Suas palavras persuadiram e conquistaram minha
    alma.
Mãos apertaram e chamaram minha alma ao descanso.
Uma brasa atiçada por amor profundo
Fez promessas tão certas quanto o túmulo.
Fogo eterno.

A voz dela é alta e poderosa e desafiadora. Aplausos eclodem por toda a sala para deixá-la saber que a compreendemos. Ela mal se mexe enquanto se apresenta, firme como uma guerreira. Os olhos dela pousam nos meus brevemente antes que ela os feche com força e continue. Estranhamente impressionada, dou uma olhada rápida em Orion para ver se ele percebeu, mas os olhos dele ainda estão nela.

> Eu quero ir para fora na chuva,
> Para dentro de uma noite tão densa que se pressiona contra a minha pele,
> Em tons de índigo que mascaram minha tristeza até que eu acredite que se foi.
> Escuridão.
> Lá fora na chuva à meia-noite
> Onde, nas sombras,
> Eu poderia me oferecer para ser batizada.
> Lavada. Perdoada. Limpa.
> Purificada até que a tristeza que seu amor deixou para trás se acumule aos meus pés e serpenteie de volta à terra.
> Profundo.
> Embaixo, onde coisas mortas sustentam as vivas.

Ela ainda está imóvel, mas o controle deixou sua voz — há desespero onde a raiva estava antes. Olho para Orion e ele está me observando. Ele ergue as sobrancelhas como se para me perguntar se estou bem, e eu assinto, menos enciumada agora, também caindo no feitiço dela. Ele aperta meu braço enquanto voltamos nossa atenção a Ranúnculo.

Ela caminha até a beira do palco. De braços abertos, ela se põe de joelhos e se senta sobre os calcanhares.

Uma brasa nas cinzas do nosso passado, atiçada por profundo amor, fez promessas tão certas quanto o túmulo.
Fogo eterno.
Eu quero ir lá pra fora na chuva à meia-noite, onde talvez eu possa me
Perdoar.
Onde, talvez, eu possa caminhar de novo.
Sob o sol.

A cafeteria explode em aplausos. Eu sorrio na direção dela — ela me dá uma piscadela enquanto volta para seu lugar, juntando as mãos em um agradecimento e se curvando um pouco enquanto vai.

Batendo palmas para ela e olhando para Orion — estando aqui, tão vivo com energia e expressão —, me sinto aberta de maneiras que nunca senti antes. Eu poderia me acostumar com isto.

Dezessete

ORION

— **Pra onde vamos** agora? — Ray pergunta enquanto abrimos caminho pela multidão, em direção à saída. A parte do microfone aberto acabou, e não vamos ficar para ver a banda cover.

— Para um lugar que possamos conversar. Acho que você vai gostar.

Junto meus dedos aos dela enquanto saímos.

— Ei, te vejo no treino. Esteja pronto pra competição — diz Niko enquanto passamos por ele, Hollywood e Ahmir em direção à saída.

Estaciono no bairro perto do rio, a uma curta caminhada até o topo do penhasco, uma colina íngreme com vista para a Riverside Drive. Ray me ajuda a estender um cobertor que eu trouxe só para isso. As luzes da ponte Memphis Arkansas estão acesas, e podemos ver parte da Pyramid daqui também. É perfeito.

Outras pessoas estão espalhadas, descansando no topo da colina. Ray se senta de pernas cruzadas e olha para o rio abaixo de nós. Há um barco iluminado, cheio de pessoas nos conveses superior e inferior. Parece um cartão-postal, diante da ponte brilhante.

— Você está bem? — pergunto.

— Sim. — Ray me dá um sorriso constrangido. — Eu amei. Eu só não esperava que o microfone aberto atingisse a minha alma.

— Não é? O poema que aquele cara fez sobre ser uma criança solitária... e Ranúnculo... — Balanço a cabeça.

— Humm. Posso saber por que você sempre vai à noite de microfone aberto, mas nunca agraciou o palco com seu violão?

— Sou tímido, já falei — digo, dando de ombros. — Só a ideia de ficar no palco faz minha ansiedade ir lá para o topo.

Ray me olha como se estivesse tentando me entender. Dou de ombros de novo.

Estendemos o cobertor e deitamos lado a lado. O corpo de Ray está quente, e os pequenos esbarrares do braço dela me dão coragem para chegar ainda mais perto. Ela está com os braços atrás da cabeça, e eu me deito no canto abaixo do cotovelo dela.

— Você se lembra da última vez que brincou ao ar livre? — pergunta Ray, de olho no céu. — Tipo, quando criança. Tipo, a última vez mesmo?

Penso sobre Nora e naquele dia. Parece ter sido a última vez para mim, mas eu brinquei ao ar livre pra caramba com Mo e outras crianças depois disso.

— Não, não me lembro.

— Ah, sim. Cash foi lá em casa dia desses, e estávamos falando sobre os velhos tempos e todas as coisas ridículas que fizemos na infância. E percebi que um daqueles dias foi o último em que brincamos. Todo mundo tem um. Mas não temos como saber que aquele será o último dia que vamos entrar quando a luz do poste acender.

— Cash foi lá? — Assim que pergunto, o silêncio faz com que eu me arrependa. — Não, quer dizer. Isso... Isso é profundo. E também verdadeiro. Nunca pensei nisso: o dia em que a infância acaba.

Ray balança a cabeça.

— Sim, Cash deu uma passada lá. Ele mora do outro lado da rua. Você está com ciúmes?

— Não. Não, estou bem — digo, minha voz aguda entregando a mentira.

— Não se preocupe, não há nada entre mim e Cash. Ele é tipo meu primo.

De alguma forma ainda não estou mais calmo, mas deixo pra lá.

— Você já viu o céu noturno longe da cidade?

— Sim — respondo. — Fui no acampamento do Clube dos Garotos quando eu estava no fundamental, um lugar em que dá pra acampar em tendas e chalés. Nunca tinha visto tantas estrelas.

— Eu as vi pela primeira vez quando fui acampar com a minha mãe. Não lembro onde, mas eu tinha seis ou sete anos. Estendemos um cobertor, bem assim. Eu costumava pensar que podíamos ver mais estrelas porque as pessoas que moravam lá não tinham luz elétrica, então precisavam das estrelas para iluminar. — Ray ri e continua olhando o céu para se lembrar. — Depois que cresci, não consegui me livrar da sensação de que talvez existam mais estrelas do que conhecemos... tenho uma teoria.

Ela me olha, cheia de expectativa.

Assinto.

— Me conte.

Ela poderia estar falando sobre tipos de cogumelos e eu amaria ficar olhando para o seu rosto e aprender sobre todos eles. Me ponho de lado e apoio minha cabeça no braço, para poder vê-la melhor.

— Não é bem uma teoria, é mais uma pergunta, e acredito mesmo na resposta que escolhi. É totalmente não científica. Em grande parte.

— Então... *uma teoria*... em teoria. Entendi. Qual é a pergunta?

Tento ficar sério e falho. Ray revira os olhos.

— E se nós formos as *estrelas*? — diz ela, olhando para cima. — Li que mais ou menos quatro mil e oitocentas estrelas morrem por segundo. Apenas quatro humanos nascem por segundo. Essa é uma diferença significativa, o que contribui para uma teoria fraca, mas se você levar em conta todas as outras coisas vivas com alma, em todos os lugares do universo, incluindo partes que não exploramos, começa a ficar um pouco mais em foco. E se toda vez que uma estrela morre no céu, a vida é despertada na Terra? Pense nisso. Quase todos os elementos que compõem o corpo humano foram feitos de uma estrela. Fato.

— Entendi. Com você nada é o que é. Acho foda como você vê abaixo da superfície das coisas. De livros e estrelas. É disso que eu sentia falta todos esses verões. E você estava bem aqui.

O sorriso dela alarga, e Ray volta a olhar para cima e falar.

— E se temos origem na vida das estrelas, como luz pura, então o céu, o espaço, deve ser o paraíso. Principalmente se voltarmos para lá depois de morrermos, como estrelas reencarnadas.

Ela pausa e espera minha reação.

— O espaço é o céu?

— Pensa bem. A conservação de energia é a lei do universo. Não há criação nem morte de energia, apenas transferência. Quando pensamos no ciclo da vida, pensamos em termos de ciência terrestres, o reino animal, coisas vivas consumindo outras coisas vivas, e desperdício, morte e decadência apoiando a ecologia e continuando o ciclo da vida lá embaixo. Mas *como* estamos aqui? E para onde nossa energia é transferida quando morremos? É tudo o universo, cara.

— Mas e o inferno? — pergunto, inebriado com as palavras dela.

— Pensei muito nisso também. Acho que o mal que fazemos aqui, a parte da nossa luz que se transforma em escuridão, essa parte vai para buracos negros, onde algumas das estrelas vão para morrer e nunca mais se tornar estrelas. A energia sombria é aos poucos transferida para a energia sombria. Quando algo fica preso em um buraco negro, acabou. Acabou para sempre. E se os buracos negros forem o inferno, a morte eterna ou algo assim?

Ray me olha com tantas perguntas nos olhos. Quero beijá-la. Acho que ela sente, porque sorri um pouquinho. Eu a beijaria, mas quero ouvir mais da teoria dela.

— Continue — instigo.

— Os buracos negros estão se formando em um ritmo mais lento com o passar do tempo, mas as estrelas nascem constantemente. As estrelas estão a todo vapor. Além disso, acredite ou não, os humanos estão matando uns aos outros menos agora do que nunca, se você considerar toda a história da vida humana neste planeta. E se os buracos negros estão se formando mais lentamente porque o mal na Terra está diminuindo lentamente? E se um dia o bem vencer e não houver mais necessidade de buracos negros porque tudo na Terra é luz das estrelas? Talvez esse seja o paraíso na Terra sobre o qual os livros sagrados de todas as religiões escrevem. Talvez aquele que todos estão esperando seja na verdade uma metáfora da bondade que habita a Terra... através das estrelas... através de nós?

— Isso é profundo pra caramba. Profundo como um buraco negro — comento.

Ela ri pra valer.

— Você acha que eu sou uma boba.

— Nunca. Acho que você é brilhante e incrível. Você não é como as outras pessoas. Você é uma estrela, você é a mais brilhante.

Eu quero dizer que Ray é aquela ao redor da qual meu planeta gira. Mas provavelmente isso é demais para admitir em um primeiro encontro. Em vez disso, engancho meus dedos nos dela. O cabelo de Ray é como uma auréola ao redor de sua cabeça contra o cobertor remendado. Eu me movo sobre ela, deixando minha sombra eclipsar parte do seu rosto. Ray sorri e é dia outra vez. Algo acontece no meu peito. Aposto que é isso que as pessoas querem dizer quando falam que seu coração falha uma batida. Talvez seja daqui que as pessoas tiraram a ideia de que amamos com o coração.

— De onde você veio?

— Das estrelas — ela sussurra, e traça o dedo pelo meu nariz, parando nos meus lábios.

Um fogo queima em mim. Por todo o meu corpo. Na minha cabeça, eu me imagino me inclinado para ela e a beijando.

Faço uma oração silenciosa e me inclino.

Em busca de Júpiter

Meu celular vibra alto no bolso, me assustando pra caramba. Ray ri e se move para que eu possa pegá-lo. Me sento.

> **Mo:** Ei sr. Romance. Já pegou ela?

— É importante?
— Nem um pouco.
Ray se senta e bate no meu ombro.
— Algo interessante?
Tiro um fio do cabelo dela do seu rosto e traço meu dedão por sua mandíbula.
— Nada tão interessante quanto você.
Ela está tímida, os lábios entreabrindo. *Beije-a*. Bem quando me inclino para ela, um grupo animado de garotas se senta perto de nós com seu próprio cobertor.
Ugh. Magia. Eu prometi magia. Não está acontecendo.
— Vamos tirar uma foto, podemos enquadrar a ponte no fundo.
Ergo meu celular.
Passamos mais meia hora ali, apenas observando o céu e de mãos dadas. Conto a Ray sobre a competição de natação e como estou confiante com os nacionais. A maneira como ela sorri para mim enquanto falo sobre natação me faz querer me classificar para as Olimpíadas. Mais pessoas se juntaram a nós na colina — muitas. Então decidimos encerrar a noite.
Quando chegamos à casa de Ray, nenhum de nós está pronto para se despedir, então vamos para a casa na árvore.
O jipe da mãe dela está na garagem.
— Tem certeza de que sua mãe não vai se importar? Está meio tarde. Eu tenho que treinar de manhã. Nós poderíamos...
— Ela é tranquila — diz Ray. — Vem.

Eu a sigo pelo portão dos fundos até a casa na árvore.

— Sem choro desta vez — zomba ela quando subimos a escada e estamos na varanda. — Combinado?

— Combinado.

As luzes dos postes atrás da cerca dos fundos lançam um brilho sobre a varanda, luz suficiente para que possamos enxergar. Ray pega o cobertor lá de dentro e forramos o chão juntos. Nossos olhos se encontram e rimos porque sabemos por que viemos até aqui.

Ela começa a dizer alguma coisa. Nunca saberei o que foi, porque antes que Ray possa continuar, vou em frente. Não quero perder mais tempo com palavras. Dou um passo à frente, seguro seu queixo e trago seus lábios aos meus.

Ela aprofunda o beijo, abrindo a boca, e cada centímetro de mim fica tenso enquanto nossas línguas provocam e se tocam. Nem sei se estou respirando. Ray é meu ar.

Ela interrompe o beijo, olhando nos meus olhos. *Não, a pizza de novo!* Mas no segundo seguinte ela está no meu colo, me pressionando contra a parede enquanto nossas bocas se movem juntas outra vez. A sensação do corpo dela é maravilhosa. Eu a agarro, puxando-a para mais perto de mim. Toda a minha existência agora se resume a beijá-la e abraçá-la e querer mais de tudo. E esperar que, seja lá que canção de amor está tocando no rádio, ela permaneça para sempre.

Por um instante, paramos para olhar um para o outro entre beijos, tomando fôlego antes de nos conectarmos novamente — nossos olhos, bocas e corpos dizendo tudo que precisamos saber. Continuamos assim por muito tempo.

Ray posiciona minha mão sobre um de seus seios e me sinto elétrico. Ela diz algo com os lábios ainda pressionados contra os meus. Um raio de agonia passa por mim porque eu a sinto se afastando enquanto ela pressiona suavemente as mãos contra o meu peito, criando um pequeno espaço entre nós, interrompendo o beijo.

O rosto dela brilha e nós dois estamos sem fôlego. Eu olho em seus olhos, querendo perguntar o motivo, então percebo que ela está esperando uma resposta.

— Hã?

— Vamos fazer isso? — Ray pressiona outro beijo contra meus lábios e espera a resposta.

Se *isso* quer dizer o que acho que quer dizer, não estou pronto. Eu quero. Cedo ou tarde. Eu quero... com ela... mas não esta noite. Não assim.

— Hã. Eu quero. Você não faz ideia do quanto eu quero.

Ray olha para baixo e de volta para mim de sobrancelhas erguidas.

— Tudo bem, talvez você tenha *alguma* ideia do quanto eu quero, mas na verdade preciso ir para casa. Tenho treino de manhã.

Por sorte, Ray sorri, compreensiva.

Passo as mãos pelas coxas dela e seguro seus quadris, porque é bom — ela em mim assim —, mas sei que está prestes a acabar.

— Viu? Eu disse que você não ia querer parar — digo.

Ela ri.

Ray responde ao se inclinar para trás, me puxando para cima dela e me beijando novamente até que nenhum de nós queira interromper, mas um de nós precisa.

Ela se levanta e me ajuda a levantar do chão. Eu a puxo para um abraço.

— Hã. Orion? Achei que você estava com pressa para sair daqui — diz Ray, me dando um tapinha no ombro até que eu a solte.

Quando descemos a escada da casa na árvore, eu a beijo mais uma vez, só para ver como é beijá-la de novo porque nós dois queremos.

SEUS OLHOS VIAM DEUS

        se pegaram   lá fora por um tempo
                                       o rosto dele
                     os olhos dele   o desejo
                       dela
            o   céu
                    noturno
                  além do azul
                                             . Estava
percebendo
                   ele *queria* fazer essa coisa
com   ela?   Ela
podia apenas ansiar
ele viu que tinha ido longe suficiente   Ela
procurou muito.   por um sinal. Uma estrela.
            talvez, ou o sol
            Os braços dela
       implorando,   fazendo perguntas
               ela
           tinha   o coração dele

Se pegaram lá fora por um tempo.
O rosto dele. Os olhos dele. O desejo dela.
O céu noturno, além do azul, estava percebendo.
Ele queria fazer essa coisa com ela?
Ela podia apenas ansiar. Ele viu que tinha ido longe
   suficiente.
Ela procurou muito por um sinal.
Uma estrela, talvez, ou o sol.
Os braços dela implorando, fazendo perguntas.
Ela tinha o coração dele.

Dezoito

RAY

13 DIAS

Faz dois dias desde o meu encontro com Orion. Me tornei uma daquelas garotas que eu costumava julgar tão duramente na minha cabeça — toda boba e pateta por conta de um garoto. Bri me provoca, mas estou envolvida demais para me importar.

Mencionei as mensagens que Orion supostamente gravou para minha mãe e ela ficou tão confusa quanto eu sobre nada ter sido registrado. Quando contei que dei a ele meu número de celular, ela pareceu surpresa e talvez um pouco irritada por eu ainda estar falando com ele.

Pego uma almofada do assento ao lado de onde minha mãe está sentada no sofá e a coloco no chão, entre os pés dela, onde estou sentada faz uma hora. Me reclino e volto a pegar mechinhas de um pacote de cabelo sintético e passá-las para ela para adicionar a tranças individuais. Escolhi cabelos sedosos e ondulados, na altura dos ombros, de um ombré preto a lilás para um efeito chanel de sereia — mudando o estilo para o meu último ano na escola.

Usei meu cabelo dividido ao meio em duas tranças estilo boxeadora durante a maior parte da minha vida, incluindo meu primeiro ano em Crestfield. Havia algo sobre ser uma das poucas garotas negras em uma comunidade branca que me mudou de maneira sutil, e eu não me dava conta disso. Acho que não teria percebido se Cash não tivesse dito nada.

Quando voltei para casa para o verão depois do nono ano, Cash disse que eu ficava passando a mão sobre a orelha direita, afastando cabelos inexistentes e soltos das minhas tranças apertadas. Depois de um ano cercada por garotas brancas que o tempo todo tiravam o cabelo do rosto ou o passavam de um ombro para o outro, percebi que havia adquirido esse comportamento — como quando tirei meu aparelho no oitavo ano, mas continuei passando a língua nos dentes e fechando os lábios sobre borrachinhas que não estavam mais lá.

Não perdi tempo: coloquei tranças naquele verão. Desde então, eu as retiro e recoloco a cada férias de inverno e verão. Meu cabelo natural tem apenas cerca de vinte centímetros de comprimento esticado. Eu o mantenho aparado porque é mais fácil de lavar e transitar entre os estilos. Adoro a maneira como me sinto sem as tranças nas férias da escola, quando posso pentear meu cabelo com os dedos e deixá-lo secar naturalmente em um *blackpower* volumoso. Posso ser cem por cento eu mesma sob o céu por algumas semanas do ano. Na escola, eu simplesmente não tenho tempo para fazer diariamente a manutenção necessária para manter meu cabelo natural saudável, então o mantenho em descolados estilos de proteção com tranças.

Para mim, isso é importante.

— E então? Tenho tentado deixar que você fale do assunto, mas você tem estado muito quieta sobre o sr. Orion — começa minha mãe, me surpreendendo.

— Eu não sabia que você estava interessada em conhecer ele. Da última vez que o mencionei, seu humor mudou completamente.

Ela também agiu assim quando mencionei o acidente de novo. Mas não vou trazer isso ainda. Uma coisa de cada vez.

— No primeiro dia que você falou o nome dele, você disse que talvez nunca mais quisesse vê-lo. — Ela faz a trança apertada e adiciona outra mecha de cabelo, a ponta fofa cor de lavanda pendurada no meu ombro. — Você o viu três vezes desde então, e deu a ele seu número de celular, o que está bem distante de "nunca mais". Então o que está acontecendo entre vocês dois?

Não parei para pensar no que está acontecendo entre nós... no que aconteceu entre nós naquela noite. Meu corpo ainda está vibrando pela maneira como nos tocamos.

— Nada fora do comum, mãe. Ele é um garoto fofo que gosta de mim. Saímos algumas vezes. O normal.

— Você planeja sair mais com ele?

Seguro uma mecha de cabelo. Ela a pega e começa outra trança.

— Talvez.

Ela para de trançar meu cabelo, e a sinto me olhando feio.

— Tá bom, sim. Caramba, que curiosa. Sim, eu planejo sair com ele de novo, quantas vezes for possível na verdade, antes de eu voltar para a escola.

Dou uma risadinha, mas ela não.

— Entendi. Me conte sobre esse Orion, que em apenas uma semana moveu seu medidor de nunca para o quanto for possível. — Ela soa relaxada, se comparado à última vez que o assunto Orion surgiu, mas já recomeçou a mesma trança três vezes. Ela nunca precisa recomeçar uma trança.

— Ele é legal. Ama gatos. Ele é um excelente nadador: foi para a Olímpiada Jovem quando tinha quinze anos. Ele vai ao US Open em pouco mais de uma semana. Ele toca violão. — Paro de falar porque estou começando a me sentir eufórica, e não acho que minha mãe quer ouvir tudo isso.

Espero a resposta, mas, depois de alguns segundos de nada, ela continua trançando quietinha e o silêncio permanece, tirando alguns suspiros profundos dela que não acho que eu devia perceber.

— Bem, não preciso perguntar como você se sente sobre o garoto. Posso ouvir na sua voz. Tenho que ser sincera, amor, não estou animada por você estar se envolvendo com um garoto pouco antes de ele ir para a faculdade. Parece muita expectativa, apenas para ser deixada de lado em algumas semanas. Quero estar lá caso dê certo ou não, mas para fazer isso preciso saber o que está acontecendo. Me prometa que vai me contar se começar a ficar sério. Nós não mantemos segredos uma da outra.

Na única vez que eu realmente gosto de um garoto, um garoto decente... Este pode ser meu primeiro amor, por que ela não pode só incentivar?

— Nós não mantemos segredos uma da outra?

Além de tudo o que ela não disse durante todos esses anos, agora ela escondeu os diários. Fui procurar de novo, e eles sumiram.

— Que tom de voz é esse?

— Só estou dizendo que eu não sabia que éramos tão sinceras sobre tudo nesta casa.

— Ray? — É como se ela dissesse: *sei bem que você não foi*. Mas preciso continuar.

— Vi seu diário. — Assim que as palavras escapam de mim, desejo poder pegá-las de volta, mas o medo e sei lá mais o quê me fazem prosseguir. — Aquele que você manteve depois que eu nasci. Minha mensagem era a respeito disso. — Inspiro fundo e me preparo para a resposta, mas ela só continua trançando, o que me deixa nervosa. — Se você não mantém segredos, por que nunca falou dos diários? Quem você teve que perdoar?

Ela estende a mão para outra mecha de cabelo.

— Amor. Seja lá o que você viu... o caderno era minha terapia e meu trabalho de recuperação. É cheio de detalhes inventados para me ajudar a recuperar a memória. Estímulos de escrita, dever de casa entre as sessões. Não há nada... seja lá o que você acha que viu. Não há nada...

Seja lá o que eu acho que vi?

— Por favor, não faça isso, mãe. Voltei para ver de novo e o diário tinha desaparecido.

Ela para de trançar enquanto prossigo.

— Quer haja alguma coisa no que eu *definitivamente* vi ou não, você não respondeu minha pergunta. Por que eu não sabia que você se lembrava? Já te perguntei por detalhes. Você disse que não lembrava. O anjo sem rosto com *dreadlocks* que te tirou do "mar de escuridão"... os esboços com cauda de sereia... Essa parte pode ter sido inventada em um estímulo de escrita. Mas você claramente escreveu que se encontrou com o paramédico e o perdoou. Isso é importante. Só estou dizendo que é estranho esconder isso de mim. E você ainda está escondendo, porque trocou a caixa de lugar quando viu que eu mexi nela.

Ela começa a trançar sem dizer nada. Meu coração está batendo forte — acusando minha mãe de coisas —, mas não posso mais andar por aí com essas perguntas entaladas.

— Ray, um dia, quando você for mãe... — Ela faz uma longa pausa. — Há coisas que escondemos dos filhos, não para enganá-los, mas, sim, para protegê-los.

— Não sou mais criança. Tenho dezessete anos.

— Eu não tinha motivo para compartilhar com você. São só resmungos de uma viúva de luto e uma mãe assustada. Eu não sei quem era aquele homem. Não há nada naquele diário que adicionaria algo bom na sua vida. — Ela inclina minha cabeça para a próxima trança e murmura: — Principalmente agora.

— O que isso quer dizer?

Ela está muito determinada a manter os diários envoltos em segredos.

O que mais ela está escondendo?

— E nunca se está madura o suficiente para pensar que tudo bem mexer nas minhas coisas pessoais. Essa é uma coisa feia de se fazer. Você teria um ataque se pensasse que eu fui na casa na árvore mexer em seus diários de arte.

Uau. Ela está mesmo tentando virar isso para mim.

Ficamos em silêncio enquanto ela termina meu cabelo.

Quando finalizou minhas tranças, ela saiu correndo. Entrou no chuveiro e disse que eu não a esperasse. Assim que ela sai para sua noite fora, vou ao Quartinho da Bagunça. Nunca mais verei aquele diário, mas deve haver algo daquele tempo que pode dar uma dica sobre por que diabos ela está tão quieta. Começo com a caixa de diários e, como esperado, os usados sumiram.

Em seguida, folheio uma caixa de fotos antigas. Todo ano ela folheia esses álbuns de fotos dela e do meu pai, que acompanharam todo o relacionamento deles. Paro em uma foto da formatura na escola de enfermagem. Eles parecem tão felizes. Nunca vi minha mãe sorrir assim. Coloco os álbuns de volta na caixa e, antes de fechá-la, percebo uma foto solta saindo de sob eles, na parte inferior. Puxo a borda da foto e ela desliza para fora.

É uma foto minha ao lado do túmulo do meu pai quando eu tinha cinco ou seis anos. Eu tenho a mesma foto — minha mãe a emoldurou e me deu antes de eu ir para o internato. Só que esta não está cortada. Minha mãe está no topo da colina, encostada no carro, me observando. Ela não parece saber que alguém está tirando nossa foto. Eu a viro.

Obrigada por se encontrar comigo. Espero que isto ajude.

Não sei quem tirou a foto; obviamente minha mãe sabe. Ela nunca mencionou que a foto que me deu tinha sido cortada. Sempre pensei que foi ela quem a tirou. Ela nunca me disse o contrário. Mais segredos.

Fico inquieta por grande parte da noite. Ouço o rádio por um tempo, mas todas as canções de amor só me fazem pensar em Orion e em nosso encontro e tudo o que fizemos na casa na árvore. Toda vez que fecho os olhos, vejo seus longos cílios, a apenas centímetros dos meus, e a textura da sua pele, que me faz pensar sobre a forma como ele me pede para dizer seu nome às vezes. A urgência com a qual me segurou. O quanto foi incrível sentir seu corpo contra o meu.

Preciso vê-lo de novo.

Tipo. Agora.

Mas passa de uma da manhã, e nada. Pego meu celular. Orion me enviou nossas fotos. Passo por elas e espero um milagre. Quando vejo a notificação aparecer com o nome de Orion, acredito em magia.

Meus dedos voam pela tela do celular, mais rápido do que meu cérebro pode compreender.

> **Eu:** Não consigo parar de pensar em você!

Um pouco demais. *Apague.*

No internato, nos recessos na casa de Bri, sempre que me sentia *de alguma forma*, mandava mensagem para Cory, que mora perto dela. Ele não faz perguntas. Ele me dá o que eu preciso e não espera nenhuma chave para minhas partes secretas. Eu jamais, em um milhão de anos, mandaria *para ele* "Não consigo parar de pensar em você". Nosso lance nunca foi de fato sobre ele... sempre foi sobre *aquilo*.

Com Orion é diferente. Ele é diferente.

Curiosa, procuro o nome de Cory e leio nossas mensagens antigas — sua última mensagem me perguntando se eu estava acordada, enviada na noite anterior a Bri e eu voltarmos para a escola do fim de semana do Memorial Day, sem resposta. Ele está a quilômetros de distância, e só de pensar nele me tocando ou me vendo me faz encolher sob os cobertores. Sinto

Em busca de Júpiter

que estou em um trem desgovernado, em alta velocidade, em direção a uma parede de tijolos. A essa altura, não sei se eu poderia sair do trem, nem se eu quisesse. Tento pensar em algo que seja sincero, mas menos sedento, para enviar.

> **Eu:** Não consigo parar de pensar na casa na árvore + você + eu.

Espero alguns segundos, mas parece uma eternidade.

> **Orion:** Ei! Eu também. O que você está fazendo?

> **Eu:** Pensando sobre a casa na árvore...

> **Orion:** Ok. Agora eu estou pensando também...

Mordo meu lábio.

> **Eu:** Quero te beijar de novo. O que você vai fazer amanhã?

> **Orion:** kkkk quero que você me beije de novo. Vou estar de salva-vidas no Davis YMCA até às 15h.

> **Eu:** Vou te ver. Você me leva pra casa depois?

Orion: Sim

Eu: Ótimo. Vou tentar dormir agora para que o dia chegue mais rápido

Orion: Não acho que eu vou conseguir dormir esta noite kkkk

Eu também não.

Dezenove

RAY

12 DIAS

O ponto de ônibus fica bem em frente ao Davis YMCA. Chego uma hora antes de Orion sair do trabalho. Caminhar pela entrada da piscina é como estar em uma fotografia do Gordon Parks, porém em cores. Como a maioria dos lugares em Whitehaven, a piscina parece que não foi reformada desde os anos sessenta, mas está muito bem preservada. Três salva-vidas estão trabalhando, quase xerox um do outro: altos, com pele negra feito ébano por conta de um verão passado ao sol e cabelos de cachinhos fechados.

Não tenho intenção de nadar hoje, mas estou vestida para a piscina. Na verdade, estou vestida para Orion. Estou em uma missão. Ele está fazendo testes de natação para crianças pequenas, todas com camisetas do uniforme do acampamento, perto do grande tobogã. Ainda não percebeu que estou aqui. Orion está entretendo as crianças antes que seja a vez delas de nadar. Ele bate nas palmas delas, faz respingos exagerados e comemorações. Vê-lo assim faz meu coração palpitar.

    Arrasto uma espreguiçadeira para uma área sombreada ao lado da piscina, estendo minha toalha sobre ela e me sento. Coloco meu livro e minha garrafa de água em uma mesa ao meu lado e me estico para ficar confortável. Confiro se Orion já me viu. Não. Coloco meus fones de ouvido e Beyoncé e Luther Vandross cantam "The Closer I Get to You". Meus olhos encontram Orion outra vez.

    É difícil minha mente não vagar pelos possíveis cenários. Há garotas na escola em relacionamentos a distância com garotos na cidade delas ou em outras escolas. Não seria tão ruim assim ser uma dessas garotas, acho. Abro o livro em um dos meus contos favoritos, mas olho para as páginas e sonho acordada enquanto minha lista de reprodução Beyoncé Todo Dia toca. Será que Orion e eu poderíamos fazer isso? Poderíamos ser pra valer? Isso significaria me envolver ainda mais com ele, e só temos cerca de duas semanas juntos. É tipo suicídio emocional. Talvez minha mãe esteja certa.

    Olho por sobre o livro e, da água, Orion está sorrindo para mim.

    Ele acena e eu aceno de volta. Passamos as próximas músicas olhando um para o outro a cada poucos minutos e sorrindo feito bobos. Quando cumprimenta o último menino da fila, Orion sai da água e desaparece no vestiário. Afofo minhas tranças e repuxo minha roupa, garantindo que tudo está direito quando ele ressurge.

    Ele substitui outro salva-vidas na cadeira alta com vista para a piscina. Ele olha para mim e murmura *trinta minutos*, fazendo um três e um zero com os dedos, e dou um joinha.

A introdução de uma música começa e eu já sei que é "Daddy", uma canção de amor da Beyoncé para o pai dela. Nem a pau. Toco na tela para pular.

Os trinta minutos voam.

"Crazy in Love" explode nos meus ouvidos enquanto Orion desce do seu posto e caminha em minha direção. Finjo que não o vejo se aproximando. Tão graciosamente quanto posso, puxo o fio do fone de ouvido entre meus lábios e removo meus fones um após o outro, enrolando em volta do celular. Pego meu livro momentos antes de ele ficar ao meu lado. Olho para cima e me certifico de sorrir com os olhos antes de dar um sorriso completo. Bri ficaria tão orgulhosa.

— Você mudou seu cabelo — diz Orion.

— Sim. Você gostou?

Ele assente com entusiasmo, sorrindo. Ele pigarreia.

— O quê, você ficou aqui fingindo ler?

— Lendo — corrijo, mostrando a capa de *Drinking Coffee Elsewhere*, de ZZ Packer, o que não prova nada.

— Me deixe adivinhar: uma mulher solteira tem vários encontros com estranhos em diferentes cafeterias em Nova York.

— Não chegou nem perto, mas eu totalmente leria esse livro *e* assistiria ao filme. É uma coleção de contos. O que estou lendo agora é sobre a única tropa toda negra de meninas escoteiras no acampamento. É hilário. — Já li esse livro tantas vezes... nem importa que eu estava apenas encarando a mesma página hoje. — Eu estava esperando poder te ver sendo um herói.

Tento não cobiçar o corpo de Orion, mas ele ri e seu peitoral se flexiona e eu quase derrubo o livro. Ele estava sem camisa o tempo todo na festa na piscina, mas algo sobre vê-lo em seu short oficial de salva-vidas vermelho e saber que ele poderia totalmente salvar minha vida se eu estivesse me afogando o deixa dez vezes mais gostoso.

— O dia está longe de terminar. Vou te salvar mais tarde... te dar todo o boca a boca que você precisa.

— Você disse isso com uma expressão séria. Hum, uau, tudo bem. Sutil — digo, tranquila.

Ele desliza uma cadeira ao meu lado e se senta em um ponto que lhe dá uma visão completa do meu corpo esticado. Estou vestindo um maiô turquesa com zíper branco na frente, o que eu sei que faz minha melanina se destacar. Orion me dá uma bela olhada. Ele quer que eu o veja olhar.

— Maiô bonito — elogia ele.

— Obrigada. Que bom que você gostou.

Ele tenta pegar minha mão e eu a estendo. Ele acaricia a palma com os dedos, fazendo círculos. Estou me derretendo toda quando um grupo de crianças pula na piscina de uma vez na nossa frente.

— A gente devia tirar uma foto.

Esse cara e suas fotos. Ele corre para o vestiário para pegar o celular.

Orion se agacha ao meu lado e vira a câmera. Com nossos rostos pressionados juntos, ele faz contagem regressiva e no três beija minha bochecha.

— Sabe o que eu mais gostei naquela noite? — pergunta ele.

Balanço a cabeça, fascinada.

O rosto ardente de Orion se transforma em um sorriso cheio de dentes enquanto ele balança as sobrancelhas. Rio muito alto, porque cada nervo na superfície do meu corpo está formigando. De brincadeira, bato no ombro dele, e meu abdômen dói.

— Então, *Júpiter* — Orion arrasta meu nome, brincando —, você contou à sua mãe ao meu respeito?

— Que aleatório, mas sim. Por quê?

— Você contou a ela que em breve serei o genro dela? Reviro os olhos.

— Você inventa, né?

— Sério, estou só pensando. Meus pais te viram no meu IG... nossas fotos. Minha mãe disse que você é bonita. Mas meu pai... não sei. De repente ele está esquisito com a natação e acha que você está me distraindo.

Caramba, velhinho.

— Estou te distraindo?

— Não.

— Minha mãe também ficou meio estranha depois que contei a ela que eu gosto... que conheci um garoto. Ela sabe que você vai para a Howard em breve. Então acho que ela só quer garantir que este lance de verão não termine em coração partido.

Orion ergue as sobrancelhas.

— Lance de verão? — Ele parece magoado, mas não sei se está falando sério ou brincando. — Eu vi você prestes a admitir que gosta de mim. Tudo bem, Ray, você pode admitir agora. Principalmente depois de como ficou toda em cima de mim na casa na árvore. Na verdade, nem precisa dizer. Ações dizem mais que palavras.

Ele aperta a minha mão, aquele sorrisinho no rosto.

— Esquisitão — eu digo, dando uma risadinha.

— Você gosta de mim.

Orion se inclina para a frente até que seus lábios estejam a poucos centímetros dos meus. Ele tem cheiro de protetor solar, suor e garoto, e outra coisa... algo doce. Seus cílios são incrivelmente longos. Sei que ele quer que eu o beije, mas espero só para ver se ele vai se aproximar de mim. Me reclino para trás só um pouco. Orion olha para os meus lábios, sorri. Este cabo de guerra ou seja lá o que estamos fazendo é excitante. Preciso que ele saia do trabalho... *imediatamente*.

— Não está quase na hora de você sair?

Orion confere o relógio.

— Sim. Me deixa tomar banho rapidinho, então podemos ir.

Orion se afasta, e meu interior está pegando fogo. Não quero que essa chama apague.

Alguns minutos depois, ele está andando em minha direção, usando camiseta branca e moletom cinza, e é como se eu nunca tivesse visto um garoto bonito antes. Estou feliz por estar sentada, porque meus joelhos com certeza ficariam fracos se eu estivesse de pé. Boto meu vestido, que cai sobre meus quadris assim que Orion se aproxima.

— Oi — cumprimento.

Ele segura minha mão.

— Oi.

Orion tem cheiro de sabonete e enxaguante bucal. Quero beijar a bochecha dele, então beijo. Ele sorri e beija a minha bochecha, que em resposta queima de tanto corar. Inspiro fundo.

— Você está cheiroso — digo.

— Obrigado. Eu usei sabonete — diz ele, me imitando, e sorri.

— Me leva pra casa, Orion — peço, e passamos pela saída de mãos dadas.

Vinte

ORION

Paro o carro na entrada da garagem de Ray.

— Minha mãe vai trabalhar até mais tarde hoje, então a casa é só nossa — diz ela, sem olhar para mim.

Não pensei na casa na árvore e na forma como nossos corpos se tocaram desde que saí daqui na sexta-feira, mas agora que estamos aqui, sozinhos, estou enlouquecendo. Me esforço para recuperar a confiança que tive na piscina. Meu uniforme de salva-vidas era como minha capa. Agora, em roupas normais, voltei a ser Clark Kent.

— É, não tenho outros compromissos — digo, tentando parecer relaxado. Sei que Ray sabe que é uma máscara.

Eu a sigo para dentro da casa e tiro meus chinelos. Ela tranca a porta. Caminho até o pátio e olho para o quintal, ansioso demais para olhar para ela.

— Você quer comer alguma coisa? — pergunta Ray.

Estou faminto, mas balanço a cabeça, ainda temendo olhá-la. Meus pensamentos estão desordenados. Ray se junta a mim na porta do pátio, olhando para a casa na árvore. Ela entrelaça os dedos nos meus.

— Lembrando? — Ela apoia a bochecha no meu ombro.

— É. — Eu basicamente emito um grunhido, porque de repente meu cérebro não está colaborando com a minha boca. — É tudo em que eu consigo pensar — digo, soando mais como eu mesmo.

Ray ergue a cabeça e sorri. Não consigo parar de olhar para os lábios dela. O sorriso de Ray aumenta.

— Você quer beber alguma coisa? Água?

Me forço a olhá-la nos olhos.

— Não, mas obrigado.

Se eu beber alguma coisa, vou vomitar de puro nervosismo.

— Você quer... alguma coisa? — A forma como ela pergunta me faz perder o ar.

Assinto e tento beijá-la, mas Ray inclina a cabeça para trás, saindo do meu alcance. Por um segundo, fico com medo de ter cometido um erro, mas ela sorri.

Ela caminha para trás, puxando minha mão, me levando pelo corredor estreito. Ah, Deus. Minhas pernas tremem, mas eu a sigo. Quando estamos dentro do quarto dela, Ray fecha a porta e pressiona as costas nela. Ela é tão confortável, tão confiante. Amo isso. Amo tudo sobre ela.

As persianas estão fechadas, mas a luz do dia passa pelas bordas da janela, lançando uma luz fraca no quarto. Ray liga um radinho, e Bon Jovi cantando "Livin' on a Prayer" preenche o ar. Como uma idiota, solto a mão dela, seco as palmas das minhas mãos suadas nas laterais da calça e faço um tour pelo pequeno quarto. Estou enrolando.

As paredes são lilás. Só posso andar pelo caminho em forma de L ao redor da cama, que ocupa a maior parte do cômodo. Ray está em silêncio, apenas observando a mim e ao meu nervosismo ridículo. Dou a volta no quarto, correndo meus dedos ao longo da superfície da mobília branca. Espio fotos emolduradas dela e de seus amigos da escola, pilhas de livros, revistas e CDs, paredes cheias de pinturas e desenhos e um monte de loções e esmaltes e coisas assim.

Me viro para voltar, mas apenas fico de frente para ela do outro lado do quarto e enfio as mãos nos bolsos. Uma antiga girafa de pelúcia está entre os travesseiros no meio de sua cama. Ray a olha. Eu também. Conheço algumas etapas da pegação, mas nunca cheguei aos finalmentes com uma garota. Meu coração está acelerado e agora minhas axilas estão suadas. *Relaxe, Orion.*

Sem dizer nada, Ray puxa o vestido pela cabeça e o deixa cair no chão, depois ergue as sobrancelhas. Entendo a dica e tiro minha camisa. Ela abre o zíper do maiô e acho que vou chorar. Ela é tão bonita. Pigarreio para disfarçar o som que sai da minha garganta.

Quando Ray tira o maiô, eu tiro meu moletom. Quando minhas calças caem no chão, a voz no rádio — Tom Petty agora — canta "Free Fallin", *queda livre*, e rimos. Ray desliga o rádio, coloca um CD e aperta o play. Então torna a me encarar. Ela não está se cobrindo, então luto contra a vontade de me cobrir. Desde a primeira noite em que a vi, imaginei estar aqui com ela inúmeras vezes. Minhas emoções estão fora de controle, e não sei por onde começar.

— Sade — digo. É a única coisa em que consigo pensar em dizer depois de vê-la colocar o CD, nua.

— Sim, Sade. *Love Deluxe.* — Ray inclina a cabeça e me observa com curiosidade. — Coloquei para tocar repetidamente — diz ela, e morde o lábio inferior. Não de uma maneira ansiosa, mas da maneira que fez no meu quarto, antes que eu fugisse dela.

Não quero fugir desta vez.

Meu coração está quase saindo pela boca. Começo a ter uma ereção. Envergonhado, pego a coisa mais próxima que consigo alcançar, que é um cobertor laranja dobrado na beirada da cama dela, e o seguro, estrategicamente, na frente do corpo. Ray dá uma risadinha.

Estou mortificado, mas me forço a rir também. Balanço a cabeça e dou de ombros.

— Seu corpo é tão...

— Vem aqui — diz ela, de uma forma que me diz que ela sabe como estou perdido.

Ela me conduz pela mão para a lateral da cama e afasta as cobertas. Me livro do cobertor laranja quando estou debaixo das cobertas. Nos deitamos, um de frente para o outro. Chocado, vou beijá-la, mas Ray me interrompe de novo.

— Orion, quero que você saiba que não precisa fazer nada que não esteja a fim de fazer. Eu tenho camisinhas, mas, sério, se você quiser...

— Quero tudo! — praticamente grito. *Idiota*.

Imediatamente, me arrependo de ter interrompido. Me apoio no cotovelo, prestes a explicar, mas então Ray ri e cobre minha boca com um dedo. Rio também. Estou aliviado e envergonhado e animado. Fecho os olhos e levo a mão dela ao meu rosto; é quente e macia contra a minha bochecha. Ela tem cheiro de algodão-doce. Beijo sua palma, em seguida, pressiono a mão dela no meu peito.

— Diga meu nome, por favor.

— Orion. — O sussurro dela é mais suave que o vento.

Ela me beija e me derreto por dentro. Quando ela se afasta, procuro em seus olhos por respostas, por que paramos?

— Diga meu nome — pede Ray. O sorriso dela me faz sentir como se eu estivesse voando.

— Júpiter — respondo.

Eu faria qualquer coisa que ela me pedisse agora. Ray empurra meu peito até que eu esteja deitado de costas e se aconchega ao meu lado, de frente para mim. Estou dolorosamente ciente de que cada centímetro da pele dela está prestes a tocar cada centímetro da minha. Quero parar de olhar para o teto, mas estou paralisado de ansiedade, excitação e medo. Quero beijá-la de novo, mas sei que não vou parar desta vez, e estou com medo de não ser como ela espera.

Ray vira meu rosto para o dela e passa o polegar pelos meus lábios. A boca dela se curva em um sorriso, e estou radioativo.

— Eu quero tudo — sussurro.

Não rimos desta vez. Os olhos dela me incentivam a continuar.

Ray me beija — me beija pra valer. A música do CD player e nossas palavras abafadas e risadas são como uma nova sinfonia inebriante que eu nunca quero que termine. Depois de um tempo, quando estou em cima dela, Ray me puxa para baixo. Ela sorri e nossos olhos se encontram. Resisto à vontade de desviar o olhar, porque quero ver o rosto de Júpiter no momento em que me tornar dela — no momento em que nos tornarmos tudo.

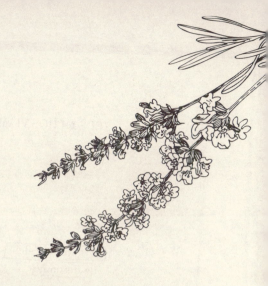

"Então ele esperou, ouvindo por mais um momento o diapasão que estivera preso em uma estrela."
— O GRANDE GATSBY

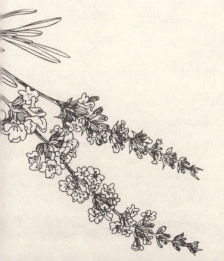

SEUS OLHOS VIAM DEUS

no escuro,
ele

sorri

os ombros dele.
a deixaram   confortável

Um   desejo   mãos no
cabelo
fácil, satisfeito
rosto

lábios

olhos   ser
todo o
prazer do
mundo

No escuro, ele, sorri.
Os ombros dele, a deixaram,
confortável.
Um desejo,
mãos no cabelo.
Fácil.
Satisfeito.
Rosto, lábios, olhos, ser.
Todo o, prazer, do mundo

Vinte e um

ORION

11 DIAS

Pisco até acordar.
 Está escuro lá fora. Ray dorme sobre meu peito, e, por mais que eu queira ficar deitado aqui com o peso da cabeça dela em cima de mim, preciso muito fazer xixi e comer alguma coisa. Estou exausto, dolorido e com fome.
 Saio do quarto dela e tomo um banho. O sabonete líquido de lavanda é a única opção de sabonete, mas tem um cheiro mais refrescante que floral, então tudo bem. Eu me visto enquanto Ray continua dormindo. Como ela ainda está adormecida, vou até a cozinha em busca de comida e me contento com uma banana e um pouco de água. Posso comer em casa. Encho um copo com gelo e água e levo para o quarto dela. Ray vai estar com sede quando acordar.
 Sento ao lado dela na cama.
 — Oi. — Ela abre os olhos por um momento e torna a fechá-los.

— Oi. — Beijo a testa dela. — Eu tomei banho. Vou pra casa.

— Tudo bem — diz Ray, as palavras tomadas de sono enquanto ela se levanta.

— Você não precisa me levar até a porta.

Ela provavelmente está mais exausta que eu.

— Hoje foi incrível — eu digo.

— Foi *tudo*? — Ray estreita os olhos de novo, sorrindo. Entrelaço meus dedos no dela e beijo seu rosto.

— Você está brincando, mas, sim, *foi* tudo. Vou trancar as portas quando sair. Fica aqui e durma.

Ray rola na cama e volta a adormecer. Eu beijo a mão dela e a pouso na cama.

No carro, coloco na rádio de canções de amor e aumento o som.

Quando voltei da casa de Ray ontem à noite, meus pais não estavam em casa. Meu pai com certeza ia pegar no meu pé por ficar fora o dia todo, principalmente se soubesse que eu estava com Ray. Então fiz questão de comer e deitar antes que eles chegassem em casa. Quando chegaram, fingi estar dormindo. Mal preguei os olhos. Toda vez que os fechava, eu repassava a noite com Ray várias vezes. Esta manhã, garanti estar acordado, vestido e pronto para sair para o treino antes que meu pai acordasse. Ele não ia me pegar desprevenido.

Fui bem no treino, apesar de ficar pensando em Ray. Eu sempre quis que minha primeira vez fosse com alguém que eu amasse. Não posso contar que a amo — isso provavelmente a assustaria. Ela tem dificuldade até para dizer que gosta de mim. Mas eu a amo. Não consigo parar de ouvir canções de amor. Fiz uma lista de reprodução só de músicas românticas dos meus cantores favoritos, como Michael Jackson e Drake. Até adicionei "Sweet Caroline", porque aquele foi um dos primeiros momentos em que me senti realmente conectado a Ray.

É fim de tarde e estou sentado no pátio perto da piscina, praticando uma canção nova no meu violão favorito e cantarolando com a melodia. O som de uma bola de basquete quicando interrompe meus pensamentos.

— Ei — diz meu pai. — Vamos fazer umas cestas?

Ele passa por mim driblando em direção à cesta atrás da piscina, como se esperasse que eu largasse tudo e o seguisse. Como não reajo, ele para e aponta para a bola de basquete que não está mais driblando.

Aponto para meu violão e gesticulo para toda a minha situação — sem camisa, sem sapatos, esticado na espreguiçadeira.

— Não, obrigado. Estou no modo de relaxamento agora. Estou quase conseguindo tocar a música inteira de cor, isso é irado. E nem estou de sapatos.

— Você está é em um transe, tocando músicas e sempre por aí conversando ou sussurrando no celular. Estou vendo. Fica esperto.

Meu pai joga a bola para mim. Largo o violão em uma fração de segundo para agarrá-la antes que me atinja no rosto. Por sorte, há uma espreguiçadeira ao meu lado e meu violão não se espatifou.

— Pai, eu podia ter deixado meu violão cair... Você poderia ter acabado com a minha cara!

— Poderia, mas não aconteceu. Você foi rápido também. Você tem reflexos de gato. Vamos, vamos jogar. O primeiro a fazer vinte e um ganha.

Meu pai está em um de seus humores irritantes, em que tem que medir minha masculinidade através de desafios físicos. Quando eu era pequeno, ele me fazia correr o tempo todo — em terra e na piscina — até eu começar a vencê-lo. Ele me ensinou a jogar basquete, e sou mesmo muito bom em movimentar a bola. Mas sou péssimo em arremessar, e deve ser por isso que ele quer um jogo de vinte e um. Eu o analiso. Sou mais ou menos dois centímetros mais alto, mas ele ainda está em boa forma. Só que sou mais jovem e mais veloz e provavelmente poderia passar por ele e chegar à cesta rápido o suficiente para vencer.

— O que está em jogo? — Saio da espreguiçadeira e olho em volta, procurando por sapatos. Nada.

— O direito de se gabar. Se eu ganhar, posso dizer que venci um jovem robusto. Se você ganhar...

— Posso convidar Ray para jantar em casa.

A prosa alegre do meu pai se quebra, e ele me encara como se tentasse entender o que acabei de dizer. Ele empurra os óculos nariz acima e pisca para mim.

— Me escuta — digo. — Você fica dizendo que ela é uma distração e não sei o que mais, mas, se você a conhecer, verá que ela é ótima e entenderá por que estou tão a fim dela.

— Ah, eu sei por que você gosta tanto dela. Sabe, eu já tive dezessete anos.

— Tenho quase dezoito anos agora, e não é... Não é desse jeito. Não é... só isso.

Ele semicerra os olhos para mim e tira a bola das minhas mãos. Ele dá um giro e olha para o nada.

— Uau... meu menino. Acho que devo dizer *meu homem* agora, hein? Você está usando proteção?

Estou surpreso por não estar mais envergonhado. Não estou surpreso que meu pai esteja tão tranquilo sobre isso. Alguns anos atrás, eu o ouvi dizer à minha mãe que estava preocupado que eu fosse gay porque nunca tinha me visto com nenhuma garota — e por causa dos gatos. Na época, ele pegou no meu pé para que eu praticasse esportes. Como se isso fizesse algum sentido. Contei a minha mãe o que eu tinha ouvido e como estava confuso. Porque e se eu *fosse* gay? Minha mãe concordou que meu pai estava agindo como louco, e que achava que ele estava sendo irracional. Depois disso, nunca deixei de sentir que a afeição dele por mim era condicional.

— Sim, senhor — respondo.

— É a realidade, filho. Quero dizer. Diga comigo. *Se o ganso você vai afogar...*

— *É melhor a cobra tampar*. Eu me lembro, pai, podemos não falar disso agora?

Quando minha mãe e eu conversamos sobre sexo no ensino médio foi muito científico e direto. Minha conversa com meu pai, anos depois, consistia em frases clichês e rimas. Essa era a marca registrada.

— Então estamos entendidos, agora não é hora de embarcar em nada sério. Você tem a competição nacional chegando, e está prestes a ir para a faculdade. Divirta-se um pouco no verão, mas não leve tão a sério. Você terá muitas garotas ainda. O verão está quase acabando. Outras como aquela garota vão aparecer, confie em mim.

— Ray — eu o corrijo. Ele não responde. — E não é desse jeito... não é apenas uma garota... Acho que ela é *a* garota.

A testa enrugada do meu pai suaviza.

— De qualquer forma, pai, esses são meus termos e condições. Você ainda quer jogar? Espere. Não está com medo, está? Sabe que sou péssimo em arremesso. Apenas me mantenha fora da linha e você vai ficar bem.

Endireito a postura para fazer aqueles dois centímetros contarem. Ele endireita os ombros para me lembrar dos quarenta e cinco quilos que tem a mais que eu, vinte provavelmente só de peito e braços.

— Com medo? Rapaz, vem cá, vou te ensinar. Aqui... eu até tiro meus sapatos para ficar justo. — Ele joga os sapatos de lado e depois quica a bola para mim. Eu a levo para perto da cesta e meu pai se posiciona na linha de lance livre.

— Pronto? — Passo a bola. Assim que ele a toca, a devolve, com força, e vai direto na defesa. Ele levou meu conselho a sério. Meu pai é uma montanha e me obriga a me arriscar, e erro.

Ele pega o rebote e dribla até o topo da cesta. Minha vez na defesa agora.

— Não se preocupe. Eu tenho feito isso há muito mais tempo do que você, garoto. Só isso. Vamos lá.

Ele passa a bola antes que eu esteja pronto. Eu a passo de volta, mas antes que possa entrar em posição de defesa, ele já passou por mim para uma cesta fácil.

— Vamos, filho, pensei que estávamos jogando basquete.

É mais ou menos assim que o jogo acontece. Eu erro e meu pai faz cestas. Ele marca os primeiros doze pontos do jogo.

— Orion, essa garota está sugando sua vida. Jogue um pouco na defesa, garoto.

— Tempo — peço. Estou cansado de levar cestas, e não vou deixar que ele me perturbe por causa de Ray novamente.

— Podemos desistir se você quiser. Parece que você precisa de uma pausa dessa humilhação. Vá ouvir rap ou algo assim, fique mais agressivo. Vire homem.

Em busca de Júpiter 221

— Sério, pai? Só um de nós está sem fôlego e não sou eu. Vou pegar meus sapatos.

Entro em casa e subo as escadas. Levo um minuto para vestir as meias e calçar os sapatos e volto correndo para a quadra.

— Se recuperou, velho? Tudo bem. Vou fazer isso rápido para que você possa descansar as juntas. Pronto? — Passo a bola para ele e bato no chão com as duas mãos. Ele a devolve.

— É melhor você reagir, pai.

Estou pronto para isso acabar.

Faço a bola quicar entre as pernas dele, finjo que vou para a direita, então corro para a esquerda ao redor dele. Recupero a bola e faço uma cesta fácil. Faço uma dancinha da vitória para me gabar um pouco.

— Dois pontos. Pronto? — Passo a bola para ele. Estou mais agressivo na defesa agora, e também tenho algo a provar. Minha nova energia desestabiliza meu pai. Estou páreo a páreo na zoação também. Ele sorri toda vez que o provoco, e eu estaria mentindo se dissesse que não amei cada segundo.

Quanto mais perto estou de vencer, menos ele sorri. Meu pai parece mesmo estar com medo de perder este jogo. Não sei dizer se é porque está perdendo para mim ou porque vai ter que conhecer Ray, mas não me importo.

— Ponto do jogo, pai. Você pode ficar de lado. Vai ser rápido.

Exausto, meu pai apenas assente e assume uma posição defensiva. Desta vez eu driblo direto em direção a ele. Ele faz o possível para tentar roubar a bola e me acompanhar, mas eu o desoriento, em excesso e de propósito, com um rápido movimento falso e um empurrão de ombro no peito. Ele perde o equilíbrio e cai. Enterro a bola desta vez e me penduro no aro.

— Fim de jogo!

Vou até meu pai, que está sentado segurando os joelhos, e o ajudo a se levantar.

— Bom jogo, filho. Você é melhor do que eu me lembrava. — Ele aperta minha mão antes de soltá-la.

— Viu? Ela não está sugando a minha vida. Ela está me *dando* vida. — Pego a bola, driblo e a lanço no alcance de três pontos. E ela entra. Só estou me exibindo agora. — Ei, velhinho, tente encontrar uma receita de frango ao curry. É o favorito da Ray.

Pego meu violão e entro em casa sem olhar para trás.

Vinte e dois

RAY

10 DIAS

A luz do sol invade meu quarto. Eu me sento e encosto na cabeceira. Semicerrando os olhos, penso que talvez eu ainda esteja sonhando, porque Orion está parado no meu quarto. Então grito quando me dou conta de que estou bem acordada e que é Cash ao lado da minha cama.

— Opa, ei, relaxa aí, LuaRay — diz ele, rindo. — Eu bati, mas você tava derrubada. Eu não quis te acordar no escuro para ver um cara enorme do seu lado, então abri as persianas primeiro. E olha o que eu ganho em troca.

— É sério isso? Que susto!

Eu me acomodo de novo e encaro Cash. Ele está usando calças pretas e uma camisa branca, parecendo uma celebridade.

— O que você está fazendo aqui, cabeção? Cadê minha mãe?

— Ela me deixou entrar. E me pediu para te dizer que ela vai voltar mais tarde que o esperado, mas cedo o suficiente para te encontrar antes que você saia. Imagino que você vai sair com aquele cara de novo. Ele está fora da casinha de cachorro agora?

Reviro os olhos e ignoro a pergunta de Cash.

— Que horas são?

— Hora de levantar — responde Cash, e joga um travesseiro na minha cabeça. Eu solto um grunhido e o afasto.

— Por que você está todo arrumado? — pergunto.

— Vou a um funeral... um dos colegas de trabalho da minha mãe.

— Caramba. Você o conhecia?

— Não, só vou porque querem que eu vá.

— Cash, o que você está fazendo aqui?

— Minha vida toda você nunca fez essa pergunta, agora é a segunda vez só esta semana. Você só tem tempo para o seu novo amigo agora?

— Nem vem, Cash. Minha vida toda você nunca me acordou vestido para um funeral. O que tem de tão urgente?

Cash estala os dedos e abaixa a cabeça. Seja lá o que for, é sério.

— É a Mel. Não sei. Estou começando a me perguntar se somos mesmo para sempre.

Observo o rosto dele e espero que o que ele disse de alguma forma faça sentido.

— Você vai terminar com a Mel? Por quê? Ela traiu? Você traiu?

Juro que a Terra sai um pouquinho do eixo.

— Não, cara! Por que alguém tem que trair? Não estou tentando terminar. É só que ela está fazendo todos os planos de formatura dela baseados em onde vou fazer faculdade. Quando penso sobre a faculdade, a última coisa em que penso é Mel. Eu não deveria querer planejar com ela também?

— Caramba, Cash. O que rolou? Vocês estão juntos desde o quinto ano. Agora você está falando em não ver futuro com ela? Vocês são o único motivo de eu acreditar mais ou menos que o amor realmente funciona para algumas pessoas. Preciso ouvir o motivo e preciso que seja bom.

Cash estala os dedos de novo, em silêncio.

— O estranho é que eu não consigo nem dizer exatamente por quê. Não sei. Eu só sinto que sempre estivemos juntos porque sempre estivemos juntos. Ela é importante, mas eu não acho que ela seja a minha pessoa.

— Merda.

— Só estou dizendo, a gente ouve o tempo todo sobre caras que *sabem*... amor à primeira vista... amante-amiga, sabe? Quero isso.

— Você conheceu alguém?

— Queria que fosse assim. Então faria mais sentido. Sempre fui fiel... você sabe... exceto daquela vez que nos beijamos, mas aquilo foi uma idiotice que não conta.

— Correção, *você me* beijou, mas, não, não conta *nada* — acrescento com uma cara de *eca*.

— Eu uso viseira, não vejo ninguém além de Mel. Só sinto que estou perdendo alguma... coisa.

— Tadinha da Mel. Você vai falar com ela?

— Não sei, mas se for para terminar, quero fazer antes que as aulas voltem, para nos dar a chance de fazer a transição para sermos apenas amigos, sem drama.

— Você acha que ela vai querer ser só sua amiga?

Orion e eu mal estamos juntos, mas sei que não estou tentando deixar de ser o que somos para ser apenas amigos.

Não consigo imaginar Mel encarando isso bem depois de todos esses anos.

— Ela não ficaria surpresa. Você deveria ver como estamos apenas empurrando. Acho que nós dois sabemos que é hora. — Trocamos um olhar enquanto nos damos conta da verdade do que ele acabou de dizer. Cash suspira. — Chega do meu drama. E você? Vi o cara aqui de novo. Imagino que vocês tenham feito as pazes.

— Foi um mal-entendido. Estou bem com ele agora. Mas minha mãe está implicando. Ela está implicando com tudo esses dias.

— Que bom para você e o seu cara. Mas o que tem com a sua mãe?

Pego a foto emoldurada de mim no túmulo do meu pai da gaveta de cima da minha mesa de cabeceira, e também a foto maior com o recado atrás, que encontrei na caixa da minha mãe. Eu as coloco lado a lado na cama, entre nós. Enquanto Cash analisa as fotos, conto sobre os diários e como minha mãe tem sido misteriosa.

— Então, quando não consegui encontrar os diários, voltei e encontrei esta foto. Vire.

Ele vira.

— Um: por que alguém tiraria esta foto e a entregaria a ela? Dois: por que fazer uma cópia cortada e me entregar quase uma década depois que a foto foi tirada? Por que minha mãe me deixou acreditar que ela tirou essa foto? Por que esconder a original?

— Caramba, então quem tirou? Quem deu a ela?

— Isso é exatamente o que vou descobrir. Aposto que tem algo a ver com o que ela não me conta sobre esses diários.

— O que seu cara pensa sobre tudo isso?

— Orion? Não falei nada disso para ele. Não tem motivo.

— Ele ao menos sabe sobre o seu pai?

— Sim, eu contei a ele.

Cash parece surpreso. Normal. Ele sabe que eu não falo com ninguém sobre meu pai. Ele se vira na cama até ficar diante de mim.

— Você contou a ele seu verdadeiro nome? — Cash estreita os olhos, mais brincalhão que acusatório. Embora ele me conheça melhor que ninguém, uma onda de agitação toma conta de mim.

— Hã, sim, por quê?

Ele pressiona os lábios em uma linha fina.

— E por que você está me olhando assim?

— Vi o carro dele estacionado aqui por mais ou menos metade de um dia da última vez. Deve ser sério.

— Você está me espionando agora? — De brincadeira, eu o empurro.

Cash ri.

— Não, cara. Sou só um vizinho amigável preocupado. E aí?

Cash é o único amigo de verdade que já tive. Quer dizer, eu tive outros amigos, e Bri, mas ele é a pessoa com quem eu sempre senti que podia contar. Dividi com ele meu verdadeiro nome logo de cara no quarto ano e o fiz jurar guardar segredo. Imediatamente, eu o convidei para a casa na árvore e contei tudo sobre meu pai. No sexto ano, por curiosidade, nos beijamos desajeitadamente, depois juramos que nunca mais faríamos isso. Não apenas por causa de Mel, mas porque éramos como uma família. O sexto ano também foi o ano em que comecei a realmente sentir a perda... não ter pai. Foi quando, acho, ergui minhas barreiras e comecei a ser mais discreta. Mas não posso fingir com Cash.

Começo do começo e conto tudo a ele, como Orion se atrapalhou na primeira vez que nos encontramos e como eu soube desde aquele dia que ele seria diferente dos outros caras. Conto a Cash como Orion e eu revezamos fugindo disso e então ficamos meio confortáveis.

— De todos os caras com quem fiquei, Orion com certeza é o mais legal. — Termino de falar, e quando não ouço nada de Cash, percebo que estive ocupada em um sonho acordada, encarando o teto. Ele me observa com um meio sorriso. — Que foi?

— Viu? É disso que estou falando. Você nem consegue falar sobre o cara sem ficar toda esquisita, com olhar perdido. Eu quero que a minha garota esteja tão apaixonada por mim que fique assim. Eu quero desejar tanto estar com uma garota que farei qualquer coisa para que aconteça.

— Espera aí, amigo. Não estou apaixonada por ele. Orion vai para a faculdade em, tipo, duas semanas, e eu vou para a escola depois disso. É só um casinho de verão... um casinho de verão inusitado. Ninguém falou nada de amor.

— LuaRay. Vamos lá. Eu te conheço. E nunca te vi assim, mesmo quando aquele cara de pele clara do outro lado da rua costumava aparecer. Casinho de verão inusitado coisa nenhuma. — Ele ri.

Reviro os olhos.

— Você fala que nem a Bri. Orion só é diferente. — Eu com certeza sinto coisas por ele. Mas amor? — Cash, não estou apaixonada.

— Tem certeza?

SEUS OLHOS VIAM DEUS

conveniência

amor

ela pensou pensamentos resistentes a mente dela era uma batalha para ser lutada toda de novo. Ela não conseguia gostar de nenhum outro homem. Ele se parecia amor. Ele podia ser todo o mundo.

Conveniência? Amor?
Ela pensou pensamentos resistentes.
A mente dela, era uma, batalha.
Para ser lutada de novo, de novo.
Ela não conseguia gostar de nenhum outro homem.
Ele se parecia com amor.
Ele podia ser...
O mundo.

Vinte e três

ORION

7 DIAS

Estou inquieto nos últimos dias, animado com a vinda de Ray esta noite. Não combinamos antes, mas, quando aceitou meu convite para jantar, ela sabia que viria como minha namorada. Por hábito, acordei cedo. Viajaremos para a competição nacional amanhã e eu deveria descansar hoje, mas ainda nadei algumas voltas mais cedo.

A ideia de ficar longe de Ray quando falta pouco mais de uma semana para ela partir é uma porcaria. Mas não sei o que fazer agora. Tudo o que espero é que esta noite seja ótima. Só sei que meus pais vão adorar ela.

Confiro o relógio. O jantar é em uma hora. Termino minha última série de exercício e desabo no chão do meu quarto. Jinx vê isso como um convite, mas eu a afasto. Eminem está berrando dos meus alto-falantes sem fio, mas estou relaxando agora. Pego meu celular na beirada da cama. Seleciono a lista de reprodução que chamei de Júpiter e Orion.

São todas as canções de amor que me fazem lembrar da gente. Aperto o aleatório e toca "Total Eclipse of the Heart", de Bonnie Tyler. Eu me lembro de ouvir essa música na noite em que nos beijamos na casa na árvore de Ray. Pesquisei pela letra para encontrar. A forma como nossos corpos se tocavam e como ela parava de me beijar para olhar nos meus olhos... foi como nos filmes.

Uma batida na porta me assusta, bem quando minha viagem pela estrada da memória estava prestes a me deixar empolgado. Eu me sento.

— Entre.

Meu pai abre a porta.

— Garoto, o que você está ouvindo?

Antes que eu possa parar minha lista de reprodução, ele desliga meus alto-falantes e balança a cabeça. Ele examina meu mural da fama de natação, e aproveito sua distração para vestir uma blusa larga e me jogar na cama. Jinx sobe no meu colo.

Meu pai ainda está muito focado analisando a seção das Olimpíadas Juvenis, mas, de alguma forma, com um olhar distante. Acho que ele esperava que aqueles momentos do nono ano fossem meu momento de revelação. Ele pensou que eu iria direto para as Olimpíadas. Não tenho sonhos olímpicos como ele. Estou sempre me esforçando para reduzir o tempo, mas sei que meu objetivo final é apenas deixá-lo orgulhoso.

— Você está se sentindo pronto para a competição nacional? — pergunta ele, sem me olhar. A cadência de sua voz diz que essa conversa será séria.

— Vamos amanhã, quer eu esteja pronto ou não. — Eu rio, tentando melhorar o humor dele. — Mas estou pronto...

e você não precisa se preocupar com Ray me distraindo no jantar, então, por favor, nem comece.

— Sobre o jantar... é realmente por isso que vim aqui. — Meu pai se vira para mim, me encarando. — Não é uma boa ideia, Orion.

— Eu sabia.

— Eu sei que você ganhou o jogo e tudo, mas conhecer os pais parece meio sério, e não acho que você precisa ficar sério com ninguém antes de começar a faculdade. Você tem a vida inteira pela frente...

Ele não entende. Talvez ele simplesmente não queira entender. Meu pai não faz contato visual comigo, mas olho para ele assim mesmo.

— Naquele dia, você disse que se lembra de ter dezessete anos. Lembra mesmo? Eu a amo, pai. Eu nem entendo direito, mas, quando a vi, eu soube. Como se o universo a colocasse na minha frente. E acho que ela provavelmente me ama também, ela é muito cautelosa com isso... Mas tanto faz... o que quero dizer é: isso é o que está acontecendo na minha vida agora. Independentemente de como você se sente. Você disse que eu tenho toda a vida pela *frente*, mas minha vida está acontecendo agora.

Ele me encara agora, os olhos cheios de pena.

— Filho, de todas as garotas... — Seu suspiro é muito pesado.

— Você não pode escolher quem eu amo, pai — digo, um pouco mais alto do que pretendia. — Eu nunca te peço nada. Minha vida inteira eu só tentei te dar o que você quer. Eu me esforço na escola, vou à igreja sem reclamar, dou duro na natação. Faço todas essas coisas para ser um bom filho... para deixar você orgulhoso.

O choque se instaura no rosto dele. Eu mesmo estou chocado com como fui sincero, e continuo enquanto ainda me sinto corajoso.

— Minha mãe disse que você se culpa pelo que aconteceu com Nora. Nós nunca falamos sobre Nora e eu nunca peço que você fale, por mais que eu queria. Perdê-la foi a pior coisa que aconteceu comigo, mas sinto que perdi uma grande parte de você naquele dia também. — Sinto uma lágrima vindo, mas a empurro de volta. Aqui não. Não com ele. Meu pai não respeitaria isso, nem veria força nisso como Ray viu. — É como se você tivesse fechado a parte de si que me fez ter certeza de que você me ama. Você sabe como é ser uma criança quase perfeita e não ter certeza de que seu pai realmente *gosta* de você?

Nunca vi meu pai chorar, mas, pela primeira vez, os olhos dele marejam. É como um soco no meu estômago. Não quero ferir os sentimentos dele.

— Você é um ótimo pai. Você me trata bem e me dá ótimos conselhos... — O rosto dele mostra uma pontinha de sorriso, e fico aliviado. — Mas quando Nora morreu... Você tem outro filho, pai. Não merecíamos perder Nora, e eu não merecia perder você. Eu nunca te pedi nada, mas, agora, estou te pedindo uma coisa pequena. Só estou pedindo para você conhecer a primeira garota que eu amei.

— Filho...

Não estou acostumado a ver meu pai ficar sem palavras. Também não estou acostumado a despejar tantos sentimentos nele. Preciso aliviar o clima.

— Quero dizer, eu também estou pedindo para você cozinhar para ela. Mas comprei seu pudim de banana favorito daquele lugar que você tanto gosta. É fácil, pai.

O rosto dele suaviza, e meu pai suspira pesadamente. Mas sei que ganhei. Ele bagunça meu cabelo e se junta a mim, sentando na cama. Nós nunca nos sentamos aqui assim antes. Nunca me comuniquei com tanta franqueza. Me sinto maduro e também muito feliz por estar com meu pai assim.

O sorriso quase imperceptível dele desaparece, e sinto uma sensação estranha no estômago.

— Isso foi muita coisa — diz ele com uma austeridade silenciosa. — Você precisa saber que eu te amo, filho... mais do que tudo. Você tem que saber disso. Sei que te perturbo por ser sensível e ter seus gatos e tudo mais... Sua mãe sempre fala sobre como está feliz por você não ter medo de mostrar seu lado sensível. Pra isso é preciso... alguma coisa, não sei... mas nunca tive isso. Vim de uma época diferente.
— Ele coloca a mão no meu ombro.

Que bom que ele elogiou meu lado sensível, porque tenho certeza de que vou chorar.

— E quanto à sua irmã...Tenho meus demônios a enfrentar. Enquanto eu viver, vou me arrepender da maneira como isso afetou você.

— Tudo bem, pai. Eu entendo...

Ele balança a cabeça, tão vigorosamente que paro de falar. Acho que paro de respirar.

— Não, filho, você não entende. — Ele olha para as mãos. — Escuta... Estou tentando descobrir onde... Sobre sua amiga... Júpiter. Não se trata de qualquer tipo de distração nem nada disso. É sobre quem ela é, filho.

Quando eu disse o nome verdadeiro da Ray para o meu pai?

Ele se levanta e fecha a porta. Todo o afeto entre nós se esvai. Ele se senta ao meu lado, mas é como se estivéssemos em mundos diferentes.

— Vou começar do início — diz ele, os lábios descorados. — Você merece saber a verdade. Eu fui o motivo... Eu estava lá... na estrada naquela noite. Eu matei o pai de Júpiter.

Ele continua falando, mas tudo o que ouço é *o pai de Júpiter* em repetição na minha mente. Mais tarde terei perguntas, mas agora só consigo pensar nela. Tenho que contar a ela. Esta noite. Mesmo que isso signifique o nosso fim.

É o nosso fim.

Vinte e quatro

RAY

Ainda estou um pouco incomodada depois da conversa com Cash na outra manhã. O que ele disse sobre meu lance com Orion ser amor me deixou nervosa. Então, esta tarde, caminhei até a biblioteca para tirar minha mente dele, mas acabei conferindo meu celular um milhão de vezes para checar se Orion tinha me mandado mensagem. Quando vi que não, abri nossas mensagens antigas e olhei nossas fotos de novo e de novo. Eu adoro o fato de que ele me manda mensagens sem eu sequer pedir. Quando voltei para casa, não me dei ao trabalho de entrar. Vim direto para a casa na árvore e liguei o rádio.

Não estou focada o suficiente para tentar criar poesia ou arte, então alterno entre folhear uma pilha de obras recém-terminadas, andar de um lado para o outro na varanda e me esticar no cobertor, sonhando acordada. Nada tira minha mente de Orion. Penso no nosso primeiro beijo e em tudo o que aconteceu depois. Estou no meio de uma lembrança quente quando a cabeça da minha mãe aparece acima do patamar no topo da escada, me assustando e também me irritando.

— Toc, toc.

— Sério, mãe? Era pra você esperar ser convidada para subir. Você está invadindo. — Tento acalmar a agitação na minha voz.

— Tem muito espaço entre a gente recentemente. Eu sou a mãe, eu não estaria fazendo meu trabalho se não invadisse de vez em quando. — Há um sorriso bobo no rosto dela.

Eu a olho e tento permanecer sem expressão.

— Posso entrar? Eu trouxe limonada.

— Isso é suborno?

— Talvez.

— Você pode subir. Só fique na varanda, por favor.

— Estou honrada.

Minha mãe sobe na varanda, atravessa a soleira da minha casa na árvore e me passa uma garrafa térmica de limonada, e então fica ali parada, encostada no batente da porta.

— O que você está fazendo?

— Só olhando alguns dos meus poemas de *Gatsby*. Há um tema definido.

— Sério? Quer compartilhar?

— Quer saber? Sim. A maioria deles é sobre uma garota triste que nunca vai conhecer o pai morto dela. Já imaginou?

Ela franze a sobrancelha.

— Amor, eu não vim aqui para...

— Eu não te convidei. — Imediatamente me arrependo da minha insolência.

Se chateou minha mãe, ela faz um ótimo trabalho em esconder. Seu rosto suaviza e ela me olha com doçura.

— Tudo bem — diz ela. — Sim, sei mais sobre a morte do seu pai do que te contei, mas, amor, só não faz sentido te sobrecarregar com informações inúteis que apenas machucariam mais. Você perdeu seu pai. Essa é a pior parte. Não há motivo para adicionar mais detalhes potencialmente dolorosos.

— O que poderia ser mais doloroso do que a morte do meu pai? Se há mais sobre aquela noite, eu mereço saber.

— Júpiter Lua Ray Evans, você nem quer ir ao túmulo dele, você nunca coopera quando te peço. Você fica no pior humor possível. Bri já sabe quando e como seu pai morreu? Obviamente você ainda está se recuperando... Por que eu ia querer aumentar sua dor, amor?

— Obviamente nós *duas* estamos nos curando. Você ainda tem as fotos do seu casamento à vista. Você nunca esteve perto de se casar com outra pessoa em dezessete anos. Se vamos mesmo falar desse assunto...

— Tudo bem. Escute, sinto muito por levantar a voz. Vou te contar o que você precisa saber sobre aquela noite. Mas primeiro... posso entrar? Tipo, entrar mesmo.

Eu gesticulo para que ela entre.

— Tá.

Ela para depois que cruza a soleira.

— Faz um tempo que não entro aqui. Às vezes venho quando você está na escola. Está vazio e não tem sinal de você, mas seu pai está por toda a parte aqui. As mãos dele tocaram cada pedaço de madeira, cada janela, cada porta. Ele despejou tanto amor ao construir esta casa na árvore para você. Quando estou aqui, às vezes emana. Consigo sentir... o amor. Consigo sentir... ele.

Sinto uma pontada de inveja quando ela fala dele. Às vezes, eu o imagino tanto que acho que sinto a presença dele aqui também.

— Quer saber o que mais ele amava? — Minha mãe pega um maço de lavanda do vaso na mesa. Tem uma fita de veludo prateada amarrada nele. — Lavanda.

Ela desfaz o laço, que brilha com a luz do sol que entra pela janela. Ela retira os raminhos e começa a juntá-los em outro ramo.

— Vou fazer uma coroa de flores. Você amava quando era pequena.

Minha mãe dá batidinhas na mesa para que eu me aproxime, e eu obedeço.

— É por isso que você cultiva tanta lavanda? Por que ele amava?

Mais uma coisa a qual ela se agarra.

— Humm. Você estava tão agitada no hospital. Eu não sabia o que ia fazer com você quando chegasse em casa. Você estava inconsolável naquele dia. Nós duas estávamos. Te levei para o meu quarto e te coloquei junto comigo na cama. Seu pai mantinha um sachê de lavanda seca debaixo do travesseiro, ele dizia que o ajudava a dormir. Acho que nós duas tivemos nossa primeira boa noite de sono lá naquele dia. — Na minha infância, nós fazíamos sachês o tempo todo, e ainda os temos perto do travesseiro. — Foi quando decidi aprender tudo o que podia ser aprendido sobre lavanda, o que me levou a aprender sobre outras plantas medicinais e jardinagem e afins.

Os dedos dela trabalham habilmente enquanto ela amarra a fita prateada ao redor do talo de lavanda, depois acrescenta outro, repetindo os passos. O silêncio paira enquanto minha mãe termina de tecer pedacinhos do meu pai em torno de galhos e fitas de veludo.

— Você e lavanda... os dois presentes que ele deixou para mim. Para você, ele deixou esta casa na árvore.

Ela segura a coroa pronta para mim. É uma coisa tão simples, mas tão bonita. Eu me viro para que ela possa colocá-la na minha cabeça. Por que ela não mencionou o amor do meu pai por lavanda antes? Isso é uma coisa simples de compartilhar. Por que ela manteve essa parte dele só para si?

— Ele te amava muito, sabia? Mesmo que não tenha te conhecido, ele te amava.

— Você acha que eu não sei? — grito, mas não tenho intenção. Só cheguei ao meu limite.

Estou em algum ponto entre raiva e gratidão por ela me fazer acreditar que ele estava nas estrelas... por me dar esperança. Me levar ao túmulo dele quando criança nunca deixou em mim a impressão que ela esperava.

Mas estar na casa na árvore...

Talvez essa tenha sido a diferença esse tempo todo. Eu me pergunto como seria visitar o túmulo sozinha, sem esperanças infantis. Faria alguma diferença? Talvez ir até lá seja tão sem sentido quanto antes. Viro um ramo de lavanda na mão e olho em volta para o piso de madeira liso.

Eu provavelmente deveria ir. Só para ver.

— Desculpe por gritar, mãe. Preciso ir. As chaves estão no carro?

Pego meu diário de artes, algumas páginas soltas e a garrafa de limonada.

— Sim, mas... está tão cedo... seu jantar é só bem mais tarde. Ray, precisamos conversar...

— Eu sei, só preciso fazer uma parada antes. A gente conversa de manhã depois do seu turno.

Desço a escada.

— Ray, a coroa... — ela grita.

— Estou usando. Obrigada!

Corro para o meu quarto e pego meu celular e os fones de ouvido, e então os coloco na bolsa junto com hidratante labial e rímel. Pego baterias extras e localizo a foto do cemitério com a escrita no verso. Eu a jogo na bolsa também. Pego a colcha da minha mãe no armário e estou indo para a porta da frente quando vejo meu reflexo no espelho. *O que estou fazendo?* Claro, eu poderia ficar, principalmente porque minha mãe enfim está pronta para falar. Mas o que ela disse... desbloqueou algo. Não sei por que parece tão urgente, mas tenho que seguir meu instinto e ir ver meu pai agora.

A coroa de flores que minha mãe fez é tão delicada. A lavanda é de um roxo mais profundo do que as pontas lilás das minhas tranças na altura dos ombros. A camiseta de linho branca e o jeans *skinny* azul-celeste que estou usando me fazem sentir bem verão — como uma fada. Olho para o quintal e minha mãe está descendo a escada. Pego as chaves do carro. Vou perguntar sobre a foto quando ela chegar em casa pela manhã.

Depois desta noite, chega de segredos.

O cemitério está bem silencioso para uma tarde de sábado. Desço a colina até o túmulo dele. As flores ao lado de sua lápide estão mortas ou no processo. Nunca vi a madressilva morta antes. Alguém começou a deixá-la aqui quando eu tinha seis ou sete anos. Nunca descobrimos quem. Mas eu gostava de provar o néctar e ficava ansiosa por essa parte das nossas visitas. A lavanda e a fita que minha mãe deixou parecem extravagantes ao lado do buquê seco. Toco na amarração prata.

— Olha, pai, nós combinamos — digo, alisando a fita prateada na parte de trás da minha coroa de flores.

Rápido, coloco o cobertor no chão e fico confortável, de pernas cruzadas com a minha limonada. Coloco o celular e meu diário na minha frente, entre mim e o epitáfio do meu pai: *Uma estrela brilhando intensamente*. Eu me sento em silêncio por um longo tempo, tentando descobrir o que estou fazendo aqui.

— Então... eu faço esse tipo de arte. — Seguro o diário de couro preto, explodindo com páginas estufadas, diante da pedra da lápide, como se fosse os olhos dele. — Encontro poemas nas páginas de ficção. Este verão, no meu aniversário, descobri um sobre você. Então, não sei por qual motivo, todos os outros parecem de alguma forma conectados a um garoto.

Passo as páginas para encontrar o que estou procurando.

— Aqui está o que fiz no meu aniversário. — Olho para a página: minhas palavras e o desenho de uma garota solitária no meio da estrada. É estranho ler poesia para uma lápide? Olho ao redor e começo: — *Sorrindo fracamente, aguardarei desesperadamente para agradar o sr. Ninguém. Eu, com ele, sozinha.* Este é de *O grande Gatsby*.

Dou alguns goles na limonada e olho para o cemitério.

— Quão triste é isso?

Parece que sou a única pessoa aqui.

— Minha mãe acha que seja lá o que ela tenha escondido de mim sobre o dia em que você morreu pode me magoar, mas não consigo imaginar o que poderia ser pior que descobrir que seu pai morreu a metros de você, a minutos do seu nascimento.

Desfaço o nó na fita prateada que prende os galhos de lavanda e logo o refaço.

Sinto que estou segurando o ar por dez mil anos, e essas palavras para o meu pai são o meu primeiro fôlego.

Coloco a lavanda de volta na lápide e me livro dos meus sapatos. Estou mais confortável agora, e palavras... sentimentos... coisas que eu nem percebi se acumulam como água em uma barragem perto de explodir.

— A maioria dos poemas deste verão é sobre um garoto que conheci, Orion. Você gostaria dele, acho. Espero. Não tenho como saber do que você gostaria em um garoto. Mas Orion é o tipo que imagino que pais iam gostar. — As palavras se apressam para fora de mim, a barragem rachando. — Gosto dele. Demais, acho. É difícil para mim sentir... gostar tanto de alguém e não saber de verdade como as coisas vão terminar. Sabe? T-tipo, e se eu... quer dizer, tipo, eu queria tanto te conhecer e e-eu não podia. Quando eu tinha idade suficiente e enfim entendi que você não ia simplesmente aparecer no túmulo... eu saí daqui com um buraco que antes era preenchido por esperança. Eu poderia muito bem tê-lo coberto com pedras.

Eu decidi que a esperança era bobagem.

Estava determinada a nunca experimentar a dor intensa da esperança destruída outra vez.

— Antes, eu dizia a mim mesma que não doía, sabe? Como se eu não me importasse que você tivesse morrido.

Tipo... eu não sentia nada, mas nada também é um tipo de dor, sabe?

Olho para os galhos do carvalho.

— É assim que as coisas vêm para mim, em poemas. Palavras e imagens na minha cabeça. Eu sequer entendo direito, mas a poesia simplesmente despeja para fora de mim o tempo todo na minha cabeça. Foi assim que encontrei o "nada" que eu tinha certeza de que sentia. Nas páginas do meu diário. Minha mãe estava colocando esta coroa na minha cabeça, e enfim me dei conta. O tempo todo, o vazio, o nada, a parte de mim que não posso dar a ninguém tem sido *você*.

As lágrimas vêm e uma brisa sopra, refrescando minhas bochechas. Imagino meu pai secando minhas lágrimas.

— Orion apareceu na minha vida e quebrou as pedras que preenchiam meu coração. A forma como ele me olha, e como seus elogios me fazem sentir adorada. E quando fazemos amor... Eu... Quer dizer... — Fecho a boca com força, enojada. Até para uma lápide, falar com meu pai sobre sexo não vai rolar.

Imagino que minha confissão aqui está me recosturando. Sei que ele não está aqui, mas quanto mais falo, mais entendo por que as pessoas acreditam que podem conversar com os mortos. Talvez alguma partezinha de mim espera que seja verdade. Talvez eu não tenha desistido completamente da esperança.

— Gosto de Orion. Eu mais que gosto dele. Eu provavelmente o amo. Acho que o amo. Eu sabia bem antes de agora, acho, mas nunca fui sincera comigo mesma. Isso me assusta. Minha mãe te amou, e olha o que aconteceu.

Uma verdade dura. Talvez seja por isso que estou aqui.

Meus olhos queimam com a ameaça de novas lágrimas, mas inspiro fundo até que a vontade de chorar passe, imaginando meu pai me abraçando.

— Estou cansada de ter medo. Quero saber como é estar apaixonada por alguém e deixar que a pessoa também me ame. Vou vê-lo esta noite. Conhecer os pais dele. E se eles me odiarem? Ou acharem que não sou boa para ele? Ou...

Os galhos acima de mim farfalham audivelmente, afogando minhas palavras. Parece que vai chover hoje. Confiro meu celular.

— Eu preciso ir. Mas vou voltar antes de ir para a escola e te contar como foi. Prometo.

Me levanto e pouso a mão na lápide, meu peito o mais leve que já esteve. Minha cabeça e meu coração de alguma forma estão mais limpos.

— Obrigada por escutar.

Desenrolo os fones de ouvido do meu celular e os coloco, e estou voltando para o carro quando me lembro da foto na minha bolsa. Eu a pego e observo. Olho em volta, me perguntando de que direção foi tirada. Onde o fotógrafo devia estar no momento. Não há como saber o quão perto eles poderiam estar — podem ter dado zoom.

Enfio meus fones de ouvido e celular de volta na bolsa e seguro a foto. Em primeiro plano, há um monumento alto e o que parece ser um querubim logo à esquerda dele. Quem tirou a foto estava perto daqueles dois túmulos. Olho naquela direção e localizo o monumento e o anjo.

Atravesso o cemitério, devagar, sobre areia por talvez uns vinte ou trinta metros.

Há um querubim de pedra no topo — é o túmulo de uma criança.

Quando me aproximo, vejo um maço de lavanda seca amarrada com fita de prata — a fita de prata da minha mãe. Por reflexo, toco minha coroa de flores. Minha mente volta para o meu aniversário. Ela começou um segundo maço quando eu estava saindo. Pensei que ela estava fazendo por distração, mas não. Ela pretendia trazê-lo para este túmulo. Quando enfim consigo desviar os olhos da lavanda, encontro o nome esculpido na pedra.

Nora Leigha Roberson

Que isso? Por que minha mãe estaria colocando flores no túmulo da irmã de Orion?

Vinte e cinco

RAY

Coloco a foto no bolso de trás e dirijo em silêncio até a casa de Orion. Minha mãe tem muito o que explicar. Orion contou a ela sobre Nora? Eles conversaram tanto assim quando ele estava esperando por mim antes do nosso encontro? Não, ela amarrou o maço extra de lavanda antes mesmo de nos conhecermos. Talvez minha mãe tenha visto no noticiário e com as datas... talvez tenha sentido compaixão. Quem tirou essa foto e deu pra ela? Não entendo. Sinto que estou na beira do penhasco de alguma coisa que parece enorme. Ligo para Bri, mas cai na caixa postal.

Paro na entrada da garagem e Orion está ao lado da porta do carro antes que eu desligue o motor. Ele sorri, mas seus olhos estão cheios de preocupação. Estou tomada pela necessidade de jogar meus braços ao redor do seu pescoço e abraçá-lo, mas não consigo afastar a sensação de tem algo errado. Ele me puxa e segura minhas costas com cuidado antes de me envolver em um abraço doce. Instantaneamente, eu derreto e o abraço de volta. Quando ele me solta, eu o beijo mais profundamente do que pretendo. Em algum lugar no fundo do meu ser, sinto que esses momentos — abraçá-lo e beijá-lo — podem ser os últimos. Eu estava tão esperançosa antes de ver o túmulo de Nora. Agora eu só... não estou mais.

— Uau. Tudo isso? — Orion está surpreso.

— É. Tudo isso — respondo, e de repente desejo que a gente pudesse só ficar sozinhos esta noite.

Pego o presente que fiz para a anfitriã, a mãe dele, e engancho meu braço no de Orion. Observo a expressão dele enquanto nos aproximamos da casa. Ele desvia o olhar, com receio, quando nossos olhares se encontram. Ele está mais nervoso que eu.

— Ei. Hum. Ray, depois do jantar, eu estava pensando que podíamos sair para a sobremesa. Sorvete. Podemos andar. Só a gente. Eu quero... quero um tempo com você. Para conversar.

— Sim, tudo bem. — Aperto o braço dele. — Eu preciso mesmo falar com você, então está ótimo.

A mãe de Orion é bonita como uma modelo. Ela se porta como uma rainha. Sua postura é um pouco reta demais, o queixo um pouco mais aprumado do que a maioria. Ela é como a mãe perfeita da TV — como Clair Huxtable de *The Cosby Show*. O vento faz mexer seu cabelo a cada passo que ela dá em nossa direção.

— Ray! É tão bom enfim conhecer a garota que é o motivo de todos os sorrisos de Orion agora. — Ela me abraça, então aperta. Afastando-se, ela me observa. Há um calor aninhado em seu olhar, e eu quero abraçá-la de novo. Orion deve ter herdado toda a doçura dela. — Você facilmente é a garota mais bonita de Memphis! — Algo nela me deixa feliz por ela estar satisfeita comigo. Acho que estou corando.

— Oi, sra. Roberson — digo, e entrego a ela meu presente. — Obrigada. É um prazer te conhecer também. Fiz isto para você. É um sachê de lavanda.

Ela pega a bolsinha e seu olhar se ilumina.

— Que gentil da sua parte. O cheiro é maravilhoso. Obrigada, querida. — Ela percebe minha coroa de flores e sorri.

— M-minha mãe fez para mim.

— É lindo. Orion me contou que você é uma artista. Parece que você vem de uma família muito criativa. — Ela toca a coroa e as pontas do meu cabelo. — Você é linda. Eu estava para levar a comida para o pátio. Parece que vai chover, mas acho que vai demorar. O clima está perfeito demais agora para ficarmos aqui dentro. Venha, querida.

— Sim, senhora.

Coloco minhas chaves em uma estante perto da porta e me aproximo dela. O rosto da sra. Roberson forma uma expressão impressionada e fofa quando ela olha para Orion.

— Filho, você escolheu bem — ela sussurra, mas eu ouço e sorrio ainda mais.

A cozinha é linda, com muita luz natural. Há armários marrons altos e finos e papel de parede floral no canto do café da manhã. Não percebi esses detalhes quando estive aqui antes. Arroz branco, frango ao curry e legumes estão espalhados no balcão da ilha, e parece totalmente delicioso. O sorriso de Orion sumiu. Seus olhos estão fechados e ele está respirando fundo, esfregando as mãos. Por que ele está tão nervoso?

— Adorei ela — sussurro para ele. Orion sorri.

A sra. Roberson me entrega um grande prato coberto cheio de arroz. Ela pega o pote de curry e abre caminho para o pátio.

— Orion, traga algo para a srta. Ray beber e venha para fora — diz ela. — Seu pai está virando o milho na grelha, então vamos comer daqui a pouco.

O sorriso cheio de dentes de Orion está de volta, me arrancando um verdadeiro também. As borboletas no meu estômago me lembram que não estou aqui apenas para me apaixonar pela deusa-fada que ele tem como mãe. Preciso impressionar o pai dele também. O pai é o cético. Fico pensando no maço de lavanda da minha mãe no túmulo de Nora. Alguém nesta casa deve conhecê-la... ou algo assim. Orion disse que seu pai costumava tirar muitas fotos. Talvez ele...

— Ei. — Orion me assusta. — Está tudo bem? Conhecer meus pais é muito oficial ou algo assim?

Não, não está tudo bem. Minha mãe está colocando flores no túmulo da sua irmã.

— Estou bem. Eu só... vou levar este arroz para a mesa. — Dou o meu sorriso mais convincente.

Caminho até a porta do pátio, e a projeção do Orion do futuro entra na casa. Há um pouco de barba grisalha em seu rosto negro, e seu cabelo é cortado rente ao couro cabeludo. Ele é uma obra de arte. Ele ergue as sobrancelhas quando me vê, e sua expressão é amigável.

— Oi — diz, enxugando as mãos no avental. — *Você* deve ser Ray!

Ele estende a mão e eu a aperto.

— Sim. Olá, prazer em conhecê-lo, sr. Roberson.

— Prazer em enfim conhecer você também, querida. Como está indo o seu verão? — O sr. Roberson gesticula para que eu o siga. Ele com certeza parece amigável demais para não ter tanta certeza sobre mim e Orion.

— Não posso reclamar — respondo, pousando o prato na mesa.

O ambiente externo é lindo. Uma toalha de mesa branca estampada com enormes folhas verdes de bananeira cobre a mesa, e um abacaxi de porcelana branca é o centro de mesa. As luzes da piscina e todas as luzes solares do quintal acenderam, e as velas laranja de citronela estão estrategicamente colocadas ao redor do pátio. Cigarras zumbem ao fundo, e lanternas brilhantes estão penduradas ao nosso redor, iluminando a área de jantar ao ar livre. A noite de verão perfeita.

— Bom — introduz o sr. Roberson. — Se vocês estão com fome, vamos comer.

Conversamos enquanto preenchemos nossos pratos com coxas de frango ao curry, arroz e feijão verde. O sr. Roberson usa pinças para distribuir milho nos pratos de todos. A ponta de uma tatuagem no antebraço aparece por baixo da manga da camisa dele. Algum tipo de peixe. Quando estou prestes a perguntar, ele puxa a manga para baixo. Eu o olho e ele está ocupado servindo o milho como se não tivesse acabado de me ver perceber sua tatuagem e então corrido para cobri-la. Sinto um frio na barriga.

— O frango está muito bom — digo, para puxar uma nova conversa com o pai de Orion.

— Está? Orion me disse que era o seu favorito. Fico feliz em saber que fiz tudo certo. Eu pesquisei uma receita.

— Você foi muito bem.

O jantar é estranhamente silencioso. Orion está suando, e toda vez que olho para ele, seu sorriso parece forçado. Começo uma conversa sobre a natação de Orion e a Howard, e isso faz todo mundo falar, mas o sr. Roberson não fez contato visual comigo desde que nos sentamos.

Orion menciona que estou voltando para o internato e a sra. Roberson se anima. O sr. Roberson apenas encara seu prato. Ele não me olha. Sua esposa dispara perguntas sobre a vida no internato; Orion fala sobre suas expectativas para a próxima competição nacional de natação, e até fala sobre o tempo de seu pai na Marinha, e como, assim que foi dispensado, ele deixou os *dreads* e a barba crescerem, desafiando os requisitos de aparência certinha da Marinha. Eu brinco sobre os uniformes horríveis de marinheiro. O pai de Orion tem um ótimo senso de humor e ri das minhas piadas, olha na minha direção, mas nunca diretamente nos meus olhos. Eu fico mais descarada em minhas tentativas de fazê-lo me olhar pra valer.

— Você fez sua tatuagem quando estava na Marinha? — pergunto, assim que o ritmo da conversa diminui. Os olhos dele alcançam os meus, *finalmente*. — Vi um pedaço dela mais cedo quando você estava servindo o milho.

Ele se mexe em seu assento, e seus olhos disparam para Orion.

— Carolina do Norte, de onde são os pais de Ann — ele assente para a Sra. Roberson —, depois que fui exonerado.

— Posso ver? — pergunto, na minha voz mais otimista. Ele apenas coloca o arroz na boca e não me responde. Quando engole, fica ali sentado por um momento desajeitadamente longo, olhando para o prato.

— Douglas? — A sra. Roberson cutuca o braço dele, mas ele apenas fica lá sentado.

— Pai? — Orion entra na conversa com uma risada nervosa. — E aí, você ouviu?

Agora parte de mim se arrepende de ser tão direta.

— Está tudo bem — digo. — Eu sinto muito. Eu não queria... Se é pessoal ou... Eu não queria ser invasiva.

— Não, querida — diz a sra. Roberson, então se vira para o marido. — Douglas, você ficou tímido de repente depois de todos esses anos? Está sendo rude com nossa convidada, querido. — A voz dela é brincalhona, mas também hesitante. Orion ri novamente, e desta vez soa forçado.

Meu coração está batendo descontroladamente. Se alguém olhasse perto o suficiente, o veria pulsando no fundo da minha garganta. A maneira como o sr. Roberson olha para mim, para dentro de mim, enquanto aos poucos levanta a manga causa arrepios nos meus braços e pernas. Não sei quando Orion colocou o braço no meu ombro, mas sua proximidade de repente me irrita.

Eu me preparo para sei lá o quê. O sr. Roberson quebra nosso olhar e eu sigo seus olhos até seu braço. Orion se inclina sobre a mesa, e a sra. Roberson só se aproxima um pouco mais do marido. É uma sereia, uma sereia negra com cabelo *blackpower*, empoleirada no topo de um anzol gigante — não, uma âncora —, com o rabo enrolado nela. Ela está nua da cintura para cima.

Minha cabeça está fervilhando por conta da adrenalina, ou são meus nervos, ou ambos. Não sei o que esperava ver, mas a expectativa quase me esgotou. Finjo estar tranquila.

— Uau, acho que nunca vi uma sereia negra antes.

O sr. Roberson logo puxa a manga de volta para baixo.

— Não me importo com nudez, se é isso que te preocupa — digo em uma tentativa de mudar o humor ao redor da mesa. Orion engasga com sua bebida, e todos nós rimos.

— Foi há muito tempo — diz o sr. Roberson, parecendo mais relaxado agora.

Olho de um rosto para outro, tentando decidir se e como mencionar os túmulos e a foto e tudo mais. A sra. Roberson diz algo para o marido, que está sorrindo. Ele ri do que a esposa acabou de dizer. Orion está devorando sua comida, faminto como sempre. Provavelmente pensando em como tudo em seu mundo parece perfeito agora. Enquanto isso, eu nem sei qual é o meu mundo real. Estou na droga de um aquário — posso ver as coisas, mas está tudo distorcido, e só sei metade do que realmente está acontecendo ao meu redor. Mas alguém aqui sabe tudo. As respostas estão no rosto sorridente de alguém ou de todos nesta mesa... e na minha própria mãe. Me recuso a sair daqui sem informações. Tudo o que tenho a fazer é casualmente levar a conversa para o assunto do cemitério. Mas, mesmo quando eu sair daqui, ainda terei que lidar com minha mãe. Estou abalada. Preciso passar por isso.

Examino o espaço ao nosso redor, e meus olhos pousam em videiras exuberantes que se projetam da cerca ao nosso lado. Madressilva. Cobrindo a treliça em todo o perímetro daquele lado do pátio até onde posso ver. Como não percebi antes?

Uma gota escorre na lateral do meu copo. *Respire fundo.* Eu respiro para acalmar meus nervos. *É só perguntar. Você acha que alguma coisa está acontecendo... é só perguntar. Se você não perguntar... como é que ficará perto de Orion?* Madressilva cresce livre por toda Memphis. E talvez minha mãe tenha levado lavanda demais naquele dia? *Inspire. Expire.* Algo sobre tudo isso parece suspeito.

— Com licença. Eu preciso usar o banheiro — digo a ninguém em particular. Dou um sorriso educado, e meus olhos pousam na sra. Roberson enquanto me afasto da mesa.

— Tudo bem — ouço Orion dizer, mas não consigo olhar para ele antes de me virar e sair. Quanto mais me aproximo do banheiro, mais perto fico de chorar.

Tranco a porta atrás de mim e me olho no espelho. A última vez que estive aqui, estava planejando maneiras de ficar com Orion. Pensar naquela noite só me faz ficar à beira das lágrimas. Ligo a água fria. Deixo que se acumule nas palmas das minhas mãos em concha e as levo ao rosto, grata por ter escolhido rímel à prova d'água. Faço isso várias vezes até meus olhos pararem de arder enquanto a vontade de chorar diminui. Vejo meu reflexo no espelho. A água que escorre pelo meu rosto está pingando na camisa, mas não o seco. Fecho os olhos e respiro fundo para preparar meus nervos. *Inspire. Expire*. Na minha calma, imagino as trepadeiras de madressilvas, verdes e brancas e perfumadas, depois marrons e se decompondo sobre a sepultura. *Inspire. Expire*. O querubim de pedra com seus olhos vazios. *Inspire. Expire*.

Meus olhos se abrem. Eu arfo, e um aperto na garganta me faz tossir até que eu possa respirar novamente. As páginas do diário da minha mãe — as flores, as caudas de sereia com barbatanas compridas e exageradas —, a forma como se curvavam como um *S* que se enrolava em um oito. O homem sem rosto. O *dreadlock* branco.

Meus ouvidos estão zumbindo. Estou cega pelas lágrimas. Penso em todos os rostos sorridentes que deixei na mesa de jantar, e a raiva surge dentro de mim. Se ele é o homem que os ajudou no acidente, por que tanto segredo? Orion sabe? Ele sabia quem eu era esse tempo todo? A mãe perfeita dele também está fingindo? Bem, *eu* não posso mais fingir. Sem hesitar, abro a porta do banheiro. Viro a esquina para a cozinha, e Lótus salta em meu caminho, me dando um baita susto. Paro de uma vez. Ele sobe o primeiro lance de escadas e desaparece no escritório. Da última vez em que estive aqui, foi Jinx quem me assustou quando eu estava bisbilhotando. *O escritório.*

Subo as escadas às pressas, abro a porta e acendo a luz. Não me importo se me ouvirem. Não me importo se me virem. Da última vez que estive aqui, pensei ter visto algo na mesa. Parecia ridículo na época, mas agora eu me pergunto se era mesmo. Nada faz sentido, então tudo é possível. Eu poderia muito bem ter visto um envelope de Crestfield. Examino a sala freneticamente, mas não há nada. As pilhas que estavam aqui antes se foram. O escritório está impecável.

Assim que estou prestes a me virar e sair, vejo uma foto de Orion e Nora quando eram crianças. Orion a segura no colo, as perninhas dela caídas ao lado do colo dele. Algo na foto emoldurada parece familiar. O tom sépia. Assim como a minha foto no túmulo.

Procuro na sala novamente por alguma correspondência, qualquer coisa que não me faça sentir como se estivesse louca. Vejo uma lixeira cheia de papéis.

— Ray? — Eu me viro ao som da voz, e o rosto de Orion quase mostra pânico. — Ray! O que aconteceu, você está bem?

Ele enxuga minhas lágrimas e segura meus ombros e me olha como se estivesse procurando por ferimentos.

— O que aconteceu? Por que você está chorando? — Ele me abraça e eu me deixo chorar. — Está tudo bem. Está tudo bem. Estou bem aqui — repete várias vezes.

Mas não está tudo bem. Envolvo meus braços ao redor dele e o aperto com tanta força que dói. Odeio o quanto preciso dele agora. Odeio o quanto isto parece um adeus.

— O que está acontecendo aqui?

O sr. Roberson está na soleira. Solto Orion e dou a volta nele para encarar seu pai, cuja testa relaxa ao se dar conta.

— Ray? — Orion toca meu braço e eu o afasto. Lentamente, ando em direção ao pai dele. O fogo e a luta em mim se transformam em gelo quanto mais me aproximo dele. — Pai? — Orion soa frenético.

Enfio a mão no bolso de trás e pego a minha foto no túmulo do meu pai. Eu a seguro diante do rosto do sr. Roberson. Quanto mais ele observa a foto, mais raiva surge dentro de mim. Por fim, seus olhos encontram os meus de novo.

— Quem *é* você? — pergunto. Balanço a cabeça. — Quem *é* você? — Repito em um sussurro, porque é tudo que posso fazer. — Você conhece minha mãe.

Eles se conheceram no cemitério? Eles estão tendo um caso?

— Pai? — Ouço Orion dizer.

O sr. Roberson tira os olhos de mim e foca em Orion.

— Viu? Eu disse que isso era uma má ideia.

Me viro para olhar para Orion, desejando que ele não estivesse metido nisto... seja lá o que for.

— Orion. O que está acontecendo? *O que era uma má ideia?*

Ele não balança a cabeça. Ele não diz que não é o que parece. Ele não diz que tudo o que compartilhamos era mentira. Ele não precisa. Ele sequer olha para mim. Se ele não erguer o olhar e me encarar agora, vou enlouquecer. Quando seus olhos, cheios de angústia, finalmente encontram os meus, eu entendo. Era tudo mentira. Cada parte de mim que compartilhei com ele, que dei a ele... a dor dentro de mim é demais para aguentar. Então fico entorpecida.

Não sei em que situação ferrada entrei no dia em que conheci Orion ou o quanto ele já devia saber sobre mim. Ninguém está respondendo minhas perguntas, e neste momento eu nem me importo. Só preciso sair daqui.

Solto a foto e a deixo cair no chão. Meus pés estão sobre areia movediça, mas endireito meus ombros e forço meu corpo para sair dali. Quando chego na beira da escada, eu corro.

Vinte e seis

ORION

Sigo Ray escada abaixo em desespero, sem saber o que fazer ou dizer. Eu me aproximo dela na entrada, enquanto ela procura freneticamente por suas chaves. Minhas pernas estão pesadas como cimento. Olho em volta e vejo as chaves na estante ao meu lado e as pego. Ray as arranca de mim. Por reflexo, tento segurar sua mão, mas ela a puxa rápido demais.

— Júpiter...

— Não diga meu nome. Não fale comigo. — Mal passa de um sussurro, como se ela não conseguisse respirar. A dor no rosto dela revira meu estômago. Quero dizer que ela está errada... que eu não sabia... que estou tão em choque quanto ela. Quero dizer que descobri hoje, mas as palavras não saem. O olhar dela endurece. Suas palavras são adagas de gelo atravessando o meu peito. — Esquece o meu número.

Minha barriga... Acho que vou vomitar. Olho ao redor, procurando meu pai. Ele tem que fazer alguma coisa. É culpa dele. Minha mãe chama Ray, mas é tarde demais. A porta fecha de uma vez.

O ar noturno está gelado contra a minha pele, o asfalto firme sob mim. Eu nem lembro de vir aqui fora, mas estou de pé no meio da rua observando Ray ir embora. Como se fosse uma deixa, começa a chover. Alguém me puxa pelo braço e estou de volta na porta de casa, fora da rua. Em algum lugar soam buzinas, e tudo o que vejo é o rosto de Nora.

Se somos as estrelas... sou algum tipo de supernova, explodida em um milhão de pedaços.

Tudo o que sobra são fragmentos de quem eu costumava acreditar que eu podia ser — de Ray.

A mão de minha mãe está no meu rosto. Os olhos dela estão vermelhos de choro. Ela sempre chora quando eu choro.

— Querido, você vai ficar bem.

Ela está quente, mas ainda tremo.

— *Não* vou ficar bem. — As palavras doem ao sair. — Ray não vai ficar bem. Nenhum de nós... não estamos bem, mãe.

Não sinto minhas pernas. Estou sentado nos meus calcanhares, jogado no chão, me segurando à minha mãe. Pisco e deixo as lágrimas caírem. Ouço passos pesados e me esforço para levantar. Para secar meu rosto. Para virar homem, como meu pai diria.

Ele para bruscamente ao nosso lado, os olhos avermelhados olhando para minha mãe e eu. Esperamos que diga alguma coisa, qualquer coisa. Mas ele só fica ali, torcendo as mãos.

— Por que, pai? — pergunto com o que parece ser meu último fôlego. — Por que você não falou alguma coisa quando soube? Por que você me deixou amá-la? Eu de-devia ter contado a ela... assim que eu soube. Eu não devia ter deixado ela descobrir...

Meu pai grunhe enquanto passa por nós, saindo pela porta. Minha mãe o chama, mas não sai de perto de mim. Ele não volta.

Depois de um tempo, os lábios de minha mãe pressionam minha testa.

— Vamos levantar. Todos teremos um longo dia amanhã.

Como é que posso pensar sobre amanhã quando o mundo acabou de se estilhaçar?

— Mãe, você sabia?

Não consigo olhar no rosto dela.

— Eu soube sobre o acidente quando aconteceu. Seu pai me contou sobre Ray antes de eu vir aqui para fora te buscar. Eu não fazia ideia de que ele tinha mantido contato com a família. Vou ter uma longa conversa com ele sobre tudo quando ele voltar para casa. — Ela funga, e acho que talvez esteja chorando. — Vamos, filho. Tome um banho e vai se deitar. Vou ficar com você pelo tempo que precisar. Cedinho... A competição nacional é amanhã. Você precisa descansar.

Não quero nadar. Isso se parece demais com viver.

Eu a solto e saio para tomar um banho. Fico debaixo da água quente, deixando-a bater em mim até esfriar. Até meus olhos ficarem sem lágrimas para chorar. Eu me enxugo e, no meu quarto, meus dedos tocam o celular. Por um segundo, penso em mandar uma mensagem para Ray, então lembro que ela me pediu para esquecer seu número. Não há nada que eu possa dizer agora que ela gostaria de ouvir.

Eu a havia conquistado. Eu estava tão perto. Quando ela chegou... o jeito como ela me beijou... algo estava diferente. E agora ela se foi.

Enterro minha cabeça sob o travesseiro, e Jinx se enrola bem ao meu lado.

— Jinx, como eu resolvo isso?

Eu quase posso ouvir a resposta dela: *Você não resolve*.

Vinte e sete

RAY

E em pensar que eu me permiti amá-lo.

Cega demais pelas lágrimas para dirigir, ao sair da rua de Orion, estaciono no meio-fio. A estrada é estreita, com árvores que criam uma cobertura. Estou sozinha, exceto por um casal risonho correndo com seu cachorro para sair da chuva. Enfio a unha na palma da mão até doer.

Desligando o motor, tento parar de chorar.

— Respire — sussurro.

Mas meu cérebro não se aquieta o suficiente para entender. Eu expiro e um grito sai.

Tenho um impulso de abrir a porta do carro e fugir, mas para onde… e de quem? A lápide do meu pai vem à mente, a grama entre meus dedos.

Não posso mais fugir de mim.

Chega de pisar em ovos quando se trata dos sentimentos da minha mãe. Eu mereço saber toda a verdade… para que eu possa me libertar totalmente desta merda.

O túmulo do meu pai aparece em minha mente e se transforma no rosto de Orion.

Afasto os pensamentos sobre Orion. Seu toque. A doçura do seu amor. Será que isso era real? Se ele pudesse esconder a conexão do seu pai comigo e minha mãe — seja o que for —, ele poderia ter fingido seu interesse por mim também? Isso era algum tipo de curiosidade bizarra dele?

Com as mãos tremendo, ligo o motor e dirijo em direção ao hospital onde minha mãe acabou de começar seu turno da noite. Ela deveria ter me contado. Aquelas flores no túmulo de Nora... ela *sabia* quem Orion era e não disse nada. Só me deixou me apaixonar por ele. A raiva crescendo em mim ferve enquanto estaciono.

Em segundos estou passando pelas portas do hospital. Não espero o elevador e subo as escadas para o andar dela. O posto de enfermagem está um passo à frente quando alguém gentilmente segura meu braço.

— Ray? Você é a menina da Rosalyn, não é?

Uma mulher negra mais velha de uniforme que parece vagamente familiar está acariciando meu braço como se eu fosse algum tipo de pássaro ferido. Olho para meu reflexo em uma janela ao meu lado. Estou encharcada até os ossos e meus olhos estão inchados. Minha coroa de flores está de lado, e pedacinhos de lavanda cobrem meus ombros como neve.

— Sim — respondo, olhando para sua plaquinha. — Sra. Davis, você pode dizer a ela que eu preciso vê-la, por favor?

— Ela está cuidando de um parto agora, querida... É uma emergência? Você está bem?

— Não. Não, não estou bem. Mas posso esperar até ela chegar em casa. — Tiro minha coroa de flores e a estendo para a enfermeira. — Você pode, por favor, dar isso a ela e informar que eu passei por aqui?

A sra. Davis assente. Sigo o corredor e não olho para trás.

Parte de mim está feliz por minha mãe estar ocupada, porque eu provavelmente teria começado a chorar de novo. Entro em casa e não me dou ao trabalho de acender as luzes. Tateio meu caminho no escuro até a sala e caio no sofá. De repente, estou exausta. Fecho os olhos, mas o sono não vem. Vou me deitar — e lidar com tudo isso pela manhã. Sigo para o meu quarto enquanto as perguntas inundam minha mente.

Como ela pôde me deixar entrar na casa de Orion esta noite sabendo o que quer que seja... sabendo que eu não sabia? Por que o sr. Roberson tirou aquela foto minha? Por que ele deu a ela? Há quanto tempo eles...

Dou um pulo quando o telefone da casa toca.

Eu o bloqueei no celular, mas agora Orion está explodindo o telefone da minha casa com ligações. Meu coração está acelerado. Mais duas vezes, ele liga sem deixar mensagem. Toca de novo e meus dedos vacilam. O que ele poderia ter a dizer?

Triiiiiiim.

Ugh. Eu corro, a mão pairando sobre o receptor.

Triiiiiiim.

Mas o que mudaria?

O toque para, e mordo meu lábio. Eu só quero... Eu nem sei o que quero. Estou tão confusa. Estou voltando pelo corredor quando o telefone toca pela quinta vez. *Ugh! Tá bom.* Corro de volta e alcanço o telefone, mas, antes que eu atenda, cai na caixa postal.

Biiiiip. É minha mãe.

— Ray. Se você está aí, querida, atenda. Sinto muito que você tenha descoberto assim. Fiquei sabendo de Douglas... do sr. Roberson. Eu ia te contar na sua casa na árvore, mas você fugiu. Eu estraguei mesmo as coisas. Tantas coisas deveriam ter sido diferentes. Você não merece nada do que aconteceu. Você está aí?

SEUS OLHOS VIAM DEUS

não sinta
por saber das coisas
não

fale. deixando a
lua brilhar
papai mamãe e
mais ninguém

silêncio

esperando
pense nela
acabe com a escuridão

acenda fogo A sombra
dela preta

aberta sentimento da
ausência e do nada enclausurado em
cada
soluço
voou
do topo dos pinheiros
Ele jamais poderia estar morto
até que ela mesma terminasse de sentir e pensar.

não sinta
por saber das coisas.
Não fale.
Deixe a lua brilhar.
Papai e mamãe e mais ninguém.
Silêncio. Esperando.
Pense nela.
Acabe com a escuridão. Acenda um fogo.
A sombra dela, preta, aberta.
O sentimento da ausência e do nada.
enclausurado.
Cada soluço voou do topo dos pinheiros.
Ele jamais poderia estar morto até que ela mesma terminasse de sentir e pensar.

Vinte e oito

RAY

6 DIAS

São quase seis da manhã quando minha mãe chega do trabalho. A casa está escura, mas acendi uma lâmpada na sala. Ela fecha a porta e coloca a bolsa no chão. E paralisa quando me vê acordada e esperando no sofá.

Minha mãe pega a coroa de flores da bolsa e se senta no sofá ao meu lado. As flores e os caules esfarrapados preenchem o espaço entre nós. Se minha aparência estiver refletindo como me sinto, então sou um trapo sem cor com olhos vermelhos e inchados de horas de choro e sono agitado.

— Eu preciso de respostas, mãe. — Minha garganta está dolorida de tanto soluçar, e as palavras saem em um sussurro. Ela fecha os olhos. — Por favor. Não me faça fazer perguntas. Apenas... conte. — À luz da lâmpada, posso ver as lágrimas molhando seu rosto. — Por favor, mãe. Chega de silêncio. Não aguento mais. — Por dentro eu quero gritar, berrar, exigir. Todas as coisas. Mas estou tão cansada, não tenho mais forças.

— Minha Júpiter, queria que houvesse uma forma... algum lugar que fizesse tudo isso...

Por mais irritada e confusa que eu esteja agora, ainda preciso que ela me conforte. Então, quando ela estende a palma da mão para mim, silenciosamente pedindo a minha, eu coloco a mão na dela por reflexo. Preciso de toda a minha força para não me atirar em seus braços.

— Vou começar do início. — A mão dela aperta a minha. — Na noite em que seu pai morreu, eu estava exausta e prestes a explodir. Eu não queria ir, mas ele insistiu, já que seria a nossa última vez em qualquer lugar, apenas nós dois no mundo. Fomos ao nosso local favorito a cerca de uma hora fora da cidade. No caminho de volta, eu deveria ficar conversando com ele... — Ela fecha os olhos, e uma lágrima escorre por seu rosto. — Eu-eu deveria fazer companhia a ele, m-mas adormeci.

Ela respira fundo e eu aperto sua mão.

—A próxima coisa de que me lembro são dores de parto, olhando para o céu, rezando para que Ray me respondesse quando eu chamasse seu nome e rezando para que a ajuda chegasse logo. Então acordei no hospital. E tudo no meio sempre foi um pouco confuso. Mas na terapia eu me lembrei de um homem.

— O pai de Orion. — É claro. Ele era o anjo do diário dela.

Ela arregala os olhos.

— Sim, mas havia tanta coisa acontecendo, tantos detalhes. Eu não juntei tudo até anos depois.

Isso não me conforta.

Eu respiro fundo.

— Continue, mãe.

— No ano seguinte, no seu aniversário, visitei o túmulo do seu pai. A presença dele era tão poderosa lá, e você estava tão tranquila quando eu te deitei na grama. Deixei um maço de lavanda naquele ano e em todos desde então. No ano em que você completou sete anos, a madressilva apareceu. — Ela enxuga outra lágrima. — De Douglas, pai de Orion, embora eu ainda não soubesse.

"Conheci Douglas quando você estava no fundamental. Ele tinha visto as notícias sobre aquele concurso de mural que você ganhou para City Beautiful. Ele queria oferecer um presente para você, para o seu futuro... para a faculdade. Um ônibus atingiu e matou Nora enquanto ele estava fora, e ele viu isso como seu carma, por causar o acidente que matou seu pai. Ver você, todos esses anos depois, parecia sua oportunidade de redenção.

"Ele me deu uma foto sua no túmulo e me assegurou, logo de cara, que não era um *stalker*. Ele confessou que esteve lá naquela noite. Ele sabia detalhes, como a forma como o celular do seu pai tinha sido embrulhado em fita adesiva prateada. Ele sabia, porque ele o usou para chamar a emergência. Douglas estava dirigindo uma longa distância, sonolento, e passou pelas faixas duplas, o *suficiente* para ver o carro na pista contrária desviar do caminho. Nós batemos... capotamos".

Lágrimas brotam em meus olhos e tento engoli-las, mas elas vêm assim mesmo. Meu pai não viveu para chamar a ambulância. Ele morreu... ele morreu na hora.

— Eu não preciso contar o resto, Ray. Realmente não temos que fazer isso.

Em busca de Júpiter

— Não, por favor, eu preciso ouvir.

Ela coloca uma mecha de cabelo atrás da minha orelha e entrelaça os dedos aos meus.

— A princípio, ele continuou dirigindo. Estava apavorado. Ele tinha uma família em casa. Orion precisava de cirurgia. Ele não queria perder o emprego, ir para a cadeia. Mas sua consciência não o deixou ir embora. Então ele parou e voltou. Seu pai estava dando seu último suspiro quando Douglas chegou. Ele disse que ainda não tinha certeza se ficaria por perto. Mas ficou. Douglas acha que sua hesitação em ajudar causou a morte do seu pai. Ele acha que se tivesse parado antes poderia tê-lo salvado. É por isso que ele acha que perder Nora foi seu carma.

Ela está falando com a coroa de flores entre nós.

— Sua mensalidade. Douglas perguntou se havia alguma maneira de se corrigir. No começo eu não queria nada dele. Não teríamos seu pai de volta. Mas você queria tanto ir para Crestfield. Sua conselheira da escola disse que você, mais do que qualquer outro aluno, estava pronta para vencer. Então contei a Douglas sobre Crestfield e ele insistiu em pagar tudo. Sem ele, eu não poderia me dar ao luxo de te enviar para lá.

— Então a bolsa de estudos não era realmente uma bolsa de estudos... e o diário. Você se lembrou. Por que...

— Até conhecê-lo, eu achava que aquelas lembranças eram alucinações. A essa altura você estava tão distante das visitas ao cemitério que não achei que valia a pena abrir as velhas feridas novamente.

— Mas Orion. Você sabia quem ele era. Você sabia que eu estava prestes a... você viu eu me apaixonar por ele e não disse nada. — Afasto minha mão da dela e encontro a janela.

O sol começou a nascer, lançando uma luz cinzenta sobre tudo. — Você só *fez* uma coisa. Você apagou as mensagens dele.

Eu espero que ela negue, mas não.

— Por que fazer isso, em vez de apenas me avisar? Por que me deixou entrar nessa situação que me destruiu, mãe? O pai de Orion matou seu marido e deixou você, *nos deixou*, para morrer e você fez um acordo? Você colocou flores no túmulo da filha dele? Você cuidou dos sentimentos dele, mas e os meus?

Não espero que ela responda. Corro para o meu quarto, mas me impeço de cair na cama. Minha mãe simplesmente me seguiria até aqui, e não consigo ouvir a voz dela nem mais um segundo. Pego minha bolsa, procuro meu celular e deslizo de volta pelo corredor, saio pela porta do pátio e subo para minha casa na árvore.

Eu não posso acreditar que estou nessa situação. Depois de tudo que fiz para evitar drama.

— Que porra é isso tudo? — pergunto às paredes vazias da minha casa na árvore e soluço.

Vinte e nove

ORION

4 DIAS

Bato com força a porta do meu armário no vestiário da piscina. Cabeças se viram na minha direção, mas eu as ignoro e encontro um banco no canto, distante dos outros. Um vestiário de uma competição de natação: o cheiro de cloro, o eco de muitas vozes e até mesmo o som distante dos locutores anunciando as provas pelos alto-falantes acabam com meus nervos. Minha mandíbula está dolorida de tanto ranger os dentes. Geralmente tenho que ouvir música com meus fones de ouvido para abafar o barulho e manter a calma. Quando estou em um vestiário, estou próximo da hora do show. Estou prestes a dar o meu melhor. Mas hoje, não importa o que eu faça, ainda me sinto à beira de um colapso. Tudo me incomoda.

— O-Cachorrão, mano, guarde um pouco dessa tensão para a piscina — grita Hollywood.

Não me viro para vê-lo. Não respondo. Não respondo mesmo. Estou tenso, zero disposição para gracinhas. Achei que hoje me sentiria melhor. As prévias correram bem. Nossa equipe de revezamento progrediu. Estou esperando uma boa performance nas prévias dos 100 metros livres. Mas acordei me sentindo uma merda. Só consigo pensar em Ray. Normalmente, me solto depois dos aquecimentos, mas ainda estou inquieto pensando em como meu pai estragou tudo. Ontem, eu atravessei esse pesadelo. Espero fazer isso de novo hoje.

Meus pais e eu mal nos falamos no voo para Nova Jersey. Meu pai detonou nossa família e meu relacionamento com Ray. Minha mãe ficou furiosa porque ele não tinha contado a ela toda a história — a manteve no escuro todos esses anos. Fiquei surpreso que minha mãe ainda quisesse vir, mas ela me disse que nada a afastaria da competição nacional.

Nadadores começam a entrar no vestiário e mais olhares se movem na minha direção. Todos estão sendo amigáveis, mas a distância. Acho que se espalhou a fofoca de que não estou no meu melhor humor. Em algum lugar, lá no fundo, estou orgulhoso de chegar até aqui, mas como fingir que as coisas estão normais quando acabei de descobrir que meu pai é um mentiroso e possivelmente um assassino? Como vou competir quando minha mãe está com um pé fora da porta? Como vou respirar sabendo que Ray está em casa magoada e traída por todos — inclusive por mim? O último lugar que quero estar é neste vestiário. Preferia estar com Ray, mas ela não atende minhas ligações.

Meu relógio diz que está quase na hora de ir para a piscina. Tomo um banho quente para manter tudo aquecido. Respiro fundo até que a única coisa no mundo seja o som da água batendo no chão.

O vestiário está vazio no momento em que tiro a toalha e visto a calça e a jaqueta do time. Uma campainha soa ao longe. Dez minutos para o início da competição. Eu me sento e apoio a cabeça em minhas mãos. Lágrimas se acumulam nos meus olhos e eu as deixo cair.

Eu a perdi e nem é minha culpa. Ray não vê assim. Ela acha que eu sabia. Mesmo que por algum milagre fiquemos juntos, como ela viria à minha casa sabendo que o homem que acabou com a vida do pai dela dorme no andar de cima? Minhas lágrimas vêm mais rápido. Ele nunca disse nada. Todo esse tempo. Como ele pôde mentir para minha mãe e esconder isso e...

— Ei, Orion, você está bem?

Eu nem ouvi Ahmir entrar.

— Ahmir, ei — cumprimento, passando a mão no rosto, incapaz de esconder que estava chorando. Felizmente, Ahmir ignora.

— Ei. O treinador disse que você está estranho, então só vim te ver. Está quase na hora.

— Sim. Obrigado, cara. Estou bem. Bata na madeira. — Pigarreio, ainda tentando me recompor.

— Tudo bem, você tem certeza? É, você tem essa... — Ele coloca as mãos nos meus ombros e me dá uma sacudida, erguendo as sobrancelhas de forma tranquilizadora. — Você está bem?

Eu me levanto e assinto.

— Obrigado, cara. Obrigado por vir conferir.

— Imagina. Vejo você lá fora. — Tocamos os punhos, e ele sai.

Com meus fones de ouvido, coloco minha lista de reprodução de competição, esperando que me dê a energia exata. O baixo bombeia e a energia zumbe através de mim. Isso ajuda. Um pouco. Lá fora, não há uma nuvem no céu e está quente. As arquibancadas estão lotadas, e aos poucos estou entrando no clima.

Uma buzina soa e um grupo de nadadores mergulha, começando a competição de estilo livre. Meu grupo é o próximo. Faço uma série de alongamentos rápidos e exercícios de aquecimento em preparação para minha volta. Procuro meus pais nas arquibancadas, mas é quase impossível encontrá-los.

A multidão ruge, e eu me abaixo e chacoalho a água. Molho um pouco meu rosto e mãos e inspiro o cheiro de cloro. Geralmente isso me transporta para o lugar certo, onde me sinto pronto para vencer. Mas aromas de lavanda estão em todos os meus pensamentos e sentimentos.

Estou no bloco agora, pronto para competir. Meus dedos do pé oscilam na borda e espero pelo sinal. Estabilizo minha respiração e me visualizo na água, nadando; então Ray aparece em minha mente, nadando ao meu lado, seu cabelo livre e lindo.

Quase posso ouvir meu pai: *Foco*. Faço o possível para afastar as imagens de Ray.

O sinal toca e eu mergulho.

A memória muscular assume. Passo pela água como um tubarão. Bato na parede e viro. De novo. Para cima, em busca de ar. O rosto de Ray. Eu a afasto e me estico, braçada após braçada; estou fora de forma. Sei disso. Eu me endireito e me esforço.

Quando bato na parede e a prova acaba pra mim, sei, antes de verificar o placar, que estraguei tudo.

Não atingi meu tempo habitual. Fui o último a chegar à parede e o último a sair da água. Acabou para mim. Meus ombros caem e finjo um sorriso, parabenizando os caras que vão competir nas finais. Erguendo o queixo, procuro meus pais. Nada. A multidão está se agitando enquanto a próxima bateria de nadadores toma os blocos. Tomo banho, me visto e vou na direção dos meus pais em nosso ponto de encontro perto da saída.

— Eu sei que você fez o que podia, Orion — diz minha mãe. — Você trabalhou duro para chegar aqui e competiu sob circunstâncias bastante difíceis. Estou orgulhosa de você. — Ela me beija e me abraça.

— Obrigado, mãe.

Por mais que eu tente ficar tranquilo e relaxado, algo sobre minha mãe me faz sorrir de orgulho e corar. Ela está certa. Dei duro para chegar aqui. Eu fiz isso. Por mais que não tenha ganhado. Consegui este ano; posso repetir. Garanti bolsas integrais — acadêmicas e atléticas — na maioria das faculdades em que me inscrevi e tenho mais medalhas do que posso contar. Serei da equipe Howard Bison, nadando com todos os irmãos na melhor das universidades historicamente negras. Tenho muito do que me orgulhar. Tomo coragem antes de encontrar os olhos do meu pai. Esperando que seja armadura suficiente para a decepção que tenho certeza de que me espera, mesmo que ele não tenha esse direito.

— Sim, bom nado, filho — diz ele, me surpreendendo com um elogio —, mas não consigo me lembrar da última vez que você ficou por último em uma bateria.

E assim... ele está de volta.

— Eu não preciso disso agora, pai — retruco, olhando-o nos olhos, chocando até a mim mesmo. — Hoje não.

— Olha essa boca, filho. Eu estou te dando...

— Eu não preciso de nada de você. Eu sei o que é isso, pai. *Sou eu* que nado. Eu não preciso que você me diga nada. — Estou suando demais. Eu nunca respondo meu pai, e estamos em público: um pecado duplo. As pessoas andam ao nosso redor, sem imaginar que nossa família está desmoronando.

— Orion... — começa minha mãe.

Por uma fração de segundo, sinto uma pontada de culpa. Mas não vou pedir desculpas, não para alguém que ainda tem que se desculpar por tantas coisas que já perdi a conta. Não. Perco o controle.

— E, quer saber, não me arrependo de falar a verdade. Talvez falar a verdade seja o que todos nós deveríamos fazer mais.

Meu pai parece ao mesmo tempo chateado e chocado.

Raramente digo o que preciso dizer, para meu pai ou qualquer pessoa. Exceto quando estou com Ray. A única vez que fui verdadeiramente atrás do que eu queria foi quando conquistei ela; fiz o que precisava fazer, disse o que queria dizer. Eu vivi.

Não ficarei mais calado.

— Pai, eu amo a água. Eu amo nadar, mas todas essas competições que eu participei? Todos esses anos foram para *você*. Mas você nunca está satisfeito. Consegui chegar aqui, entre os melhores nadadores do país. E mesmo depois do caos que nossa família passou...

Meus olhos estão ardendo, mas não me importo se as lágrimas rolarem. Não vou secá-las. Que ele me veja. Que ele se contorça diante da minha dor. Não vou mais me esconder.

Meu pai parece desanimado, seu rosto frouxo e os cantos de sua boca caídos. Se ele está magoado, ótimo.

— Você destruiu tudo. Literalmente! Minha competição. Ray. E olha o que você fez com a minha mãe. Ela está diferente desde aquela noite.

Ela puxa meu braço.

— Não, mãe, eu não terminei. Pai, você só se importa consigo mesmo. Nada que eu faça vai mudar isso. Então vou parar de nadar por você, pai. Viver para você. A partir de agora estou fazendo tudo isso por mim.

É um impasse entre mim e meu pai. Ele não diz nada, então me viro para minha mãe.

— Sinto muito, mãe. Vocês vão em frente. Vou ficar aqui. Vou pegar uma carona para o hotel. — Olho para meu pai, que ainda me observa, o rosto inexpressivo. — Eu vou encontrar meu verdadeiro treinador e receber minhas notas. Mando uma mensagem quando voltar para o meu quarto.

Provavelmente vou comer o pão que o diabo amassou quando vir meu pai de novo, mas não me importo. Eu nem sei quem ele é. Acho que nunca soube. Ele abre os lábios para falar, mas assente em vez disso.

Quando volto para o meu quarto no hotel e me jogo na cama, verifico se Ray me mandou mensagem. Nada. Há tanta coisa que eu preciso dizer a ela, mas não por mensagens. Preciso falar com ela. Mas quero que ela saiba que estou pensando nela.

Anexo minha foto favorita nossa, aquela de quando ela veio me ver na piscina enquanto eu trabalhava como salva-vidas — o dia mais doce do verão. Espero que a ajude a lembrar onde estávamos antes de toda a confusão com meu pai. Espero que a faça lembrar o que estávamos construindo. Nós parecemos tão felizes — alegremente ignorantes frente a tudo que estava prestes a desmoronar. Espero que alguma parte dela se lembre de quem queríamos ser. Eu digito *Nós,* depois aperto em enviar.

Trinta

RAY

Se a arte é uma expressão do que está dentro do artista, ou do que o artista vê no mundo, tudo o que eu criar esta manhã será preto. Vazio.

Pego uma página solta aleatória da minha bolsa. É de *Seus olhos viam Deus*. Janie foi julgada por pessoas da cidade que nunca a amaram de verdade. Examino a página em busca de palavras para circular, passando meu lápis sobre cada linha, até que as palavras enfim me chamam.

Tempestade, vento, repentino, garoto
Nunca, bom, perigoso, negligenciada, não

As palavras que encontro são desconexas e não tem cor, razão ou luz. Acho que não deveria me surpreender que as palavras sombrias sejam as únicas que vejo. Continuo observando a página, recomeçando cada vez que chego no final em busca de palavras que digam... alguma coisa.

Pegou, move, febre, não conseguia descansar, anônimo

Talvez eu não deva encontrar arte hoje. Talvez beleza não seja do que meu espírito precisa. Talvez meu espírito só precise da verdade. Abaixo o lápis e pego uma caneta preta. Recomeço no topo da página.

Desta vez encontro as palavras rapidamente, e onde não há palavras, as letras se apresentam. Eu escureço o resto da página com minha Sharpie. Cubro cada centímetro de branco na página até que nada além da verdade permaneça.

SEUS OLHOS VIAM DEUS

O

garoto

era bom demais

para

ser

V e rda de

O
garoto
era
bom demais
para
s,e,r
v,e,r,d,a,d,e

Trinta e um

ORION

2 DIAS

É a primeira vez em muito tempo que volto para casa depois de uma competição sem vencer nenhuma bateria, mas os melhores dos melhores estavam lá. E tenho orgulho de poder dizer que participei. O treinador da Howard enviou um e-mail para mim e meus pais para me parabenizar pela conquista. Quando li, a primeira coisa que quis fazer foi contar a Ray, mas ela ainda não está atendendo o telefone nem retornando minhas ligações.

Assim que chego do aeroporto, me acomodo na minha cama e toco violão, letras de músicas do Drake passando na minha cabeça. Como chegar até ela? Mas também dar espaço? Devo simplesmente deixar ela ir? Uma batida na porta me traz para a realidade.

— Orion, sou eu e seu pai. Podemos entrar?

Pulo e abro a porta antes de me sentar na cama. Meu pai entra primeiro, minha mãe logo atrás.

— Você estava tocando bem essa música — elogia ele. — Está ficando muito bom. De quem é?

— Do Drake — respondo, e deixo meu violão sobre a cama. — O que foi, pai? Por que você está aqui?

— Isso aí. Esse seu comportamento. É por isso que estou aqui.

Ele pega uma cadeira da minha mesa e se senta. Minha mãe fica na porta.

— Tem sido muito difícil encarar como magoei você, sua mãe e sua amiga. Nada que eu diga pode consertar essas coisas, mas quero falar algumas palavras. Sua mãe, nem sei como ela ainda consegue olhar para mim, mas ela me ajudou a organizar meus pensamentos, então só me escute.

Ele fica em silêncio por um longo tempo, como se reunisse coragem para falar. Ele olha para a minha mãe de novo antes de começar.

— Filho, estive pensando em tudo o que você disse naquele dia na piscina. Sei que não conversamos muito desde então. Tem sido muito difícil ver você ser tão frio comigo. Não posso dizer que não mereço... escuta, você é um excelente nadador. Nada que eu diga ou faça pode tirar isso de você. Sinto muito por não ter celebrado isso, acima de todas as coisas, durante os anos. Mas você me botou no lugar. Sua equipe e você são as únicas pessoas por quem você deve nadar. Fico orgulhoso só por você acordar todas as manhãs, você não precisa fazer nada para merecer isso, é um fato. Preciso que saiba disso.

— Tudo bem.

Ouvir isso faz com que eu descubra pedaços de mim que eu nem sabia que estavam fragmentados.

Meu pai olha para minha mãe, que assente, encorajando-o a continuar.

— E quanto à sua amiga Ray, não vou te apressar, nem apressar sua mãe, a me perdoar pelo que fiz e por todas as mentiras que contei ao longo dos anos. Conheço um garoto apaixonado quando vejo um, e sei que você ama aquela... que você ama Ray. E eu apostaria dinheiro que Ray também te ama. Vocês não mereciam nada disso. Garotas... mulheres precisam de espaço quando a gente estraga as coisas. Estou na casinha de cachorro com sua mãe agora, e aceito como meu lugar de direito. É culpa minha que você esteja nela com Ray, e queria que não fosse assim. Sei como é difícil para você sequer falar com garotas, nervoso como você é, ou como costumava ser. Te vi crescer, passar de um garoto a um rapaz este verão. — Ele apoia a mão no meu ombro. — Se você nunca mais nadar, eu não poderia te respeitar mais do que agora por seguir seu coração e falar sobre o que você acredita, para mim e para Ray.

Lágrimas molham meu rosto. Meu pai se encolhe, mas não desvia o olhar. Em vez disso, me dá batidinhas no ombro e me puxa para um abraço.

— O-obrigado por dizer isso, pai.

Quando ele me abraça, um peso sai das minhas costas. Quando ele me solta, me sinto mais firme sobre meus pés do que há um minuto. Eu me senti ficando mais forte nessas últimas semanas, mas as palavras do meu pai de alguma forma parecem o último empurrão que eu precisava. Ouvir que alguém que você ama te ama... uma coisa é saber, mas ouvir...

Não posso deixar Ray partir sem dizer o que penso.

— Obrigado por obrigá-lo a fazer isso, mãe.

Ela sorri com olhos tristes e assente antes de ir embora.

— Tudo bem. Vou te deixar com sua música então — diz meu pai, e segue minha mãe para fora, fechando a porta.

Me deito de costas na cama e olho para Jinx, que está no travesseiro ao lado da minha cabeça.

— Oi, Jinx. Você acha que eu devia continuar ligando para Ray, por mais que ela não atenda? Você acha que meu pai está certo, que talvez ela me ame?

Jinx para de lamber as patas e pisca para mim algumas vezes antes de voltar ao seu banho.

— Tudo bem. Obrigado. Eu também acho.

Acaricio a cabeça dela.

Pergunto o que Mo acha.

> **Eu:** Ray ainda não está atendendo. Quero ir lá.

> **Mo:** Caramba. Olha, ela não vai te fazer ficar lá fora. Na pior das hipóteses, ela te manda embora e você não volta nunca mais. Pelo menos assim ela fala e você sabe qual é a situação.

> **Eu:** Quando você ficou tão sábio, Mo?

> **Mo:** Nasci sábio.

Calço meus tênis e corro.

Trinta e dois

RAY

Fora da casa na árvore, o mundo ganhou vida ao meu redor. O sol já está aquecendo as coisas. Os pássaros estão por toda parte; cães estão latindo; há o som distante de crianças brincando lá fora e o zumbido constante do tráfego matinal.

Estive fazendo poesia a manhã toda. A questão da poesia encontrada — qualquer poesia, na verdade — é que não há espaço para palavras fofas amenizarem o que é real.

Cada palavra é escolhida com propósito.

Você chega ao ponto rapidamente, e o absurdo da fantasia ou a dureza da verdade te encaram, sem vacilar. É catártico.

— Vou dar uma saidinha — grita minha mãe. — Lavei algumas frutas e deixei uma chaleira e um pouco de aveia esquentando no fogão para você, Ray.

Continuo mexendo nos papéis, olhando para as palavras à minha frente, até ouvir o rugido do jipe. Ela provavelmente não precisa sair de verdade. Ela sabe que estou com fome e tenho que fazer xixi. Eu a tenho evitado desde que ela me contou tudo. Adormeci aqui ontem à noite e ainda não estou pronta para estar perto dela.

Espero até que o barulho do motor esteja longe antes de descer da casa na árvore. Vou ao banheiro e então tomo o café da manhã. Assim que desbloqueio o número de Orion no meu celular, recebo uma mensagem — uma foto nossa. Meus olhos lacrimejam olhando para nossos rostos sorridentes.

Uma chamada de vídeo com Bri interrompe meu sonho ou pesadelo... a essa altura, não tenho certeza.

— Oi, Ray.

Bri está linda, como sempre. Ela está ligando de seu quarto, que é lilás com móveis brancos, como o meu.

— Oi, Bri. — Tento soar alegre e falho miseravelmente. — Como está tudo por aí na ilha?

Bri semicerra os olhos e inclina a cabeça.

— Incrível como sempre, mas o que está acontecendo com você? Problemas no paraíso? Faz quase uma semana que Orion não posta fotos com você.

Quando se está tentando manter pessoas fora do seu drama, a pior coisa que pode acontecer é ela perguntar o que há de errado. Fecho os olhos e faço uma oração silenciosa para que as lágrimas que estão ameaçando não caiam. Isso também não funciona.

— Caramba, garota. O que aconteceu? Preciso ir aí? Vou pegar o próximo voo.

— Não.

— Ele te traiu? Que merda!

— Não, Bri. Ele não me traiu. Ele só... Ele acabou não sendo quem achei que era.

— Hã, isso é vago pra caramba. Ele te fez chorar, um *cara* te fez chorar. Preciso de detalhes. O que ele fez?

Mais lágrimas rolam. Pensei que eu tivesse dado um jeito nessas emoções cruas na casa na árvore. Ser pressionada para dizer as palavras em voz alta está trazendo tudo de volta à superfície.

— Escuta, sei que não é seu estilo abrir muito de si. Não me importo que você me mantenha a distância, porque sei que esse é o tipo de espaço que você precisa. Mas, Ray, estou aqui por você. Sem pressão, mas quero que você saiba que pode falar comigo quando estiver pronta.

Bri me conhece melhor do que pensei.

— Eu sei, Bri. Obrigada. E vou te contar tudo quando voltar à escola, prometo. É só muita coisa para lidar agora.

— Tudo bem.

— Obrigada, garota. — Seco meu rosto com a camisa e dou um sorriso. — E você? Mesmo garoto aí ou garoto novo?

Bri começa a responder, mas a tela congela e o áudio some. Espero alguns segundos para ver se vai reconectar, mas não acontece. Desligo e mando uma mensagem.

> **Eu:** Obrigada por ser uma boa amiga. Acontece que a família do Orion conhece a minha e… isso só não é bom. Tem muita coisa envolvida. Darei detalhes na escola.

Envio e sinto meus ombros caírem.

Chaves chacoalham na porta da frente, e não tenho tempo o bastante para sumir antes que minha mãe entre em casa. Então me sento ali e espero que ela ainda esteja disposta a me dar espaço e passe direto por mim.

Ela não está e não passa.

— Oi — diz minha mãe, bem atrás de mim.

Encaro a tela vazia do meu celular.

— Sabe, somos só nós. Vamos ter que passar por isso. — A verdade das palavras me faz olhar para ela. — Vem cá — diz ela, estendendo a mão para mim. — Venha sentar comigo sob o limoeiro. Podemos falar sobre o que você quiser. Desde que a gente converse.

Me levanto e vou para fora sem pegar na mão dela.

Espero por minha mãe no jardim. Ela traz seu tapete de meditação macio e um travesseiro extra. Eu a ajudo a arrumar o espaço e me junto a ela, nós duas deitadas de costas, sob a sombra do limoeiro. O cheiro de lavanda emana, me lembrando do meu pai. Isso é o mais próximo que já senti de estar com meus pais.

Minha mãe engancha o braço no meu e eu não me afasto. Imagino meu pai fazendo o mesmo no meu outro braço. Há tanta coisa que quero perguntar a ela. Tantas coisas que quero saber.

— Você nunca fala sobre ele — começo.

— Você está certa.

— Eu me dei conta naquele dia quando você me contou sobre a lavanda. Me conta outra coisa sobre ele.

— Ele adorava girafas — diz ela, com um sorriso fácil na voz. — Na faculdade, ele tinha uns pôsteres pretos no dormitório com frases motivacionais e fotos inspiradoras de girafas olhando para o horizonte ou em silhueta. Ele as tinha em camisetas e canetas. E ele não tinha vergonha disso. Dizia que algumas pessoas adoravam gatos, algumas pessoas adoravam cachorros, algumas pessoas adoravam times da NBA, ele adorava girafas.

Rolo de lado para olhar para ela.

— Minha girafa é o único brinquedo que não consegui doar. Me pergunto se é por causa dele.

— Girafas. Lavanda. Seu pai está com você. Ele está em você todinha. — Ela me olha, os olhos sorridentes. Conta como ele sonhava em levar nossa família ao Quênia quando eu tivesse idade suficiente para me lembrar. Há um hotel lá que é um santuário de girafas. Na hora do café da manhã, elas colocam a cabeça pelas janelas do hotel e os hóspedes podem alimentá-las. — Ele tinha muitos sonhos enormes para a nossa família. Era filho único. Como você. E muito animado com a ideia de ter mais alguém neste mundo que fosse parte dele.

Minha mãe soa como se estivesse prestes a chorar.

— O que mais? Antes de mim? Como foi quando vocês... se apaixonaram?

— Hummmm. — Os olhos dela se iluminam da forma como imagino que os meus se iluminaram antes. Faz dezessete anos que ele faleceu, e ela ainda cora ao falar dele. Talvez seja por isso que não faz isso. Talvez a faça sentir mais falta ainda. — Seu pai era um dançarino incrível. Não estou falando dos passos de dança populares que vocês jovens fazem. Ele podia dançar qualquer música de qualquer época e animar a pista de dança. Ele dançava com o corpo todo; quadris, ombros, até com o rosto... ele era muito expressivo. Eu só era dois anos mais velha que você quando dançamos em uma festa de fraternidade fora do campus, e o resto é história.

Ela ri como se esperasse que eu risse junto. Mas não estou pronta para isso ainda.

Ela não tem direito de ser leve e rir comigo depois de toda essa traição desnecessária. Minha mãe disse que estava me protegendo da dor ou algo assim, mas ela sabe como é difícil para mim confiar em qualquer pessoa, e ela me viu me apaixonar por Orion. Sabendo o que sabia — sabendo que eu não sabia. Preciso me esforçar para não acompanhar a risada, mas fico em silêncio.

— Amar seu pai era como me amar. Ele me amava tanto, como se fosse a missão da vida dele garantir que eu soubesse todo dia que eu era a coisa mais importante do mundo dele. É fácil amar um homem assim.

— Acho que eu podia ter amado Orion. Mas vocês... vocês arruinaram qualquer chance disso acontecer. Todo esse segredo. Não faz sentido. E, olha, não ajudou em nada. Fez tudo pior!

— Sinto muito, amor.

Há um longo silêncio. Sinto meu sangue pulsar nas minhas orelhas. Pela primeira vez, não estou lutando contra as lágrimas. Chega de chorar. Só estou totalmente decepcionada.

— Vejo o quanto você sente falta dele — digo, dando uma olhada rápida nela. — Te ouvi chorar até dormir várias vezes. Vejo você olhando para as fotos de casamento, e outras fotos e pedaços dele que você deve ter escondido em caixas no seu coração. Eu nem questiono quando você não aparece com ninguém. Quem ia querer passar por toda aquela dor de novo... para quê?

— Garota.

O olhar dela está baixo agora, traçando o padrão do tapete.

— Estou falando sério. Eu nunca devia ter dado bola para Orion. Eu devia ter seguido minha intuição e deixado pra lá.

Só dizer o nome dele me faz sentir dores para as quais não estou pronta.

— Ray. — Minha mãe se senta. — Eu não afasto homens porque tenho medo de me apaixonar, ou porque me preocupo em me magoar. Eu ainda amo seu pai. No momento em que eu tiver espaço no meu coração para o amor por outra pessoa crescer, essa pessoa terá que ser digna de compartilhar esse espaço com seu pai.

Ela arranca um pedaço de lavanda e me entrega.

— Ele é o motivo de eu olhar para cima, sabe — diz ela. — Quando era lua nova, quando a lua refletia pouca ou nenhuma luz, ele nos levava ao interior para ver as estrelas. Ele nunca levava um livro ou um telescópio. Ele queria ver as estrelas como devem ser vistas por nós, de longe. — Minha mãe faz uma pausa, e nós sorrimos. Não consigo evitar. — Orion era a constelação favorita dele. É a mais fácil de encontrar. — Ela segura minha mão, me fazendo parar de cutucar um fio solto no tapete. — Falando em Orion, ele tem ligado muito na última semana. Quando você planeja falar com ele?

Recolho minha mão e a coloco sob a minha cabeça.

— Não sei. Nem tenho certeza do que dizer. Nem sei como me sinto. Ele sabia...

— Talvez você não tenha que falar nada. É óbvio que ele tem coisas a dizer. Vocês dois estão prestes a ir embora. Quer deixar as coisas não resolvidas? Sei que ele é especial para você. Sei só pelo tom da voz dele que ele se importa muito com você. Primeiro amor... até amor de verão pode ser mágico, principalmente quando é real.

Ela tenta apertar minha bochecha, mas me afasto.

— *Amor* é uma palavra forte — digo.

— É. É uma coisa importante. Se ele ligar de novo, atenda. Ouça o que ele tem a dizer. Quem sabe será suficiente para abrandar seu coração. Você provavelmente também tem coisas que gostaria de dizer. Perguntas que quer fazer. Só não deixe as coisas ficarem como estão.

— Ainda estou brava com você, mãe — digo, sem olhar para ela. — Estou com tanta raiva. Qualquer um podia ver que eu seria magoada. E mesmo assim você deixou... parece que você armou para mim. Você é tudo o que eu tenho neste mundo, e você...

Não quero chorar. Não quero dar a ela minhas lágrimas, então paro de falar.

— Você tem todo o direito de estar com raiva de mim. Nosso amor vai superar isso e todas as coisas. Farei tudo o que puder para nos fazer completas de novo. Prometo.

Ela rola de costas, e estamos olhando para o limoeiro novamente em silêncio, braços enganchados um no outro, de mãos dadas.

As palavras da minha mãe se repetem na minha cabeça. *Amar seu pai era como me amar. Ele me amava tanto.* Não posso deixar de pensar em como Orion me fez sentir da mesma maneira. Como se eu fosse tudo. Como foi fácil para mim me apaixonar por ele, por mais que eu tentasse negar. Se um amor assim gruda em você muito tempo depois mesmo da morte...

Mas ele sabia. Ele sabia o que o pai dele fez. Ele sabia quem eu era. Como ele pôde fazer isso comigo? Como podemos ser alguma coisa agora?

Trinta e três

ORION

Achei que quando chegasse à casa de Ray, eu teria um plano, mas estou quase lá e ainda não faço ideia do que vou dizer além de "Sinto muito, por favor, me perdoe". De jeito nenhum isso é suficiente. Quanto mais me aproximo, menos confiante fico de que vai funcionar. Tenho que explicar que eu não sabia — eu ia contar tudo a ela depois do jantar.

A garagem de Ray está vazia, mas isso não significa que ela não esteja em casa. Estaciono na rua, caso o jipe volte enquanto estou aqui. Ninguém atende a porta quando bato, então toco a campainha. Nada ainda. Talvez ela esteja na casa na árvore? Examino a rua para ver se alguém está olhando antes de dar a volta pela lateral da casa e entrar no quintal. Passo rapidamente pelo jardim e pelo limoeiro e paro na base da escada.

— Ray?

Nada.

— Ray?

Nada ainda. Talvez ela esteja de fone? Quando chego ao topo da escada, fica óbvio que ela não está aqui. Eu deveria descer, mas sentir falta dela e estar no lugar que é muito de quem ela é me leva em direção à porta da casa na árvore, que eu espero, e talvez deseje, estar trancada. Não está.

Instantaneamente, me sinto um intruso. Meu coração está acelerado porque eu sei que Ray não me quer em seu espaço assim, e se ela me pegar, meu pedido de desculpas não significará nada. É óbvio que ela esteve aqui hoje. Parece que ela saiu às pressas, porque suas canetas ainda estão sobre a mesa, não organizadas nos potes de vidro correspondentes do jeito que ela gosta. E com base na pilha de cobertores no canto, ela provavelmente dormiu aqui também.

Várias páginas estão espalhadas pela mesa. A maioria delas tem apenas as palavras restantes pintadas de preto. Outras estão totalmente apagadas, com as palavras parecendo flutuar na página. Antes que eu possa me impedir, a poesia dela está em minhas mãos.

Ela o queria tanto.
E ele estava morto.
Não dá para lidar com o passado.
São coisas, você nunca saberá, nós, não podemos ser.
Ele, morto, nada além de desconhecido, e invisível.
Ela estava tentando tocar o que não era mais tangível.
Infeliz, perdida.
Ele, s,e fora definitivamente.

Morto? O pai dela? Caramba... ou eu?

Tudo o que aconteceu no jantar provavelmente trouxe muitos desses sentimentos de volta. Meu estômago revira, lembrando da dor no rosto dela quando foi embora. Por que eu não contei a ela naquele momento? Ou cancelei o jantar ou algo assim? Confiro meu relógio. Só faz alguns minutos que estou aqui, mas sequer deveria estar. Preciso sair daqui, mas não consigo evitar ler mais poemas.

Ele era um vislumbre de Deus, e, então, ele se foi.

Ele prometeu porque tinha intenção, ele nunca poderia entediá-la,
Ela tinha que amar, tão desejosa,
Ela queria saber.

O problema é, ele não contou a verdade.

O garoto era dor.
E a dor ela conhecia.

Esses são sobre mim.
Ela tem medo.
Medo de amar.
Ela amou o pai antes de entender que ele estava morto. Ela me amou... antes de sentir que traí sua confiança. Só me desculpar não vai consertar isso. Eu preciso realmente *mostrar* a ela... provar para ela que entendo e que ela pode mesmo confiar em mim outra vez.

Eu me apresso para sair da casa na árvore, fechando a porta atrás de mim. Corro para o portão dos fundos e o fecho. Meu celular vibra.

Pai: Ray estava aqui te procurando.

Leio a mensagem de novo e de novo. Ela quer me ver. O que ela disse? O que ele disse?

Toco minha tela para ligar, mas meu celular morre. *Merda*. Entro no carro, determinado a chegar em casa e carregar meu celular assim que possível. Ela quer me ver.

Trinta e quatro

RAY

UMA HORA ANTES

Faz quase meia-hora que estou estacionada junto ao meio-fio do lado de fora da casa de Orion. O portão para a garagem está fechado, o que pode significar que não tem ninguém em casa ou que todos estão em casa.

Minha mãe contou tudo, e agora preciso conversar com o sr. Roberson sozinha. Antes de falar com Orion.

Anotei algumas coisas que quero dizer. Não sei quando ou se vou conseguir consertar as coisas com Orion, ou se consertar as coisas significa que vamos recomeçar, mas se vou conseguir sair dessa e voltar a me sentir normal, tenho que dizer tudo o que preciso.

Ergo a mão para bater, mas a porta se abre antes.

— Ray — diz o sr. Roberson, franzindo as sobrancelhas. — Você quer entrar? Orion não está em casa.

— Não, senhor. Eu... eu queria... — As palavras ficam presas na minha garganta enquanto encaro o rosto do homem. O rosto do homem que matou meu pai. Um acidente, claro. Mas matou ele mesmo assim. Me viro para ir embora. — Você pode dizer a ele que vim aqui?

Não consigo fazer isso.

— Sim, claro. Vou dizer... Ray...

A voz dele tem uma nota de algo: tristeza... arrependimento. Me volto para ele e me forço a olhá-lo diretamente. Seus ombros largos estão caídos, os olhos, vermelhos. Ele não tem dormido ou tem chorado.

— Orion está tentando entrar em contato com você.

— Eu sei. — Preciso fazer isso. Se vou ter algum tipo de conclusão, preciso fazer. Me aproximo dele, e o choque está escrito nas rugas em seu rosto. — Hã... na verdade, tenho coisas que preciso dizer... para você também. Eu as anotei, se você não se importar.

Tiro o papel do meu bolso, desdobro e começo a ler, apesar do meu nervosismo.

— Eu não estava lá. Bem, eu estava lá no útero, mas você sabe o que eu quis dizer. Nunca saberei pelo que você estava passando nos momentos em que a vida de todos nós mudou. Você não precisava ajudar minha mãe a sair do carro. Mas ajudou. E você não precisava entrar em contato com ela todos esses anos depois nem se oferecer para pagar a mensalidade da minha escola. — Enfio uma unha na minha palma e expiro. — Você tomou algumas decisões questionáveis naquela noite, sr. Roberson, mas provavelmente salvou a minha vida e a da minha mãe também.

Lágrimas rolam pelo rosto dele, e é estranho, porque tenho certeza de que o pai de Orion não tem dutos lacrimais. Ele parece querer dizer algo, mas as palavras não saem, então continuo.

—Acidentes acontecem. Se você não tivesse ajudado minha mãe a sair do carro... — Inspiro fundo para não chorar. — Sinto muito que você perdeu Nora. Espero que algum dia você chegue a um ponto em que não se culpe.

Isso o faz soluçar e sorrir.

— Quando algo horrível acontece, queremos culpar alguém — digo, as palavras saindo de mim com clareza e um ritmo medido. Eu não sabia que dizer essas coisas seria libertador. — Tenho pensado muito sobre o acidente. Primeiro te culpei. Então minha mãe. Até culpei meu pai por fazê-la sair. A parte doida é que eu não conseguia me decidir quem eu queria culpar mais. Às vezes não há ninguém para culpar, e é preciso fazer as pazes com isso. Os segredos, os silêncios e as mentiras de vocês pioraram tudo. Nunca estive tão perto de amar alguém. Orion era... não sei se eu posso confiar...

Se eu continuar falando, vou chorar, e não vim aqui chorar na frente do pai de Orion.

Dobro o papel e guardo no bolso. O sr. Roberson seca o rosto, mas os olhos ainda estão vermelhos. Me forço a olhar para ele.

— Não sei como tudo está, pode ser que leve um bom tempo para eu superar. Vou sentir falta do Orion. Ele é meu melhor... a melhor pessoa que conheci. Ou... que pensei conhecer.

— Você é uma garota preciosa. Eu sinto muito. —As palavras dele estão congestionadas pelas lágrimas. Os ombros ainda caídos. Ele ergue o queixo quando lágrimas escorrem de seus cílios. Ele está em algum ponto entre agonia e vergonha. — Eu sinto muito.

— Eu... obrigada. Obrigada por isso.

Não sei mais o que dizer além do que já disse. Jinx aparece atrás dele e se esfrega na minha perna, fazendo um único, longo e vagaroso círculo.

— Jinx odeia vir aqui fora — diz ele, limpando o nariz e tentando recuperar a compostura. — Ela deve sentir muito a sua falta.

— Tudo bem, eu preciso ir. Por favor, diga oi para a sra. Roberson.

— Ah, ela está ficando com a família na Carolina do Sul por um tempo... até resolvermos as coisas. Ela não sabia... vou dizer que você veio. Ela vai ficar feliz de saber, pelo bem de Orion.

Eu aceno e vou para o carro.

— Ele não sabia.

Eu paro, mas não me viro.

— Ele não sabia. Contei a Orion pouco antes de você chegar. Ele queria te contar. Ele ia te contar depois do jantar, mas... bem... meu garoto te ama. *Disso* eu tenho certeza. Ele não é o mesmo. Se você o ama...

Continuo andando, mais rápido agora.

Ele não sabia?

Ele não sabia.

É a única coisa que meu cérebro tem espaço para pensar até em casa.

Paro na garagem vazia e estaciono o jipe. Não estou pronta para entrar ainda, nem tenho a energia emocional para estar na casa na árvore, então abaixo os vidros e reclino o assento. Uma brisa quente passa pelo carro, e desvio meu olhar para as nuvens que passam aos poucos, mas constantemente, no céu. Com cada respirar, uma calma se aproxima de mim, enquanto um pensamento se repete: *Ele não sabia.*

***

A primeira coisa que faço quando enfim estou dentro de casa é conferir a secretária eletrônica. Nenhuma mensagem. Confiro meu celular de novo, e, como eu esperava, há uma mensagem de Orion.

> **Orion:** Júpiter, meu celular ficou sem bateria. Eu queria te ligar. Meu pai disse que você veio. Fui ver você também, mas você não estava em casa. Acho que você estava aqui. Sinto muito por como as coisas estão de cabeça para baixo agora, e sobre não te contar logo de cara. Há coisas que preciso te dizer, mas precisa ser pessoalmente, para que você veja o quanto significa para mim. Venha ao local da noite do microfone aberto, onde tivemos nosso encontro. Amanhã, às 20h15. Não estou tentando recriar nosso primeiro encontro nem nada. Sei que vai ser preciso mais que isso para consertar as coisas. Rezo a Deus que a gente possa... que eu... possa consertar isso. Talvez eu não consiga te ligar antes disso. Por favor, me diz que você não me odeia. Por favor, me diz que estará lá. P.S.: Jinx e Lótus também sentem sua falta.

O rosto lindo e sorridente de Orion está entre os dois gatos na foto anexa. Eu rio, e então choro um pouco, lembrando como é fácil estar com ele e sabendo lá no fundo que provavelmente nunca será assim de novo.

O impulso de ligar e falar dos meus sentimentos para ele e dizer o quanto sinto falta dele é forte, mas a dor ainda é muito crua. Quero mesmo me abrir para ele de novo, só para outra coisa nos atingir mais tarde? Isso dói demais. Talvez eu deva seguir com a minha vida. Eu me permiti amá-lo, e olha o que aconteceu.

> **Eu:** Orion, eu não te odeio. Odeio a situação. Sinto sua falta também, mas tudo está tão zoado agora. Não sei como vamos nos recuperar disso. Vou para a escola depois de amanhã e tenho que fazer as malas. Este verão tem sido o melhor e o pior da minha vida. Seja lá o que acontecer, você deve saber que as melhores partes foram com você. Não posso prometer ir amanhã. Vou pensar.

Envio e me jogo na cama. Tijolo a tijolo, minha mente começa a reconstruir um muro ao redor do meu coração. Quanto mais fico deitada aqui, mais robusto o muro fica, e mais segura e mais solitária começo a me sentir. E mesmo assim meu coração ainda deseja Orion, que é todo... enrolado em arame farpado.

Trinta e cinco

ORION

O que eu estava pensando?

Eu não tinha planos de fazer qualquer coisa no microfone aberto — nunca — na minha vida. Mas não posso ignorar o que vi nos poemas de Ray — o quão vulnerável ela é e o quanto sacrificou para sequer passar tempo comigo. Tenho que mostrar em grande estilo que estou disposto a me tornar vulnerável para estar com ela também.

Ray pode nunca expressar seus sentimentos para mim do jeito que se expressa em sua arte, mas tenho que mostrar que ela pode confiar em mim. Preciso que ela sinta meu amor. Espero que ela consiga, antes de ir embora.

Entro no estacionamento da loja de departamento e pego meu celular. Pesquiso *Como fazer uma mixtape de* CD e *capas de* CD *faça você mesmo*.

Dentro da loja, jogo CDs virgens, cartolinas, fita adesiva e um pacote de canetas coloridas na minha cesta. No caminho para o caixa, passo pelo corredor de produtos masculinos.

Não uso perfume, principalmente porque nado todos os dias, o que significa que tomo banho o tempo todo. Eu geralmente tenho cheiro de sabonete e cloro. Mas esta grande noite pede algo extra... mais cuidadoso.

Espio os sabonetes líquidos. Passo rapidamente por fragrâncias de nomes confusos, como "pata de urso" e "estilo", mas, por fim, escolho uma embalagem que diz sândalo. Quando chego em casa, não espero o portão da garagem abrir. Estaciono na rua e corro pela porta da frente, assustando meu pai, que quase pula do sofá.

— O que é isso?

— Desculpe, pai. Preciso usar seu computador no escritório por uma hora, talvez mais.

— Tá, tudo bem. O que você está fazendo? — Ele inclina a cabeça para ver melhor a sacola.

— Um plano para recuperar Ray — respondo, cansado, mas em êxtase.

Ele dá uma risadinha.

— Bem, beleza então.

Passo por ele correndo escada acima, pulando sobre Lótus em seu degrau e entrando no quarto. Deixo o sabonete líquido no banheiro e encontro meu exemplar de *Black Boy*, de Richard Wright. Eu o jogo na sacola e desço para o escritório do meu pai.

Antes de começar, mando mensagem para Mo.

> **Eu:** Ray queria me ver. Vou tentar recuperá-la.

> **Mo:** Meu mano!

Eu: Você está livre amanhã à noite? Microfone aberto, oito horas?

Mo: Estarei lá. Arrumo uma carona? Você vai levar a Ray?

Eu: Não tenho certeza. Vou te buscar.

Mo: Pensei que ela queria te ver.

Eu: Te explico depois.

Ligo o computador e espero que a tela acenda. Não sei como será o resultado, mas vou despejar o máximo que puder do meu coração e da minha alma. Espero que transpareça.

Trinta e seis

RAY

O ÚLTIMO DIA DO VERÃO

É fim de tarde e estou olhando para uma sala cheia de coisas que de alguma forma precisam ser enfiadas em uma mala antes de eu ir para a escola amanhã. Mandei imprimir as fotos que Orion me enviou. A em que estamos na beira da piscina da YMCA sorri para mim no meu colo, ao lado de um dos doces de limão que minha mãe fez. Uma oferta de paz. Dou outra mordida, olhando para o rosto de Orion. Talvez fosse apenas para ser um romance de verão. Talvez fosse para existir por um momento, deixar sua marca e... desaparecer.

Termino de comer e me sinto impaciente. Estou em casa sozinha e andando sem rumo, procurando algo para fazer. Não sinto vontade de arrumar as malas ou assistir TV. Não tenho vontade de ler nem de criar, o que me lembra que, na pressa de ir à casa de Orion ontem, não tirei as coisas da casa na árvore. Posso fazer isso agora.

Meus poemas de aniversário de semanas atrás ainda estão organizados exatamente como os deixei — como um quebra-cabeça triste feito das minhas peças tristes. Me pergunto se Orion veio aqui procurando por mim, ou se apenas chamou do pátio. Se entrou, me pergunto o que ele viu... se realmente viu estas páginas. Parte de mim espera que ele tenha visto.

Um raio de sol se derrama da janela, e me inclino para senti-lo no meu rosto. O jardim farfalha, a lavanda dançando. Imagino o sussurro do meu pai no vento.

Pego meu lápis e preencho a última página de poesia do meu diário de verão.

O amor acaba, mas...

Bato meu lápis por um tempo, mas as palavras não saem.

Está quase na hora de fechar quando pressiono minhas costas contra a lápide do meu pai, e a lua está alta no céu ainda brilhante. As madressilvas mortas foram removidas, mas a lavanda seca surpreendentemente ainda está aqui. Ainda tem perfume e me acalma no mesmo instante. Me livro dos meus sapatos e enfio meus dedos na terra, querendo senti-lo.

— Eu disse que voltaria e falaria sobre o jantar. — Eu bufo. — Você nunca iria acreditar em como foi... ou talvez sim.

Olho ao redor e, até onde posso ver, sou a única alma viva aqui. Conto tudo a ele, sem poupar detalhes. Quando chego na parte do jantar, fico um pouco emocionada, mas no geral repasso a coisa toda como uma recapitulação de uma das novelas de Tyler Perry. Quando termino, fico triste, mas não choro, o que é... estranhamente libertador.

Toco a grama ao meu redor com as pontas dos dedos e me deito, olhando para o céu azul sem nuvens.

— Eu gostaria que você não tivesse morrido.

Um vazio se instala dentro de mim e tenho que lutar para encher meus pulmões. Já pensei em inúmeras variações disso, quase constantemente, principalmente nos verões. Expressei isso de muitas maneiras através da minha poesia. De alguma forma, falar as palavras exatas tem mais peso.

— Eu gostaria de ver você amando minha mãe. Eu gostaria de sentir que você me ama.

Deixo a verdade das minhas palavras tomar conta de mim. Por alguns instantes, imagino como teria sido minha vida — quem eu seria — se meus pais tivessem ficado em casa naquela noite.

— Se eu conhecesse você, do jeito que minha mãe conheceu, acho que teria reconhecido a segurança que Orion representa... eu poderia ter confiado nele antes. Mas não adianta pensar no que poderia ter sido. Acho que estou pronta para focar na realidade.

O vento aumenta e olho para o céu. Estou tão cansada de me sentir sozinha.

— Ele me convidou para ir ao local da noite de microfone aberto hoje à noite, mas estou com medo... de amá-lo, porque isso significa correr o risco de perdê-lo. E isso é assustador pra caramba.

Deixo o silêncio tomar conta do ar úmido, e as palavras de minha mãe se repetem na minha cabeça. Sou um produto da escolha de amor dela, apesar do risco. Ela é a prova do poder do amor verdadeiro, mesmo depois que seu verdadeiro amor partiu.

Meus dedos coçam por meu diário, mas lembro que não o trouxe. Agora sei o fim do meu poema.

— Obrigada, pai. — Me ponho de pé, batendo a sujeira das minhas calças. — Acho que não voltarei aqui antes de ir para a escola. Mas vou olhar para cima mais vezes e contar como estou. Prometo.

Trinta e sete

RAY

Escolhi um dos meus vestidos de festa favoritos, um neutro com a parte de cima brilhante e gola redonda e a saia de tule cinza em camadas que param logo acima dos joelhos. O cós prateado é de amarrar nas costas. Estou diante da minha mãe no corredor tentando decidir quais sapatos usar.

— Tênis ou gladiadoras? — Alterno ficar em um pé só, para que ela possa ver a roupa com cada sapato. Ainda há uma energia estranha, nova e hesitante entre nós. Espero que eu possa sentir a facilidade de nossa amizade de novo um dia.

— Gladiadoras. Você usa esse tênis o tempo todo. Além disso, as sandálias de couro escuro são quase do seu tom de pele e mostram mesmo essas pernas. Aqui, você devia usar isto. Posso amarrar para você?

Minha mãe segura a coroa de flores que fez para mim, agora consertada. Entramos no banheiro para que eu possa ajudar a posicioná-la antes de ser amarrada. A última vez que esta coroa de flores esteve entre nós, eu não tinha certeza se poderia ser amiga dela de novo. Ainda temos que reconstruir coisas, mas sei que ela sempre me protege.

Meu celular toca, e é Bri na chamada de vídeo. Inclino meu queixo para cima e olho de lado para a câmera antes de aceitar a chamada.

— Muito bem, tranças ombré roxas com a coroa de flores combinando! Você está igual a princesa das fadas da floresta. Deixa eu ver a roupa. — Viro a câmera para mostrar meu reflexo no espelho. — Perfeito!

O entusiasmo de Bri me faz dar uma gargalhada e corar.

— Obrigada, garota — digo, fazendo graça.

— Eu sei que você está quase indo, mas eu tinha que ver você antes. Estou feliz que você decidiu ir.

— É, eu também.

— Me ligue *assim* que chegar em casa esta noite, não importa a hora. Quero ouvir cada detalhe sobre como vocês terminaram o verão. Promete?

— Prometo.

Eu me olho no espelho. Ela está certa. A coroa de flores e os brilhos do meu vestido passam a ideia de fada. Eu realço o visual desenhando uma estrelinha prateada no alto da minha bochecha, perto do meu olho, com um delineador líquido metálico. Esfumo uma sombra roxa mais profunda no meio das minhas pálpebras com o dedo, e só uso isso de maquiagem esta noite. Um pouco de protetor labial e estou pronta para ir.

— Tudo bem, estou indo. Não vou ficar fora até tarde — digo para minha mãe antes de ir.

— Se for ficar, sei que você está em boas mãos. Divirta-se, querida.

Ela beija minha bochecha e saio pela porta.

* * *

Estou um pouco atrasada, por mais que tenha tentado me apressar. Mas qualquer medo que eu tinha de perder o que Orion queria que eu visse desaparece assim que entro.

Orion está subindo ao palco.

Fico tonta por uma fração de segundo, piscando até acreditar no que estou vendo.

Com o violão preso às costas, ele está diante do microfone, segurando papéis. Suas mãos tremem.

O lugar está bem cheio, então eu avanço um pouco mais, ficando na extremidade da sala. Mas se ele olhar um tiquinho para a direita, vai me ver.

Sua voz está hesitante no microfone, mas me acalma do mesmo jeito. Orion — o doce, *eu nunca canto em público*, Orion — está no palco.

— Uma pessoa especial me disse uma vez que ninguém sabe o último dia da infância enquanto está acontecendo. Nunca temos a chance de dizer adeus. Ela simplesmente desaparece sem que a gente perceba. Um dia você olha para cima e ela se foi.

Uma onda de pessoas concordando irrompe da multidão.

— Não, é? — diz ele, rindo. — Ela sempre dizia coisas profundas assim. — Orion olha para baixo por alguns segundos. — Nós raramente nos lembramos das últimas vezes. Mas as primeiras? — Um belo sorriso toma conta do seu rosto, e ele balança a cabeça enquanto o riso ao nosso redor cresce. Sua voz está mais uniforme e seu pé ainda está batendo no palco, mas menos. — Até o dia em que eu morrer, vou me lembrar de cada primeira vez que compartilhamos.

Grunhidos de aprovação soam da plateia. Uma quentura se instala na minha barriga.

— Ela escreve poemas... os encontra nas páginas dos livros. Ela me explicou que gostava de encontrar beleza, poesia, nas páginas da história bem quando as coisas começam a desmoronar. Eu tentei, mas gosto da parte da história em que as coisas começam a melhorar. Encontrei esse poema nas páginas do meu livro favorito, *Black Boy*, de Richard Wright.

A plateia assente.

— É engraçado o que você pode fazer em uma sala cheia de pessoas, mas que não consegue fazer na frente de uma pessoa. — Risos explodem da plateia e algumas pessoas gritam *Uma loucura chamada amor*, o filme de onde essa fala é.

— Nessas páginas, Wright descobriu como enganar sua avó analfabeta, que proibiu a leitura em sua casa, para que ela o apoiasse na leitura. Sou um grande fã de otimismo. Esta noite inteira é um exercício de otimismo para mim. Porque qual é o sentido de viver se você não pode ter esperança?

Aplausos.

— Tudo bem, então, essa garota, el-ela me mudou. Conhecê-la... amá-la fez de mim uma versão melhor de mim mesmo. Tenho um poema para compartilhar e uma música que vou tentar cantar. Então tenham paciência comigo.

Orion respira fundo e lê.

Este coração em agonia.
O ar não é suficiente para me satisfazer.
Ela já tinha me dado, que sortudo eu sou, a promessa nos olhos dela.

Em busca de Júpiter

Esperei ansiosamente.
Pela primeira vez na minha vida, fui requisitado pelo amor que tanto ansiava.
Alto.
Negro.
Trivial.

O olhar dele se lança em minha direção e seus olhos pousam nos meus. Uma sugestão de um sorriso aparece nas laterais de sua boca. A emoção em seus olhos quase me leva às lágrimas. Ele recita a última linha de seu poema.

Eu quero você.

Gritos, aplausos e assobios enchem cada centímetro da cafeteria e provavelmente podem ser ouvidos do lado de fora. Algumas pessoas seguem o olhar dele e percebem que eu sou a garota. Coro, depois passa, e então não consigo mais parar de corar.

— T-tudo bem... agora a canção. — Ele pigarreia. — E-eu nunca fiz isso na frente de ninguém antes.

Orion dedilha o violão e enxuga o suor da testa, e preciso me controlar para não gritar: "Você consegue!"

— Esta música é dedicada à pessoa que iluminou meus dias de verão e manteve minhas noites de verão acesas. Para minha garota do espaço sideral. Se vocês olharem para cima em uma noite clara, poderão vê-la no céu.

Ele pisca para mim. Agora realmente todo mundo sabe que sou eu. Vejo Cash e Mel sorrindo para mim. Orion deve ter convidado eles. Então vejo Mo filmando. *Uau.*

Orion começa a tocar uma introdução arrebatadora em seu violão, e as notas derretem no ar. Eu balanço o corpo, observando seus dedos deslizarem sobre as cordas, rápidos e seguros. Ele canta a primeira linha.

Claro que está cantando "Find Your Love", do Drake, seu rapper favorito. Ele mantém o ritmo, batendo no corpo do violão.

Seus olhos estão fechados, e me lembro que ele disse que isso o conforta — se sentir invisível sob os holofotes. Não consigo imaginar como deve ser difícil para ele: cantar, tão lindamente e tão apaixonadamente, na frente desta multidão. Eles não sabem como ele é tímido para cantar. Orion está fazendo isso por mim.

O poema. O pensamento dele vasculhando aquelas páginas, encontrando as palavras, me dá vontade de chorar. Ele saiu da zona de conforto apenas para me alcançar.

Orion está enfrentando seu maior medo.

E sabe que, para eu estar com ele, terei que encarar o meu também.

— *I took a chance with my heart, hey, hey, hey, and I feel it taking over.*

"Dei uma chance para o meu coração, ei, ei, ei, e o sinto tomando conta."

Em reflexo, me abraço com força. Não estou com frio nem nada. Minha mente está acelerada com um milhão de hipóteses, e estou sobrecarregada com muitas emoções para lidar. Preciso me sentir com os pés no chão — sair da minha cabeça, estar presente, bem aqui, para cada segundo da música de Orion.

Há muita ternura em seu rosto enquanto ele canta o refrão. Meu coração cresce com cada nota, verso e refrão.

Quando a música chega ao fim, seus olhos encontram os meus novamente.

— *I bet if I give all my love, then nothing's gonna tear us apart.*

"Aposto que se eu der todo o meu amor, então nada vai nos separar."

Meus ouvidos estão zumbindo, seja pelos aplausos ou pelo sangue correndo para minha cabeça. Obrigo minhas mãos a se moverem e aplaudirem Orion. Algo molhado pinga no meu peito, e percebo que estou chorando. Estou ciente que rostos estão virando na minha direção e pessoas estão me dando tapinhas nas costas, mas tudo parece que está acontecendo debaixo d'água. Preciso de ar fresco.

Não sei como chego, mas de algum jeito estou do lado de fora, andando de um lado a outro, enchendo meus pulmões e tentando me acalmar. Há coisas que preciso dizer, e quero ficar calma o suficiente para que ele me ouça. Depois de mais algumas respirações profundas, recupero minha compostura. E graças a Deus, porque Orion se aproxima com seu violão no peito.

— Ei, estou muito feliz que você veio. — Ele esfrega as palmas das mãos nas laterais da calça jeans.

Nós dois começamos a falar ao mesmo tempo.

— Eu... por favor, posso falar primeiro? — pede ele, e eu assinto. — Ray... Júpiter... Eu sinto muito. Naquela noite, eu queria te contar. Planejei te contar. Meu pai me disse antes de você chegar lá, e eu não sabia o que fazer. Se eu soubesse... — Ele balança a cabeça.

— Orion, escute, você não precisa... Seu pai me disse que você não sabia até aquela noite. Eu sei que você nunca me magoaria. Não de propósito. Quando saí naquela noite, estava com muita raiva e confusa. Eu pensei que a gente nunca... — Orion estremece como se minhas palavras o tivessem ferido. Minhas mãos doem de tanto torcer, mas essa é a única coisa que me dá forças para dizer o que estou prestes a dizer. — Pensei que nunca mais veria você. Não sei se conseguiria sobreviver a isso. Você me fez... Eu preciso de você. Mas não consigo ver nenhum caminho claro para nós. Isso me assusta mais do que tudo. Como começamos a...

Orion tira o violão das costas e o apoia contra o prédio. Ele dá um passo à frente, e me acomodo em seu abraço, deslizando meus braços em volta dele. Tenho que me forçar para interromper o abraço — é muito bom, e ainda estou tão confusa sobre o que somos... o que podemos ser agora.

— Esse parece um bom lugar para começar — diz ele.

— Você está cheiroso.

— Obrigado. Você está bonita — elogia ele, e gentilmente belisca meu queixo.

Por dentro, me derreto.

— Obrigada. Quer dizer então que você canta um pouco?

Ele sorri e cobre o rosto.

— Não, não fique tímido, não vamos voltar lá. É um novo dia.

Nós rimos, e ele estende a mão, entrelaçando seus dedos nos meus.

— Está tudo bem? — pergunta Orion.

Assinto. Ele puxa meu braço, e damos passos lentos e medidos em direção ao final da calçada, longe da pequena multidão acumulada do lado de fora da cafeteria.

— Sério, foi incrível — elogio. — Drake ficaria com ciúmes do jeito que você estava tocando essas notas.

Ele ri com força, e o músculo do seu braço fica tenso. Me sinto toda aquecida.

— Eu fiz isso por você, então por mais aterrorizado que estivesse, como *eu* me sentia não era a coisa mais importante.

Olho para ele, e seu olhar é tão cheio de amor e saudade.

— E a poesia... Orion, foi perfeito.

— Aprendi com a melhor.

— Obrigada, por tudo — digo quando ele para de andar e me puxa para ele. Seus braços estão apertados ao meu redor, e eu nado em seus olhos, criando coragem para dizer o que preciso.

— Ei, eu fiz isso para você. — Ele gesticula atrás de si, e Mo emerge da multidão. Em silêncio, Mo entrega algo a Orion, nos cumprimenta e depois volta para o prédio. Orion abre um largo sorriso e me entrega o que parece ser um CD embrulhado em uma capa de papel. — É uma mixtape, para que a gente sempre possa se lembrar deste verão. Eu tenho a lista de reprodução no meu celular. Vou enviar para você. Mas sei que você gosta de CDs, então...

Passo meu dedo na aba, e a capa do CD se abre em uma estrela de quatro pontas, me surpreendendo com uma colagem impressa de todas as nossas fotos. É como papel de presente Júpiter-e-Orion. Uma risada escapa do meu peito.

— O quê?

Viro a capa e leio algumas das músicas da lista de faixas, que ele escreveu à mão com uma caneta de ponta fina. Eu vejo uma música da Sade e coro, e "XO", da Beyoncé, e me sinto tão vista, tão compreendida e tão amada agora. Subo no meio-fio para ficarmos olho no olho.

— Obrigada. Você fez bem — digo.

— Tudo o que eu quero é fazer o bem por você.

— De onde você veio? — repito uma pergunta que ele me fez antes.

— Do espaço sideral — diz ele, uma variação da minha resposta, o que me faz rir. Então a tristeza toma conta de mim.

— Como... Orion... vou pra escola amanhã.

— Então vamos aproveitar ao máximo esta noite.

— Então vamos dar um jeito?

Ele pressiona a testa na minha.

— Sim, vamos dar um jeito. Eu te amo, Júpiter. — Ao som de sua voz, dizendo essas palavras para mim, é como se algo no universo que estava errado o tempo todo fosse corrigido. Mas como posso confiar?

— Orion, estou com tanto medo.

— Eu sei. Mas estou bem aqui com você. Vou ser corajoso por nós dois até que você esteja pronta. Pode confiar no meu amor, Júpiter. Pode confiar em mim.

Minha cabeça confere com meu coração se há um espaço disposto a deixar o amor voltar.

— Eu te amo. — As palavras saem de mim, juntando a verdade dele à minha.

Acontece que são as três palavras mais fáceis de dizer a Orion. Então eu as digo de novo e beijo seus lábios.

— Eu te amei no minuto em que te vi, garota.

— Eu sei.

Sorrisos estão estampados em nossos rostos enquanto todo o resto desaparece. Somos tudo o que existe no universo. Os braços dele estão apertados ao meu redor, e minhas mãos seguram seu rosto grande e bonito.

Em seus olhos, vejo o luar e Júpiter — tragicamente sem sorte, irremediavelmente insegura e amada.

O amor acaba, mas...
Enquanto brilha, você fica sob o sol.

Nota da autora

Criei os poemas para este livro antes mesmo de ter uma história. Eu sabia que a personagem principal seria uma adolescente negra, mas não fazia ideia de quem ela era. Sabia que ela criaria poesia, então escrevi um poema (aquele apresentado na noite do encontro de Júpiter e Orion) e continuei explorando. Pensei em haikus e rimas antes de aterrissar na poesia encontrada. Peguei três dos meus livros antigos favoritos dos meus anos de escola — *O grande Gatsby*, *Seus olhos viam Deus* e *Black Boy*. Sinalizei os momentos em cada livro que marcaram o ápice da emoção dos personagens principais — onde a linguagem é a mais expressiva — e comecei a trabalhar para encontrar poemas.

    O primeiro que aparece neste livro é o primeiro que criei. Nele, encontrei a história de uma garota que nunca conheceu o amor de seu pai. Criei a maioria dos outros poemas naquela mesma tarde. Milagrosamente, todos eles contaram partes da mesma história. No dia seguinte, quando fiz os poemas de Orion, a história que eu deveria escrever me encontrou. Meu romance de estreia tornou-se um estudo de como filhos de pais fisicamente ausentes ou emocionalmente indisponíveis consideram, experimentam e se envolvem no amor.

Como leitores, gostamos da emoção de nos perdermos e nos encontrarmos nas páginas de livros onde os personagens principais podem ser animais, monstros, alienígenas, seres mágicos ou humanos de outras culturas que não a nossa. Que prazer ler uma história onde o herói e o vilão parecem tão familiares! Não importa de onde você seja, caro leitor, espero que alguma parte de *Em busca de Júpiter* tenha parecido familiar. Espero que você se inspire a encontrar poesia onde quer que haja palavras e que os escritores entre vocês tenham se inspirado a escrever histórias que pareçam com um lar.

Agradecimentos

Adriane e Terri, minha irmã de sangue e minha irmã escolhida, obrigada pelo grande e profundo amor e pelos lembretes constantes de que era hora de eu escrever um livro — qualquer livro — e as perguntas subsequentes e exageradas sobre quando este livro seria escrito. Yolanda King, minha pessoa em Austin, você disse: "Vou escrever um livro". E então escreveu vários. Você é minha eterna inspiração. J. Elle, você viu algo em minha história de amor silenciosa entre centenas de manuscritos de fantasia jovem adulta durante o Pitch Wars 2019. Agradecer é um eufemismo. Minha cara amiga, você mudou minha vida.

Chelsea Eberly, minha agente extraordinária. Você é brilhante e estou muito feliz por estar com você nesta jornada. Para minha editora, Phoebe Yeh, eu me curvo a você. Desde a nossa primeira conversa, éramos como velhas amigas. Eu sabia que nossa parceria seria fácil. Você é tão inteligente, gentil e generosa, e uma editora incrível. Por favor, compre todos os meus futuros livros para a Random House e nunca me deixe. Elizabeth Stranahan, você é tão forte e faz parte da melhor equipe de edição que eu poderia desejar. Ao designer da capa original Ray Shappell e a artista Delmaine Donson, *beijo do chef*. Para Gráinne Clear e toda a equipe da Walker Books UK, obrigada por uma experiência incrível de estreia mundial!

Karen Valby, sua terráquea mágica. Você foi a primeira amiga a ler meu livro e sua reação foi como cálcio para os ossos dele. Obrigada para sempre. Kay, Angela e Kaila, obrigada por me ouvirem sonhar com este livro enquanto nossos meninos brincavam no parquinho! Tyrese, Mischia e Tracy Asamoah, nossos almoços me deram combustível e impulso. Karmon e Aziza, estou muito agradecida por nossos caminhos de vida terem se cruzado. Seu amor, amizade e incentivo nesta etapa da minha jornada significa tudo. Lisa, você trouxe Júpiter e Fred para minha vida quando eu precisava de sinais. Fred Campos, obrigado por gentilmente assentir para minhas perguntas sobre constelações e planetas e ouvir minhas teorias sobre vida e estrelas. Nakia Scott, obrigada por seu apoio, experiência e paciência!

Summer, minha melhor amiga, obrigada por ouvir todos os detalhes de toda essa jornada em tempo real, por estar comigo durante as grandes coisas da vida e por sempre me segurar. A vida é uma coisa engraçada, garota. Mamãe, minha pessoa favorita e minha maior torcida. Obrigada por seu amor incondicional e por apoiar instantaneamente e com entusiasmo todos os meus sonhos. Billy, obrigada por ser minha grande história de amor adolescente e me mostrar que eu mereço ser amada. Zack, meu filho, você é o vento sob minhas asas. Zāli, minha filha, você é o sol. Rodney, você responde a todos os meus grandes anúncios como se fossem dar certo. Suas altas expectativas em relação a mim e as afirmações que você falou comigo durante toda a minha vida me sustentam. Minha gêmea, eu me lembro que somos feitas da mesma substância quando me sinto boba por sonhar grande ou simplesmente sonhar. Eu sigo em frente porque você segue. Ao meu pai, tias, tios, primos e ancestrais, obrigada por me moldar na pessoa que sou. Um grande abraço aos meus primeiros resenhistas adolescentes — Azana, Riley, Ben, Zare, Zack, Avery, Gavin, Mar lee, Reed, Nia, Matisyn e Siena. Para minha vila de Austin de fantásticas mães-irmãs (incluindo vocês, senhoras que se mudaram), obrigada por existirem. Time Rainha, estamos aqui!

Octavia Butler, prometo sempre olhar para as estrelas. Toni Morrison, prometo sempre fazer todo mundo negro.

**Confira lançamentos,
dicas de leituras e
novidades nas nossas redes:**

🐦 editoraAlt
📷 editoraalt
♪ editoraalt
f editoraalt

Este livro, composto na fonte Fairfield,
foi impresso em papel Pólen Natural 70g/m² na gráfica BMF.
São Paulo, Brasil, agosto de 2022